Susanne Scholl
Omas Bankraub

Susanne Scholl

Omas Bankraub

Roman

Residenz Verlag

Wir danken für die Unterstützung.

Stadt Wien

MIX
Papier aus verantwortungsvollen Quellen
FSC® C014496

Bibliografische Information der Deutschen Nationalbibliothek
Die Deutsche Nationalbibliothek verzeichnet diese Publikation in der Deutschen Nationalbibliografie; detaillierte bibliografische Daten sind im Internet über http://dnb.dnb.de abrufbar.

www.residenzverlag.com

Umschlaggestaltung: BoutiqueBrutal.com
Typografische Gestaltung, Satz: Lanz, Wien
Lektorat: Jessica Beer
Gesamtherstellung: GGP Media GmbH, Pößneck

ISBN 978 3 7017 1761 3

1
Die Verschwenderin

Anna sitzt in ihrem Wohnzimmer und öffnet die Post: die Stromrechnung, eine Mahnung für die Handyrechnung, eine zweite Mahnung für die Miete.

Anna hat überall Schulden.

Nicht, weil sie zu wenig Geld hätte. Sie hat eine ausreichende eigene Pension und bekommt zusätzlich eine Witwenrente nach ihrem verstorbenen Ehemann, der Arzt war und gut verdient hat.

Anna hat Schulden, weil sie nicht mit Geld umgehen kann.

Manchmal überkommt sie eine regelrechte Kaufwut. Dann schaut sie weder rechts noch links und schon gar nicht auf ihren Kontostand.

Sie kauft. Punkt. So manches, was sie später weiterschenkt, weil sie draufkommt, dass sie es tatsächlich nicht nur nicht braucht, sondern auch nicht mag.

Als sie noch Redakteurin in einem renommierten Verlag für wissenschaftliche Publikationen war, hat sie gut verdient und dank ihrer Sprachkenntnisse auch noch nebenbei mit Übersetzungen gutes Geld gemacht. Übersetzen kann sie ja noch immer, aber die Einkünfte fließen jetzt spärlicher.

»Man wird halt nicht jünger«, seufzt Anna und legt die gesammelten Mahnungen und Zahlungsaufforderungen auf den Schreibtisch.

»Morgen geh ich auf die Bank und zahl alles ein«, nimmt sie sich vor und denkt dann ganz schnell an etwas anderes. Aber worüber Anna auch nachdenkt, am Ende geht's eben doch immer wieder ums Geld.

Der Enkelsohn braucht ein neues Fahrrad, die Tochter

einen ordentlichen Wintermantel. Nicht, dass Maria, Annas Tochter, sich den Mantel nicht selber kaufen könnte. Maria ist Architektin, arbeitet mit ihrem Mann gemeinsam an großen Projekten und hat mehr Geld als ihre Mutter.

Aber alte Gewohnheiten sterben eben nie.

Wenn »die Kinder« was brauchen, dann ist die Mutter zuständig. Also hat Anna beschlossen, dass Maria einen neuen Mantel braucht und sie ihr diesen zu Weihnachten schenken muss.

Schulden hin oder her.

Aber da ist doch noch dieses Sparbuch, da muss noch etwas drauf sein, das kann sie auflösen – dann geht sich Marias Mantel und ein Fahrrad für Alex, Annas Enkel, aus. Dafür hat sie dann kein Geld mehr für den nächsten Urlaub. Na ja, bis dahin wird ihr sicher noch irgendwas einfallen.

Anna liebt das Schöne und kann ihm nicht widerstehen. Sie hat sich ihr Leben lang elegant gekleidet, war immer Stammkundin bei Friseur und Maniküre und hat es sich auch sonst an nichts fehlen lassen. Und das will sie jetzt im Alter auch nicht.

»So alt bin ich gar nicht«, denkt Anna, während sie den Frühstückstisch abräumt.

Dann ruft sie, wie jeden Tag, ihre Freundin Ursula an. Ursula ist das genaue Gegenteil von Anna.

Ursula hat nie viel Geld gehabt und gelernt, mit dem wenigen sehr sorgsam umzugehen. Nicht wie Anna, die grundsätzlich nie auf ihr Bankkonto schaut, weil sie davon nur Magenschmerzen kriegt.

Manchmal hat Anna verrückte Ideen, um ihr Problem endgültig zu lösen. »Hast du gesehen?«, fragt sie Ursula. »Es gibt schon wieder einen Lotto-Jackpot …«

»Na ja, ich kenne niemanden, der je bei sowas gewonnen hat«, sagt Ursula, die Vernünftige.

»Aber …«, erwidert Anna träumerisch.

»Aber was?«

»Na stell dir vor, wir gewinnen …«

»Wozu brauchen wir so viel Geld?«

»Überleg doch: eine Wohnung in Paris, eine in New York, ein Haus in Sardinien und wir fliegen einfach so hin und her, nur mit der Handtasche, weil alles überall vorhanden ist …«

»Und wer kümmert sich um dein Immobilienimperium, wenn du gerade in New York oder Sardinien bist? Und dann sind immer genau die Kleider und die Bücher und die Cremes, die du brauchst, gerade nicht dort, wo du bist …«

»Du bist so fad!«

»Ja vielleicht, aber ich träume nicht irgendeinen Blödsinn«, antwortet Ursula energisch, und für dieses Mal lässt es Anna dabei bewenden. Auch wenn sie heimlich weiter davon träumt, was sie mit einem großen Geldsegen alles anfangen könnte. Maria würde sie ein Haus kaufen, für Irene eine Wohnung in Wien und Alex könnte jedes Jahr einen tollen Abenteuerurlaub machen.

»Und ich hätte eine Haushälterin, die sich jeden Tag überlegt, was es zu essen gibt, und sich um die Rechnungen kümmert und putzt und bügelt – und ich würde nur tun, was mir Spaß macht …«

Aber leider läutet in diesem Moment das Telefon. Ihr Bankberater macht sie darauf aufmerksam, dass ihr Konto schon wieder bis zum Zerreißen überzogen ist und sie sich etwas einfallen lassen sollte.

Anna bekommt Magenschmerzen und ruft Lilli an. Lilli ist ihre zweite beste Freundin, auch mit ihr telefoniert Anna täglich. Lilli hat zwar ebenfalls immer Geldprobleme, behauptet sie, aber sie nimmt das nicht so schwer wie Anna. Lilli und Ursula mögen sich nicht, aber für Anna sind, seit ihr Mann gestorben ist, beide die wichtigsten Lebensmenschen geworden – was für ein sperriges Wort, denkt sie und verabredet sich mit Lilli zum spazierengehen, weil man ja zurzeit in kein Kaffeehaus oder Restaurant oder gar in ein Kaufhaus zum Geldausgeben gehen kann.

»Das Virus hat uns gerade noch gefehlt«, denkt Anna und wickelt sich in ihren wärmsten Schal. Eigentlich ist es ja noch zu kalt zum spazierengehen, aber irgendwas muss man ja tun in Zeiten des Eingesperrt-Seins.

Heute trifft sie sich lieber mit Lilli – Ursula ist ihr zu vernünftig. Wenn sie sich bei Ursula beschweren würde, dass die Bank ihr schon wieder gedroht hat, würde die ihr nur vorrechnen, wo sie sparen könnte. Da trifft sie lieber Lilli, die genau wie Anna immer dann besonders gern und viel Geld ausgibt, wenn sie keines hat. Mit Lilli kann sie auch viel besser fantasieren, was sie täten, wenn sie im Lotto gewinnen würden.

»Seit alles zu ist, spare ich so viel Geld«, sagt Lilli fröhlich.

»Ich nicht«, brummt Anna wütend.

»Wieso? Man kann doch gerade gar kein Geld ausgeben«, flötet Lilli vergnügt.

»Ich scheine zu können«, brummt Anna noch wütender.

»Komm, wir fahren in den Prater, vielleicht fängt dort schon etwas an zu blühen«, sagt Lilli tröstend.

»Okay«, sagt Anna gnädig, »aber nicht einmal einen Kaffee kann man trinken«, murrt sie dann noch hintennach.

»So ist das Leben«, lacht Lilli.

Als Anna nach dem Spaziergang wieder zu Hause sitzt und sich mit einer Kanne Tee aufwärmt, hat der Traum vom Lotto-Sechser sie noch immer nicht losgelassen. Warum kann sie nicht so viel Geld haben, wie sie gerne hätte? Weil sie keine reichen Eltern hatte, sagt sie sich. Ihr Vater war Arzt, die Mutter Hausfrau, und Anna wuchs mit drei Schwestern sowie der Tante auf, die als unterbezahlte Sekretärin ihr Leben fristete und schon deshalb bei ihnen wohnte, weil sie sich eine eigene Wohnung nicht hätte leisten können.

»Dein Vater ist ein Held«, hat Annas Schulfreund Fredi, mit dem sie in ihrer Jugend eine völlig unverbindliche Beziehung pflegte, einmal gesagt.

»Lebt mit sechs Frauen und dreht nicht durch …«

»Es geht ihm ja auch gut, er wird rundherum verwöhnt und außerdem ist er nie zu Hause …«

»Na klar, bei so vielen Weibern muss er viel verdienen, also viel arbeiten …«

»Du bist blöd und ein Sexist …«, hat Anna Fredi beschimpft und ihm gleich auch noch eine Ohrfeige verpasst.

Fredi hat nur gelacht. Anna war 1,50 groß und dünn wie eine Vogelscheuche, Fredi selbst 1,80 und 100 Kilo schwer. Eine Ohrfeige, wie sie Anna trotzdem gern verteilte, war meistens nicht viel mehr als ein etwas energischeres Streicheln.

Das waren noch Zeiten, denkt Anna und dreht den Fernseher auf. Wenn sehr viele Rechnungen auf ihrem Schreibtisch liegen, geht sie gar nicht erst ins Arbeitszimmer.

Was wohl aus Fredi geworden ist? Irgendwer hat ihr einmal erzählt, dass er später die Evi aus der 3b geheiratet hat, eine dickliche Blonde – ungefähr das genaue Gegenteil von Anna. Sie hätte nie gedacht, dass aus den beiden was hätte werden können. Na ja, denkt sie, wo die Liebe hinfällt. Aber Fredi und Evi waren beide passionierte Computer-Freaks. Fredi hat Anna in Mathematik immer abschreiben lassen, weil sie in diesem Fach eine absolute Null war.

Und deshalb kann ich eben auch nicht mit Geld umgehen, denkt Anna und ist sehr zufrieden mit dieser soeben entdeckten Entschuldigung dafür, dass sie sich kindisch und verantwortungslos benimmt, sobald es um Geld geht. Diese Zufriedenheit begleitet sie in den nächsten Tagen.

Manchmal allerdings überkommt sie große Trauer. Dann denkt sie, dass sie ihren Kindern gar nichts hinterlassen wird. Maria, überlegt sie, braucht nichts, der geht's gut. Aber Irene, Annas jüngere Tochter, hat, obwohl sie über dreißig ist, immer noch nicht herausgefunden, was sie einmal machen will, »wenn ich groß bin«, sagt sie. Und weil Irene Anna darin so unglaublich ähnlich ist, liebt diese sie ganz besonders – und macht sich besondere Sorgen um sie.

Als Alex der Ältere, Annas Mann, noch gelebt hat, hat er darauf bestanden, ein kleines Sommerhaus mit Garten im Speckgürtel um Wien anzuschaffen. Das war wirklich idyllisch, aber Anna ist einfach weder eine Gärtnerin, noch mag sie einen weiteren Haushalt führen, und alleine hat sie sich dort nie wohl gefühlt. Und da weder Maria, die damals noch keine Kinder hatte, noch Irene große Zuneigung zu dem Häuschen und dem Garten zeigten, hat Anna es nach Alex' Tod verkauft und den Erlös unter den Töchtern aufgeteilt. Das ist allerdings auch schon eine Weile her …

Doch nun sitzt sie zu Hause und grübelt, mit welchem Geld sie ihren heißersehnten Urlaub am Meer finanzieren wird. Weil ihr bisher immer irgendetwas eingefallen ist, schiebt sie den Gedanken einfach weg und macht sich auf den Weg in den Prater.

»Wir sind einfach für alles zu blöd«, schimpft Lilli, mit der Anna sich auch heute zum Spazierengehen verabredet hat. Wenigstens kostet das nichts … »Wir hätten wenigstens eine Thermoskanne mit Kaffee und ein paar belegte Brote mitnehmen können.«

»Dann gehen wir halt weniger spazieren und fahren zu mir. Du kannst bei mir Kaffee trinken und ich koch uns schnell was«, sagt Anna, der ohnehin schon wieder kalt ist.

»Aber wir wollten doch …«

»Was wir wollen, ist das eine, und was wir machen, das andere«, sagt Anna und lacht.

»Auch wieder wahr«, gibt Lilli klein bei und die Freundinnen marschieren zur U-Bahn.

»Weißt du, die Ursula fährt gerade nicht mit den Öffis«, sagt Anna im Plauderton.

»Blöde Kuh«, knurrt Lilli.

»Sei nicht so gemein, sie findet halt, dass das nicht sicher ist …«

»Dann soll sie eben zu Hause bleiben …«

»Eh. Und außerdem werden wir eh bald geimpft, so alt und

krank, wie wir sind«, sagt Anna und kichert.

»Ja, ja, alt und krank und schirch und grau und am besten mit Stock oder Rollator …«

»Also meine Mutter …«, setzt Anna an.

»Deine Mutter war ein Beispiel dafür, wie man am besten alt wird, und hat bis zu ihrem Tod nie einen Stock oder einen Rollator gebraucht …«, leiert Lilli herunter, als hätte sie es auswendig gelernt, »und dabei ist sie hundert geworden, und das sind gute Aussichten, weil du hast ihre Gene und überhaupt …«

»Du bist unausstehlich«, ärgert sich Anna und denkt, dass sie heute vielleicht doch eher mit Ursula hätte spazieren gehen sollen, denn Lilli ist ganz offensichtlich mit dem falschen Fuß aufgestanden.

»Aber mit Geld hat sie genauso wenig umgehen können wie ich«, sagt Anna versöhnlich. Lilli nickt und brummt irgendetwas unter ihrer türkisen Maske, was Anna nicht versteht.

»Was?«, fragt Anna so richtig unhöflich.

»Wie bitte, sagt man«, macht Lilli sich wichtig.

»Ja, Frau Lehrerin«, beißt Anna zurück. »Also so wird das nix – was soll ich kochen?«, fragt sie dann, um auf andere Gedanken zu kommen. Denn Kochen mag sie. Nicht immer und nicht für jeden, aber meistens und vor allem für Lilli, die gerne isst und Annas Küche immer lobt.

»Mach uns Spaghetti, das wärmt so schön«, murmelt Lilli unter ihrer Maske.

»Das ist eine einfache Übung«, erwidert Anna lässig und so sitzen sie wenig später an ihrem Küchentisch vor dem dampfenden Topf mit Pasta »à la Anna«.

»Das schmeckt großartig, was hast du da alles hineingegeben?«

»Ach, ich habe nur improvisiert«, schwindelt Anna stolz. In Wirklichkeit hat sie am Tag davor einen Topf mit Sugo eingefroren, weil die Kinder zum Essen kommen wollten, der kleine Alex aber im letzten Moment hohes Fieber bekommen hat. Das verrät sie Lilli aber nicht.

»Das hast du schon fertig gehabt, gib's zu«, sagt Lilli, die ihre Freundin zu gut kennt.

»Ja«, gibt Anna zu.

»Gib mir noch einen Löffel«, sagt Lilli und hält ihr den Teller hin.

Später sitzen sie im Wohnzimmer und Lilli liest aus der Zeitung vor.

»Wieder Bankraub in Ottakring. Beute 10 000 Euro.«

»Nicht genug«, murmelt Anna.

»Was heißt, nicht genug?«

»Na, wie weit kommst du schon mit zehntausend Euro?«

»Also meine Schulden könnte ich damit wenigstens bezahlen«, lacht Lilli.

»Aber den armen Deppen haben sie an der nächsten Hausecke erwischt. Er hat gesagt, er hat seine Miete nicht mehr zahlen können und wollte nicht, dass ihm die Kinder weggenommen werden.«

»Schrecklich«, sagt Anna. »Was ist denn das für eine Welt, in der wir leben …«

»Na die, die wir gebaut haben«, sagt Lilli und schmeißt die Zeitung in die Ecke.

»Wie führst du dich denn in meiner Wohnung auf?«, schreit Anna, hebt die Zeitung auf und wirft sie in den Korb für Papierabfälle.

»Sei nicht so pedantisch, du bist ja auch nicht gerade ein Ausbund an Ordnung.«

»Nein, aber ich mag nicht, wenn die Zeitung am Boden herumliegt …«

»Spielen wir eine Partie Canasta?«

»Zu zweit? Geh nein, das ist doch fad …«

Aber dann spielen sie doch und richten währenddessen sämtliche gemeinsamen Freunde aus, die lebenden genauso wie die toten.

Später liegt Anna auf dem Sofa und schaut sich einen kitschigen Liebesfilm im Fernsehen an. Und denkt an den armen Deppen, der eine Bank überfallen hat, um seine Miete zahlen zu können.

»Und was ist, wenn ich delogiert werde, weil ich Gas und Strom für die große Wohnung nicht mehr zahlen kann?«, denkt sie und es wird ihr ein bisschen kalt.

»Ich müsste bei Maria unterkommen. Irene kann sich ja nicht einmal selbst erhalten. Das wäre schrecklich. Maria würde mich hassen und mir das alles ewig vorhalten. Das würde ich nicht aushalten.« Aber so weit wird es doch nicht kommen, denkt sie weiter. Sie hat ja im Grunde mehr als genug zum Leben, sie muss nur versuchen, das Konto nicht zu sehr zu überziehen.

Aber weil ihr der Schreck immer noch in den Knochen sitzt, trifft sie sich am nächsten Tag doch mit Ursula. Die ihr selbstgemachte Marmelade mitbringt und sie damit wieder einmal unauffällig und doch deutlich daran erinnert, dass man ja nicht unbedingt alles kaufen muss, was man gernehat.

Uff. So eine Moralistin, denkt Anna heimlich, bedankt sich aber natürlich überschwänglich. Tatsächlich freut sie sich schon darauf, Ursulas Marmelade zu kosten. Ursula ist nämlich ziemlich fantasievoll bei derlei Unternehmungen. Also beim Marmeladekochen.

Einmal hat sie Himbeeren mit Erdnüssen eingekocht. Nicht sehr erfolgreich. Die Himbeeren wurden dunkelbraun und die Erdnüsse schauten aus wie weiße Würmer.

»Aber geschmeckt hat das gar nicht so schlecht«, sagt Ursula beschwichtigend, als Anna sie daran erinnert.

»Na ja«, meint Anna, »wenn man nicht hingeschaut hat, weil eigentlich hat's geschmeckt, wie es ausgeschaut hat.«

»Du hast eben keine Fantasie«, erwidert Ursula beleidigt.

Heute treffen sie sich ausnahmsweise nicht im Grünen, sondern in der Stadt. Weil Anna findet, dass es ohnehin nichts bringt, unter kahlen Bäumen zu spazieren.

»Die ausschauen wie Männer mit Glatze«, fügt Ursula hinzu, denn auch sie kennt Anna nur allzugut.

»Genau«, sagt Anna, »dann doch lieber interessante Fassaden. Schau, da zum Beispiel.«

Anna bleibt vor einem Hauseingang stehen. Neben der Türe befindet sich ein großes metallenes Schild, auf dem steht, dass die Bewohner dieses Hauses diese Tafel der Familie Pollak, den einstigen Hausbesitzern, widmen, die von den Nazis deportiert und in Auschwitz ermordet wurden.

Anna ist beeindruckt.

Ursula liest, nickt und putzt sich die Nase.

»Was ist los?«

»Na ja, meistens müssen solche Erinnerungen auf dem Gehsteig vor dem Haus angebracht werden, weil die Hausherren nicht wollen, dass man die Wände ihrer Zinsobjekte mit hässlichen Erinnerungen verschandelt. Das hab ich wirklich irgendwo so gelesen. Ich finde das toll, dass die das hier selbst gemacht haben ...«

»Komm, vielleicht gibt's irgendwo einen Kaffee zum Mitnehmen«, sagt Anna schnell, um abzulenken. Ursula ist in solchen Dingen sehr empfindlich, weil ihr erster Mann Jude war. Seither ist sie immer gleich auf den Barrikaden, wenn es um dieses Thema geht.

Sie hat ihn dann wegen eines Ägypters verlassen, der sie wiederum verlassen hat, weil er zu Hause schon eine Braut hatte. Aber immer noch empfindet sich Ursula als eine Art Ehrenjüdin. Obwohl sie derzeit mit einem Senegalesen namens Ibu lebt, der in Dakar Architektur studiert hat und nun versucht, hier in seinem Beruf Fuß zu fassen. Kennengelernt hatten sich die beiden, als Ibu bei Maria und ihrem Mann ein bisschen aushalf.

Und dieser Ibu ist Moslem. Was niemanden weiter stört. Ihn nicht, weil er nicht besonders religiös ist, und Ursula nicht, weil ihr Judentum ja ein sozusagen angeheiratetes ist. Anna wiederum bewundert Ursula für ihre Freizügigkeit. Und für ihre Fähigkeit, sich verschiedenen Männern mit verschiedenen Vorgeschichten so einfach anzupassen. Denn das tut Ursula. Seit sie mit Ibu zusammenlebt, versteht sie sich als Expertin für Afrika, den Islam und die Ungerechtigkeit in der Welt. Anna geht das ein bisschen auf die Nerven, aber solange man Ursula nicht mit irgendwelchen Fragen provoziert, ist sie durchaus auszuhalten. Und für Anna ist sie genauso wichtig wie Lilli.

Lilli ist so ziemlich das Gegenteil von Ursula. Sie sagt von sich selbst, dass sie oberflächlich sei.

In Wirklichkeit ist sie eine begabte Sängerin, die es aber in ihrem Beruf nie wirklich an die Spitze geschafft hat. Nicht, weil sie nicht gut genug gewesen wäre, sondern weil sie gerne und häufig in wichtigen Momenten falsche Entscheidungen getroffen hat. Die sie keineswegs bereut.

Eine dieser Entscheidungen heißt Julius, ist inzwischen 35 und Lillis höchstes Glück.

»Der einzige Mann, den ich wirklich ernsthaft und herzlich liebe«, sagt Lilli über ihren Sohn, den sie bekommen hat, obwohl der dazugehörige Vater sich gleich nach der Nachricht von der Schwangerschaft aus dem Staub gemacht und Lilli selbst deshalb auf eine vielversprechende Karriere an der Oper in Sidney verzichtet hat. Denn als klar wurde, dass sie eine alleinerziehende Mutter sein würde, hat sie beschlossen, vor der Geburt doch lieber nach Wien zurückzukehren, wo zumindest ihr Vater und ihre beste Freundin Anna lebten.

Danach hat sie sich und Julius als Gesangslehrerin durchgebracht und hie und da mit einigem Erfolg Konzerte gegeben. Vor allem, wenn Lilli mit Liedern von Hans Eisler oder Kurt Weill auftritt, sind Anna und Ursula immer zur Stelle. Aber wirklich leben konnte Lilli davon nie. Doch dass sie Julius zur Welt gebracht hat, hat Lilli trotz aller Schwierigkeiten nie bedauert. Der ist inzwischen als Pianist ein sehr viel erfolgreicherer Musiker, als es seine Mutter je war. Nur hat er leider beschlossen, den Spuren seines verantwortungslosen Vaters zu folgen, und feiert jetzt auf der anderen Seite der Welt Erfolge, von denen Lilli regelmäßig Fotos und Zeitungsausschnitte bekommt. Viel mehr nicht. Aber Lilli ist zufrieden damit, dass Julius sein Leben in den Griff bekommen hat, und findet, alles sei schon richtig so, wie es ist. Julius ruft sie auch von Zeit zu Zeit an und alle paar Jahre kommt er zu Besuch, wenn er wieder einmal eine Tournee durch Europa absolviert. Lilli sitzt dann im Konzerthaus in der ersten Reihe, hört seinem Klavierspiel zu und ist glücklich. Anna hat sie mehrmals begleitet und dann immer das Gefühl gehabt, als sei Julius auch ein bisschen ihr Sohn. Die Freundinnen sind danach mit stolzgeschwellter Brust in die Künstlergarderobe geeilt und haben sich gefreut, weil der 1,90 große Julius sich zu ihnen hinunterbeugte, um sie zu küssen.

Aber.

Julius interessiert sich kaum für das Leben seiner Mutter in Wien, von dem er annimmt, dass es so läuft, wie es immer gelaufen ist. Lilli hat ihre finanziellen Probleme immer fein säuberlich vor ihm geheimgehalten und tut das auch jetzt.

»Meine Miete ist wieder erhöht worden«, seufzt Lilli ein paar Wochen später, als sie wieder im Kaffeehaus sitzen dürfen und sich eigentlich darüber freuen.

»Wie kann das sein?«, fragt Anna empört, die das Glück hat, in einer Eigentumswohnung zu leben, die ihr Mann vor Jahrzehnten gekauft hat.

»Weiß nicht«, sagt Lilli. »Bald muss ich mich unter der Brücke einrichten.«

»Na, bevor das passiert, kannst du bei mir einziehen«, sagt Anna und denkt zur gleichen Zeit, dass das vielleicht gar nicht so angenehm wäre. Denn sie ist ziemlich froh, allein zu leben.

Wenn Lilli bei ihr einzöge, könnte sie nicht mehr den ganzen Tag im Nachthemd herumlungern und sich kitschige Serien im Fernsehen anschauen, wann immer ihr danach zu

Mute wäre. Und essen, wenn sie Hunger hat – eben auch Frühstück um sechs Uhr nachmittags.

Lilli – die chaotische Künstlerin, wie Anna und Ursula sie immer heimlich genannt haben und das nicht ganz ohne Neid – ist in Wahrheit eine »sehr strukturierte Person«. Diese Beschreibung stammt von Annas Friseur Josef, zu dem sie Lilli manchmal mitnimmt, wenn deren grau-schwarze Locken schon beginnen, ihr Gesicht zuzudecken. Lilli kann sich Josef nicht leisten, aber Anna schenkt ihr hie und da eben einen Gutschein. Meistens tut sie so, als hätte sie ihn selbst geschenkt bekommen.

Josef also behauptet, Lilli sei eine sehr strukturierte Person. Woher er das wissen will, hat Anna bisher nicht herausgefunden. Aber sollte das stimmen – und Anna vertraut Josefs Menschenkenntnis vorbehaltlos –, dann wäre ein Zusammenleben wahrscheinlich ziemlich unerträglich.

»Wie können die einfach die Miete erhöhen?«, fragt sie Lilli noch einmal, aber die sagt, dass sie keine Ahnung habe, dass ihr die Wohnung aber ohnehin auf die Nerven gehe und sie vorhabe, in eine Wohngemeinschaft zu ziehen.

»Brrrrr«, sagt Anna darauf. »Stell dir vor – wie in alten Zeiten darum streiten, wer wann ins Bad darf und wer mit Geschirrwaschen dran ist – entsetzlich …«

In ihrer Jugend haben Anna und Lilli einmal ein paar Monate mit ihren damaligen Freunden in einer großen Wohngemeinschaft gelebt. Beide hatten sich in zwei gerade sehr angesagte Folk-Musiker ohne Geld verliebt. Also zogen sie zu viert in besagte Wohngemeinschaft, in der auch noch ein glückloser Pianist mit seiner schwangeren Frau, ein Volksschullehrer in seinem Probejahr und ein Psychologiestudent lebten. Insbesondere der Psychologiestudent Paul machte Lilli und Anna damals mit seinen Lehrbuchweisheiten wahnsinnig. Aber vor allem Anna litt unter der verdreckten Badewanne und dem ewigen Streit ums Kochen, Einkaufen und Aufräumen. Lilli schien das damals ziemlich egal zu sein, so viel zur »sehr strukturierten Person«. Sie verbrachte aber auch die meiste Zeit mit dem Folk-Gitarristen im Bett. Was Anna so gar nicht verstand, zumal ihre Liebe zu Ludwig, dem Folk-Sänger, bald erkaltete. Wenig später traf sie Alex und zog direkt zu ihm in die Wohnung, die er später kaufte, in der Irene und Maria aufgewachsen sind und in der Anna noch immer lebt.

Ein paar Wochen später bringt Lilli ihre Freundin Erika mit zu Anna. Eigentlich haben sie sich zum Kartenspielen verabredet, aber, sagt Lilli, das sei zu zweit ohnehin nicht so prickelnd, und Ursula, die auch dabei sein sollte, hat im letzten Moment abgesagt, weil Ibu sie in ein Trommelkonzert eingeladen hat.

»Wenn sie was Besseres vorhat …«, sagt Lilli spitz zu Anna am Telefon.

»Du bist so blöd.« Anna ärgert sich über Ursula, aber auch über Lilli.

»Wenn ihr das eine Freude macht, dann ist das doch ihr gutes Recht! Karten spielen mit uns kann sie immer …«

»Ja, ja«, gibt Lilli zu. »Du, darf ich meine neue Freundin Erika mitbringen?«

»Du darfst – wenn sie geimpft ist. Und wenn sie mir unsympathisch ist, schmeiß ich euch hinaus«, sagt Anna und lacht.

»Jö, das ist aber hübsch, ist das neu?«, fragt Lilli und streicht bewundernd über den Ärmel von Annas Seidenkleid.

»Ja, war im Ausverkauf, ganz billig«, sagt Anna ein bisschen verschämt, weil sie Lilli und Ursula ja seit Wochen mit ihren Geldproblemen in den Ohren liegt.

»Schön haben Sie es hier«, lobt Erika und durchbricht damit das ein bisschen peinliche Schweigen.

»Ja, nicht wahr?«, erklärt Lilli. »Die Anna ist so ein Glückspilz. Ihr Mann hat die Wohnung gekauft und mit seinem Erbe haben sie sich die Wohnung so eingerichtet, wie sie es gebraucht haben.«

»Das ist toll, gratuliere Ihnen«, sagt Erika höflich, und Anna fragt sie, ob sie sich nicht duzen wollen, wo Erika doch mit Lilli befreundet ist und Lilli wiederum fast so etwas wie eine Schwester.

»Gern«, erwidert Erika.

Ein paar Tage später gibt es einen Rundruf von Anna.

»Ich halt das nicht mehr aus«, teilt sie Lilli entnervt mit und wenige Stunden später auch Ursula. »Ich sitz zu Hause und tue gar nichts und trotzdem hab ich kein Geld!«

Die Freundinnen sind ratlos.

»Kommt zu mir«, sagt Anna kurzentschlossen, und obwohl gerade Ursula so ihre Zweifel hat, stimmen letztlich beide zu, weil sie sich genauso einsam fühlen wie Anna.

Ich komm mir vor wie aus der Zeit gefallen, denkt Anna und findet diesen Satz sehr poetisch. »Nichts freut mich, nichts interessiert mich«, sagt sie später, als sie mit den Freundinnen bei weit offenen Fenstern trotz ziemlich einstelliger Temperaturen in ihrem Wohnzimmer sitzt.

Ursula besteht aber darauf, dass die Fenster offenbleiben, schließlich seien sie alle »schon nicht mehr taufrisch« und gehörten somit zur höchsten Risikogruppe.

»Hurra, ich bin eine Risikogruppe«, kichert Lilli und dreht sich im Kreis.

»Dummes Huhn!«

»Also hörst du? Ich bin wirklich eine Risikogruppe, ich hab zu hohen Blutdruck und eine nicht funktionierende Schilddrüse. Ich hab im Internet gelesen, dass das sehr gefährlich ist, wenn ich mich anstecke. Also bitte!«

»Alte Frauen im Internet«, murmelt Anna und grinst.

»Obwohl erfrieren auch nicht gerade ungefährlich ist«, gibt Lilli etwas leiser zu bedenken.

»Zieht euch halt noch einen Pullover an«, sagt Ursula streng.

»Ich komme mir vor wie aus der Zeit gefallen«, sagt Anna mit Drama in der Stimme.

»He – du bist unter die Dichter gegangen …«, ruft Lilli fröhlich, aber Ursula rümpft missbilligend die Nase.

»Das hast du irgendwo gelesen«, sagt sie zu Anna, die enttäuscht dreinschaut und dann zugeben muss, dass ihr dieser schöne Satz tatsächlich nicht selbst eingefallen sein dürfte.

»Das Entscheidende ist doch nicht, ob ich das selbst erfunden hab. Das Entscheidende ist, dass ich mich so fühle!«

Die drei schauen sich an.

»Irgendwas muss passieren!«, sagt Lilli energisch. »So geht das nicht weiter!«

»Was eigentlich?«, fragt Ursula.

»Vor allem unsere Geldprobleme!«, sagt Anna bestimmt.

»Und diese komische Stimmung, wo man jeden erst fragen muss, ob er getestet ist, bevor man ihn in die Wohnung lässt«, fügt Lilli hinzu.

»Also mir geht's gut«, sagt Ursula. »Ich bin so froh, dass ich nichts zu tun hab. Ich sitz zu Hause und koche ein bisserl für mich und den Ibu. Und der putzt die Wohnung und baut mir gerade ein schönes neues Bücherregal. Legt euch halt Partner zu, dann geht's euch gleich besser.«

»Woher nehmen und nicht stehlen«, murmelt Lilli und schaut traurig.

»Also mir können die alle gestohlen bleiben«, sagt Anna bestimmt.

»Und außerdem ist das auch keine Lösung! Dein Ibu hat noch weniger Geld als ich, also wozu dann? Und außerdem: Seit wir alle geimpft sind, sind wir auch nicht mehr so eingesperrt …«

Tatsächlich sind die Freundinnen erleichtert, sich wieder im Kaffeehaus treffen zu können. Vielleicht würde Lilli auch bald wieder ein Konzert geben dürfen. Doch Anna tröstet sich über das unbestimmte Gefühl einer weiterhin präsenten Gefahr hinweg, indem sie einkauft. Computerspiele für Alex, Kleider für sich, Schmuck für die Töchter. Nichts davon ist notwendig, aber es beruhigt sie, obwohl sie weiß, dass ihre Kaufsucht fatal ist.

Lilli hatte eine weitere Mieterhöhung erhalten und begann ernsthaft, nach einem Untermietzimmer zu suchen, weil sie sich ihre Wohnung bald nicht mehr würde leisten können. Ursula und Ibu saßen zu Hause und hatten Sorgen wegen Ibus Aufenthaltsgenehmigung. Das ist der Stand der Dinge, als Lilli eines Tages »eine Sitzung« einberuft. So nennen die Freundinnen seit Jahren ihre Treffen, wenn es Ernsthaftes zu besprechen gibt.

»Ich bring die Erika mit«, teilt Lilli so nebenbei am Telefon mit.

»Aha?«, sagt Anna, die nicht sicher ist, ob Lilli vielleicht im zarten Alter von 69 plötzlich lesbisch geworden ist. Na und wenn, denkt sie dann bei sich, wenn es ihr gut geht …

Aber so ganz wohl fühlt sie sich trotzdem nicht bei dem Gedanken, Lilli könnte jetzt plötzlich eine Partnerin gefunden haben. »Und ich bin allein«, denkt Anna und gibt dem Foto von Alex, das neben ihrem Sofa auf dem Tischchen im Wohnzimmer thront, einen kleinen Kuss.

»Aber ich bin ja nicht allein. Ich hab ja die Kinder …«

»Also ich werde demnächst unter der Brücke hausen müssen«, eröffnet Lilli »die Sitzung«, nachdem sich alle bei Anna getroffen, Kaffee getrunken und die großartigen Kuchen aufgegessen haben, die Anna nicht selbst gebacken, sondern beim Bäcker um die Ecke gekauft hat.

»Aber geh, nein, bevor du unter die Brücke ziehst, kommst du zu mir«, rufen Anna und Ursula wie aus einem Mund. Anna, die es überhaupt nicht mag, wenn jemand bei ihr wohnt, und sogar froh ist, dass ihre Töchter eigene Wohnungen haben und am Abend wieder gehen, wenn sie sie besucht haben.

Und Ursula, die mit Ibu auf fünfzig Quadratmetern haust und sich mit Lilli eigentlich nicht besonders versteht …

»Keine Sorge«, sagt Lilli, die mit ihrem dramatischen Auftritt sehr zufrieden ist. »Keine Sorge, denn Erika und ich haben eine Lösung gefunden!«

»Ja«, erklärt Erika leise, »ich geh in drei Monaten in Pension und weiß schon jetzt, dass ich mit dem, was ich dann monatlich krieg, nicht auskommen werde. Und ich wohne in einer Wohnung, die groß genug ist. Also hab ich Lilli angeboten, zu mir zu ziehen. Wir eröffnen eine Alters-WG!« Erika lacht.

Anna fällt ein Stein vom Herzen. Zum einen, weil das doch keine lesbische Geschichte ist, die dann womöglich mit Heulen und Zähneknirschen endet, und zum anderen, weil sie Lilli nicht bei sich aufnehmen muss.

»Wieso kriegst du so wenig Pension?«, fragt Ursula, die Praktische.

»Tja, so ist das eben. Ich war Volksschullehrerin und da verdient man nicht besonders viel, und deshalb kriegt man dann eben noch viel weniger Pension. Obwohl wir die sind, die dafür sorgen sollen, dass die nächste Generation anständig, gescheit und tolerant wird. Aber viel Geld ist das keinem wert«, sagt Erika und zuckt mit den Achseln.

»Wie blöd ist das denn?«, sagt Anna empört, obwohl das für keine von ihnen wirklich überraschend ist.

»Kurz und gut: Ich gebe meine Wohnung auf und zieh bei der Erika ein. Und weil ich dort nicht so viel Platz haben werde wie bei mir jetzt, werde ich demnächst einen Flohmarkt veranstalten, und dazu brauch ich eure Hilfe, weil sowas hab ich noch nie gemacht!«

Einen Flohmarkt veranstalten? Anna ist begeistert, bis ihr klar wird, dass sie dabei nicht als genussvoll schlendernde Liebhaberin von »Vintage«-Dingen zu Gast ist, sondern als die funktionieren soll, die Lillis Zeug anpreist.

»Oje, dafür bin ich gar nicht geeignet«, sagt sie deshalb kleinlaut.

»Also Ibu und ich helfen dir natürlich«, meint Ursula, die Lilli nicht besonders mag, weshalb es ihr gar nicht schwerfällt, sich mit der Idee anzufreunden, Lillis persönliche Sachen zu verscherbeln.

»Wo und wann?«, fragt sie dann, weil sie doch die Praktische ist.

»Keine Ahnung, so bald wie möglich, weil ich das Geld für die Übersiedlung brauchen kann!«

»Kann dein Sohn dir nicht helfen?«, fragt Erika. »Nicht, dass ich einen Rückzieher machen will, aber der könnte dir doch Geld für die Übersiedlung schicken …«

»So weit kommt's noch, dass ich mir vom Julius Geld fürs Übersiedeln schicken lasse. Der braucht das, was er verdient, selbst – er wird nämlich –Trommelwirbel – endlich Vater! Hurra«, ruft Lilli stolz.

»Super, gratuliere, das ist ja eine wunderbare Nachricht. Wann ist es so weit? Fährst du dann hin?«, fragt Anna begeistert.

»Spinnst du? Wie soll ich mir denn einen Flug nach Australien leisten?«, fragt Lilli traurig. »Wir skypen und er wird mir viele Fotos schicken und irgendwann, wenn der Pamperletsch bissi größer ist, bringt er ihn dann einmal mit!«

»Pamperletsch – das hab ich schon lang nicht mehr gehört«, sagt Erika begeistert. »So ein hübsches Wort!«

»Na, ich weiß nicht«, sagt Ursula, »das klingt irgendwie ein bisserl abwertend.«

»Sei doch nicht so todernst«, erwidert Anna und stößt Ursula unter dem Tisch. »Pamperletsch ist doch lieb gemeint …«

»Also jedenfalls zieh ich bei der Erika ein«, sagt Lilli entschlossen und die nickt bestätigend mit dem Kopf.

»Wir machen eine Einweihungsparty, wenn es so weit ist«, sagt sie und lacht.

»Aber ihr kennt euch doch gar nicht …«, meint Ursula und schüttelt missbilligend den Kopf.

»Gut genug, um zu wissen, dass wir beide kein Geld haben«, sagt Lilli fröhlich.

»Aber was ist, wenn ihr euch nach zwei Wochen furchtbar auf die Nerven geht?«, fragt Ursula immer noch skeptisch.

»Dann geht jede in ihr Zimmer und macht die Türe zu«, sagt Erika leichthin, und Anna denkt, dass Lilli und Erika ganz gut zusammenpassen.

Später am Abend, auf dem Sofa liegend, schaut sich Anna eine wirklich blöde Quizsendung an und denkt plötzlich, dass sie das nicht könnte. Mit jemandem, den sie kaum kennt, zusammenziehen.

Da müsste ich mich so anpassen, da könnte ich ja nicht einmal mehr zu Hause so sein, wie ich bin. Für mich ist die Wohnung der Ort, wo ich loslassen kann, aber wenn ich bei jemandem wohnen müsste, dann wäre ich nie so richtig entspannt.

Aber, denkt Anna später, während sie sich die Zähne putzt, vielleicht sind die zwei gar nicht so unterschiedlich ... Also beneiden tu ich die Lilli jedenfalls nicht. Obwohl ... heute ist schon wieder eine Mahnung von der Bank gekommen, weil das Konto so überzogen ist.

Ich geh morgen und spiel Lotto. Vielleicht hilft's ja und auf die paar Groschen kommt's auch nicht mehr an. Mit diesem Beschluss schläft Anna beruhigt ein.

Lillis Flohmarkt wird ein großer Spaß. Finden die Freundinnen. Sogar Ursula unterhält sich prächtig. Sie ist eine geborene Verkäuferin und entwickelt großen Ehrgeiz beim Anpreisen von Lillis Nippes und Kleidern. Zur Sicherheit haben sie den Flohmarkt in den Garten vor Lillis bisherigem Wohnhaus verlegt.

Anna thront auf Lillis altem Schaukelstuhl – »der passt nicht in das Zimmer bei Erika und im Wohnzimmer steht eh einer« – und beobachtet die anderen. Es kommen vor allem Freundinnen von Lilli und Erika, und die meisten auch nur zum Tratschen, nicht zum Kaufen. Aber auch wenn sich alle prächtig amüsiert haben, müssen die Freundinnen am Abend feststellen, dass wenig verkauft wurde und noch weniger Geld in die kleine Kasse geflossen ist.

»Und was machen wir jetzt?«, fragt Anna in die Runde, ohne wirklich eine Antwort zu erwarten.

»Also, zuerst sucht ihr euch jede etwas aus. Und den Rest stell ich einfach auf Willhaben«, meint Lilli sorglos.

»Aber du brauchst doch das Geld«, sagt Ursula streng.

»Was ist schon Geld?«, fragt Lilli und zuckt mit den Achseln.

»Kann ich den Schaukelstuhl haben?«, fragt Anna und schämt sich ein bisschen. »Dann bleibt er für dich bei mir stehen«, fügt sie schnell wie als Entschuldigung hinzu.

»Nein«, sagt Ursula energisch, »der bringt sicher viel Geld, das die Lilli braucht. Nimm dir was Kleines, was nix bringen würde!«

»Schade«, sagt Anna. »Aber du hast natürlich recht. Den musst du um viel Geld verkaufen!«

»Das Ganze geht mir so auf die Nerven«, murmelt Lilli nun doch niedergeschlagen und setzt sich auf besagten Schaukelstuhl, von dem Anna gerade aufgestanden ist. »Warum kann ich nicht reich sein?«

»Frag ich mich auch die ganze Zeit«, sagt Anna.

»Wir waren zu blöd und jetzt ist es zu spät«, beschließt Ursula resignierend und dieses Mal gibt ihr sogar Lilli recht.

»Wir müssen uns was ausdenken, womit wir zu sehr viel Geld kommen, und dann schmeißen wir uns an einen Strand in der Karibik und vergessen alles rundherum«, sagt Anna.

»Gute Idee, aber was?«, fragt Ursula.

»Ich kann stricken«, sagt Erika leise.

»Na, das ist doch schon ein Anfang«, sagt Anna gut gelaunt.

»Ich kann häkeln«, steuert Ursula bei, und Anna erinnert sich, dass sie eine Zeit lang Taschen genäht hat.

»Na bitte, wir machen einen ›Pop-up-Store‹ mit Gestricktem, Gehäkeltem und Genähtem«, sagt Ursula.

»Was ist ein Pop-up?«, fragt Lilli erstaunt.

»Na sowas, was auf einmal da ist und dann wieder weg ...«, erklärt Ursula etwas vage.

»Und damit werden wir reich?«, fragt Lilli.

»Weiß ich doch nicht, aber versuchen könnten wir's!«, erwidert Ursula missmutig.

»Ich bin dafür, was kann schon passieren?«

»Na gut, und wo verkaufen wir das dann?«, fragt Erika.

»Auf den verschiedenen Flohmärkten«, sagt Anna, »das wird eine Hetz!«

»Also ich weiß nicht, muss man da nicht irgendeine Bewilligung haben?«, fragt Ursula besorgt, die ihre eigene Idee vom Pop-up schon wieder selbst in Frage stellt.

»Aber geh, auf einem Flohmarkt kann doch jeder verkaufen, was er will ...«, sagt Lilli sorglos.

»Na dann, gehen wir's an. Also Erika strickt Schals, ich häkle Mützen und du, Anna, machst bunte Taschen und in drei Wochen treffen wir uns, schauen alles an und dann gehen wir auf den Flohmarkt am Naschmarkt. Das ist der größte, und wenn schon, denn schon, dann werden wir ja sehen, ob wir damit zu Geld kommen!«

»Und was soll ich machen?«, fragt Lilli.

»Du bist doch unsre Kreative, lass dir halt was einfallen? Wie wär's mit Hinterglasmalerei?«, sagt Ursula hämisch.

»Das ist mir zu fad«, antwortet Lilli trotzig.

»Aber was könntest du denn machen?«, fragt Anna besorgt.

»Aquarelle«, sagt Lilli mürrisch. »Ich mal doch seit Jahren ...«

»Na, dann mal doch kleine Aquarelle und kleb sie auf Karten, sowas kaufen die Leute immer. Kannst ja Geburtstagswünsche oder Hochzeitsgratulationen draufschreiben ...«, sagt Ursula großzügig.

»So weit kommt's noch ...«, sagt Lilli noch mürrischer.

»Aber Karten kann ich machen.«

»Also«, sagt Anna forsch. »In drei Wochen bei mir, und am Samstag gehen wir auf den Flohmarkt!«

»Schaut doch ganz nett aus«, meint Anna und betrachtet die Ausbeute ihrer Anstrengungen der vergangenen drei Wochen. »Das sollte uns doch was bringen!«

»Also Naschmarkt können wir uns abschminken«, sagt Ursula streng, »da muss man was zahlen, damit man dann dort verkaufen darf. Aber wir können einen Wohnungsverkauf organisieren ...«

»Welche Wohnung willst du denn verkaufen?«, fragt Anna interessiert.

»Am liebsten deine, du Gurke – ich hab doch gemeint, wir können *in* deiner Wohnung eine Verkaufsausstellung organisieren ...«

»Und wer lädt die Leute mit Geld ein?«

»Na, wir alle, jeder seine halt«, meint Ursula zuversichtlich.

»Das wird nie was, das geht so aus wie der Flohmarkt von der Lilli«, sagt Anna missmutig.

»Probieren können wir's doch«, sagt Lilli.

»Kennst du wen, der Geld hat und sich unser Klumpert kaufen würde?«, fragt Anna genervt.

»Wir werben einfach übers Internet«, schlägt Erika gutmütig vor.

»Also wenn wir da mehr als 20 Euro einnehmen, zahl ich eine Runde Sekt«, sagt Anna.

»Super«, meint Lilli, »die Wette gilt!«

»Du, wir machen eine Verkaufsausstellung«, sagt Anna zu ihrer Nachbarin, die einen Stock über ihr wohnt.

»Was stellt ihr denn aus?«, fragt die misstrauisch.

»Ich meine Taschen, und meine Freundinnen Gestricktes und Gehäkeltes und Gemaltes. Komm doch vorbei, musst ja nur mit dem Lift einen Stock tiefer fahren. Und sag's deinen

Freundinnen und Freunden weiter ...«, ruft Anna fröhlich und rennt schnell die Stiegen hinunter.

Sie glaubt allerdings nicht, dass die Nachbarin kommt. Sie kennt sie als ziemlich geizig und außerdem geht sie gern in gedeckten Farben herum, was soll sie also mit bunten Taschen oder den Schals und Mützen anfangen, die Ursula und Erika produziert haben. Ganz zu schweigen von Lillis hübschen abstrakten Aquarellen. Aber was weiß man schon, tröstet Anna sich dann und läuft zum Supermarkt, wo sie Kekse und Chips und Cola und Limonade in großen Mengen einkauft.

»Ohne Essen ist das Ganze ja nur halb so lustig«, hatte Lilli gesagt, und Anna hat ihr recht gegeben.

»Was glaubt ihr, wie viele Leute kommen?«, hat Erika leise gefragt.

»Keine Ahnung! Aber ich gehe jetzt noch los, um in der ganzen Nachbarschaft Zettel mit Hinweisen auf unseren Wohnzimmerverkauf aufzuhängen. Die hab ich auch gemalt«, meint Lilli.

»Also über hundert Leute müssen's schon sein, wenn es sich auszahlen soll!«, sagt Ursula, die genau berechnet hat, wann sich ihre viele Mühe bezahlt machen würde.

»Hundert? Nie im Leben ...«, sagt Anna.

»Immer die Pessimistin!«, schimpft Lilli.

»Hast du denn so viele Freundinnen?«, fragt Anna.

»Ja aber wir vier zusammen sollten doch mehr als hundert zusammenbringen, findest du nicht?«, fragt Lilli kampflustig.

»Wir werden ja sehen«, meint Erika beschwichtigend und strickt am letzten rot-grau-lila gestreiften Schal weiter.

»Es kommt keiner«, sagt Anna und schaut auf die Uhr.

Sie haben ihre Wohnzimmerausstellung für drei Uhr nachmittags angekündigt. Um viertel vier ist noch niemand da. Obwohl sie die Musik laut aufgedreht haben und die Wohnungstüre weit offensteht.

»Das wird schon, vielleicht war drei Uhr nachmittags doch

zu früh. Und wir haben ja auch *ab* drei Uhr gesagt …«, macht Lilli gute Miene zum bösen Spiel.

»Hallo?«, hören sie eine schüchterne Stimme vor der Türe, »darf man hereinkommen?«

»Aber bitte, natürlich, kommen Sie weiter, kommen Sie weiter«, ruft Ursula und stürzt ins Vorzimmer.

Draußen stehen zwei mittelalterliche Damen.

»Was dürfen wir Ihnen anbieten?«, fragt Anna höflich.

»Also, wir wollen uns ja eigentlich Ihre Sachen anschauen. Aber ein Glas Wasser wäre schon fein«, sagt die eine Dame mit kurzen, grauen Locken und wischt sich den Schweiß von der Stirne.

»Kommt sofort«, flötet Ursula und Anna übernimmt die Führung durch den Raum, in dem sie ihre Arbeiten elegant auf Sesseln und Tischen drapiert haben.

»Also ich könnt der Ilse zum Geburtstag so einen Schal und eine dazu passende Mütze schenken, was meinst du?«, sagt die eine Dame und Anna freut sich.

»Das wäre für meine Tochter«, sagt die andere Dame und schaut unsicher in die Gegend.

»Wie alt ist sie denn?«

»46!«

»Also noch sehr jung«, sagt Anna wichtigtuerisch.

»Mir tät der rot-blau-graue Schal gefallen. Gibt's auch eine passende Mütze?«

»Hier«, sagt Ursula diensteifrig.

»Die hier mit den roten Streifen passt doch gut zu dem Schal!«

»Was meinst du?«, sagt die Dame zu ihrer Begleiterin.

»Ist die Ilse nicht auf Wolle allergisch?«

»Der Schal ist aus einem Gemisch, das ist extra für Allergiker gedacht«, sagt Erika schnell. »Ich zeig Ihnen das Etikett, wenn Sie wollen.«

»Ich weiß nicht«, sagt die Begleiterin unschlüssig.

»Aber was, ich kauf's ihr, wenn's ihr nicht gefällt, schenk

ich's der Slavica, die freut sich immer über solche Sachen!«

»Na ja, wenn du dein Geld zum Fenster rausschmeißen willst ...«

»Wir könnten Ihnen als Verpackung diese graue Tasche mit den roten Blumen anbieten und vielleicht so eine Glückwunschkarte?«, versucht Ursula der zögernden Dame noch mehr anzudrehen.

»Nein, danke«, sagt diese uninteressiert. »Was sollen der Schal und die Mütze denn kosten?«

»Der Schal 30 und die Mütze 20 Euro«, sagt Ursula.

»Das ist aber schon teuer«, kommentiert die Begleiterin.

»Na hören Sie, wissen Sie, wie lange man an so einem Schal strickt und was die Wolle kostet?«, sagt Erika empört.

»Komm, wir gehen ins Einkaufszentrum, dort findest du was Besseres«, sagt die Begleiterin und die beiden ziehen stolz erhobenen Hauptes ab.

»Na, das war jetzt so ein richtig großer Erfolg«, sagt Lilli.

»Mist, Mist, Mist«, schreit Anna.

»Sie haben gesagt, ich soll vorbeischauen«, vernehmen die Freundinnen eine Stimme aus dem Vorzimmer. Annas Nachbarin steht da und neben ihr noch ein Mann und eine Frau.

Und zu Annas größtem Entzücken kaufen die drei ein. Zwei Schals und zwei Mützen und eine Tasche und eine Karte.

Später verirren sich noch einige Menschen zu ihnen, darunter drei Teenager, die eigentlich zu einer Party im obersten Stock wollen, aber versprechen, dass sie ihren Müttern von den »coolen« Sachen erzählen werden, die es hier zu bestaunen gibt.

»Super«, sagt Anna und bietet den Mädchen Cola an. »Wir sind das ganze Wochenende hier.«

Am ersten Abend sind 100 Euro in der Kasse und Lilli erinnert Anna daran, dass sie Sekt spendieren muss. Aber am zweiten und dritten Tag kommen insgesamt gerade noch einmal 50 Euro dazu.

»150 geteilt durch vier macht ungefähr 35 Euro pro Kopf«, stellt Anna müde fest. »Also damit lösen wir unsere Probleme sicher nicht. Wir können höchstens einmal gut essen gehen.«

»Besser als nichts«, lacht Lilli, »aber was machen wir jetzt mit dem ganzen Klumpert?«

»Weihnachtsgeschenke«, sagt Ursula praktisch. »Dann müssen wir wenigstens dafür kein Geld ausgeben.«

»Gute Idee«, meint Erika.

»Aber mein Konto bleibt trotzdem überzogen«, sagt Anna unglücklich.

»Na ja, aber wenn du kein Geld für Weihnachtsgeschenke ausgibst, sparst du doch viel, da muss sich dein Konto doch erholen!«

»Schön wär's«, seufzt Anna. »Das ist alles nur ein Tropfen auf den heißen Stein! Morgen spiel ich Lotto!«

2
Ideen

Einige Tage nach der finanziell wenig ergiebigen Wohnungsausstellung ruft Annas Tochter Maria an und bittet die Mutter sehr förmlich um ein Treffen.

»Da musst du mich doch nicht bitten«, sagt Anna aufgebracht.

»Wenn du was willst von mir, komm einfach vorbei, die Schlüssel hast du ja noch!«

»Soll ich sie dir vielleicht zurückgeben?«, fragt Maria schnippisch zurück, und Anna denkt, dass irgendetwas passiert sein muss, wenn die sonst eher sanfte Maria solche Töne anschlägt.

»Morgen zum Mittagessen?«, fragt Anna.

»Lieber zur Jause, nach dem Büro«, antwortet Maria.

»Fein, ich freu mich, ich hab dich eh schon viel zu lange nicht gesehen!«

»Ja, ja, ich weiß, ich weiß, du weißt schon gar nicht mehr, wie ich ausschaue …«, lacht Maria, und Anna muss auch lachen, weil dieser Spruch von Annas Mutter Luise stammt, die den Enkelkindern auf diese Weise immer zu verstehen gegeben hat, dass sie gekränkt ist, weil sie sie nicht oft genug besuchen.

Aber Marias Anruf hat Anna nervös gemacht. Also ruft sie Irene an, die weiß vielleicht, was mit der älteren Schwester los ist.

»Weißt du, was die Mary hat?«, fällt sie mit der Türe ins Haus.

»Wieso?«, fragt Irene scheinheilig.

»Sie hat mich gerade um ein Treffen gebeten, als wäre ich ihr Anwalt oder die Erbtante oder der Papst«, sagt Anna unwirsch.

»Aber Mama, sie will dich halt einmal allein treffen, ohne Alex und Peter, und mit dir tratschen, das ist doch nett …«, weicht Irene aus, und Anna erkennt an der Stimme ihrer Tochter, dass diese genau weiß, was die Schwester will, es der Mutter aber nicht sagen kann.

»Ihr gehts mir so auf die Nerven, ihr zwei Geheimniskrämerinnen!«, sagt Anna aufgebracht und legt auf.

»Also, was gibt's, mein Schatz?«, fragt Anna, nachdem sie und Maria es sich im Wohnzimmer auf dem Sofa bequem gemacht haben. Nicht ohne vorher in der Küche Tee getrunken und Brötchen gegessen zu haben, denen Anna ihren Vormittag gewidmet hat.

»Na ja«, druckst Maria herum.

»Du hast zugenommen«, sagt ihre Mutter kritisch und dann kommt ihr eine vage Vermutung.

»Genau«, sagt Maria trocken.

»Genau was?«, fragt Anna und kommt sich dabei blöd vor.

»Geh, Mama, bitte. Ja, ich bin schwanger, und nein, das war nicht geplant, und nein, wir wollten kein zweites Kind, und außerdem sind es zwei!«

Anna starrt Maria ungläubig an.

»Zwillinge? Wirklich? Das ist doch wunderbar!«, ruft sie.

»Wenn man Millionär ist und eine Villa hat, schon«, antwortet Maria spitz und plötzlich rinnen ihr Tränen über die Wangen.

»Wie weit bist du denn schon?«, fragt Anna behutsam.

»Vierter Monat, und sie treten schon …«, sagt Maria und lacht unter Tränen.

»Ach, Schatzi, das schaffen wir schon, wir werden einfach alle zusammenhalten und euch helfen. Was sagt denn der Peter?«

»Der hat gesagt, er erschießt sich«, sagt Maria und grinst

plötzlich. »Aber eigentlich hat er sich wahnsinnig gefreut und gesagt, hoffentlich ist mindestens ein Mädchen dabei. Und das hoffe ich auch, weil stell dir vor, es werden zwei Buben – dann erschieß ich mich!«

»Zwillinge«, sagt Anna verträumt, »drei Enkelkinder, das hab ich mir immer gewünscht, noch mehr Enkerln, und vielleicht entschließt sich die Irene ja auch noch …«

»Lass die arme Reni in Ruhe, die kann ja nicht einmal ihr eigenes Leben in den Griff kriegen, wie soll sie denn da für ein Kind sorgen«, sagt Maria, ganz die große Schwester. Wobei ihr Ton der Mutter gar nicht gefällt.

»Also wenn du jetzt im vierten Monat bist, dann kommen sie …«

»Am zehnten Oktober, aber der Arzt hat gesagt, Zwillinge kommen immer früher …«

»Im Oktober, oje, da wird's kalt, da muss man sie schon einpacken …«

»Mama, im Ernst, ich werde wirklich deine Hilfe brauchen. Vor allem mit dem Alex, für den wird das schon eine große Umstellung, mit fünf Jahren plötzlich vom Thron gestürzt zu werden …«

»Habt ihr Namen?«

»Max und Moritz oder Liese und Lotte«, sagt Maria todernst und als sie das Gesicht der Mutter sieht, lacht sie wieder laut heraus.

»Mama, wir haben uns noch nichts überlegt, das hat ja noch Zeit. Aber mit dem Geld wird's knapp werden, ich werde mir ja doch mindestens ein Jahr Karenz nehmen müssen, und da muss der Peter einen Ersatz für mich einstellen, und das wird alles sehr teuer. Deshalb wollte ich mit dir reden.«

»Ich helfe euch natürlich!«, ruft Anna entschieden und blendet ihr überzogenes Bankkonto aus. »Wir werden das schon machen! Jetzt freu ich mich erst einmal sehr! Darf ich's meinen Freundinnen schon erzählen?«

»Und wenn ich Nein sag, erzählst du es ihnen dann nicht eh trotzdem?«

»Ich zisch dir gleich eine …«

»Eine werdende Mutter von Zwillingen darf man nicht schlagen und außerdem weiß jeder, dass Schwangere nicht ganz zurechnungsfähig sind …«

»Also darf ich's jetzt erzählen? Die Lilli hat eine neue Freundin, die strickt wie eine Göttin …«

»Ja klar, erzähl's ruhig, ist ja keine Schande. Und lass die Ursula und die Lilli schön grüßen. Wir gehen davon aus, dass sie als Patentanten auch mithelfen werden«, sagt Maria kichernd.

Und Anna denkt bei sich, na, das kann ja was werden!

»Ich werde wieder Oma!«

»Die Reni?«

»Die doch nicht. Die Mary! Und stell dir vor, es sind Zwillinge!«

»Na servus, da wird's aber eng werden bei denen zu Hause.«

»Und mit dem Geld sowieso!«

Anna und Ursula sitzen in der Küche. Ibu malt die Wohnung neu aus, deshalb wohnt Ursula für ein paar Tage bei Anna. Und natürlich hat die die Neuigkeit nicht lange für sich behalten können.

Ursula kennt Maria seit deren Geburt. Damals war sie gerade von ihrem ägyptischen Freund verlassen worden und hatte bei der hochschwangeren Anna Zuspruch gesucht. Und weil ihr Mann, als die Wehen einsetzten, gerade bei seiner Mutter in der Steiermark auf Besuch war, hat Ursula Anna in die Klinik gebracht und ihr die Hand gehalten, als es ernst wurde. Und sie hat Maria als Allererste in den Armen gehalten, bis Alex hereingestürzt kam und ihr das Neugeborene fast aus der Hand gerissen hat.

Und auch wenn Anna und Alex strikte Atheisten waren und gar nicht daran dachten, ihr Baby taufen zu lassen, haben sie Ursula sofort zu Marias Patentante erklärt und die hat das erstaunlich ernst genommen. Sie war immer zur Stelle, wenn Anna mit dem Baby nicht zurechtkam, und später, als Maria in die Pubertät kam und gegen ihre Mutter rebellierte, hörte sie sich die Beschwerden von Mutter und Tochter gleichermaßen an und versuchte, zwischen beiden Seiten zu vermitteln.

»Zwillinge, das wird ganz schön heftig werden!«, sagt sie jetzt.

»Wir müssen eben alle zusammen helfen«, erwidert Anna.

»Aber wie werden sie das mit dem Geld machen?«, fragt Ursula besorgt.

»Das frag ich mich auch …«

»Wir brauchen eine wirklich gute Idee … Machen wir ein Brainstorming …«, schlägt Ursula vor.

»In meinem Hirn gibt's nichts zu stürmen …«

»Du bist doch voller Sturm und Drang …«, lästert Ursula.

»Lass den Blödsinn, ich brauch jetzt wirklich dringend Geld, sonst wird das eine Katastrophe …«, sagt Anna, die plötzlich ganz ernst geworden ist.

»Na gut, ruf die Lilli und die Erika an, die kann schon mal anfangen, für die Zwillinge zu stricken …«

»Zwillinge …«

»Ja!«

»Wie schön …«, sagt Erika verträumt.

»Wenn man Millionärin ist …«, zitiert Anna ungewollt ihre Tochter.

»Also ich setz mich gleich hin und fang an zu stricken …«

»Fein, aber das löst natürlich das grundsätzliche Problem nicht …«

»Und das wäre?«

»Dass wir alle stier sind!«

»Was sind wir?«

»Nackert …«

»Was?«

»Geh, Erika, stell dich nicht so blöd, du warst doch Lehrerin, du musst doch wissen, was man in Wien sagt, wenn man kein Geld hat …«

»Stier? Das hab ich noch nie gehört …«

»Ist ja egal, wir brauchen dringend Geld und zwar sehr viel mehr als für ein gemeinsames Abendessen«, ruft Anna die Freundinnen zur Ordnung.

»Wie wär's mit Tortenbacken?«, schlägt Lilli vor

»Ich hab viele sehr gute Rezepte!«, ergänzt Erika.

»Aber wo sollen wir die dann verkaufen?«, fragt Ursula, die Vernünftige.

»Ich weiß, ich weiß, bei mir um die Ecke, also bei uns um die Ecke, hat so ein neues Café aufgemacht, das nennt sich Oma's Corner …«, erzählt Lilli aufgeregt.

»Na und?«

»Denen könnten wir unsere Torten doch anbieten, die werben damit, dass sie lauter selbstgebackene Mehlspeisen haben …«

»Sehr gut, wer redet mit denen?«

»Das mach ich natürlich«, sagt Lilli stolz, »war ja schließlich meine Idee!«

Das »Oma's Corner« findet die Idee bedenkenswert.

»Die Damen« sollen doch bitte ein paar »Proben« vorbeibringen.

Anna ist begeistert. In dem uralten Kochbuch, das sie von ihrer Großmutter zur Hochzeit geschenkt bekommen hat, finden sich viele wunderbare Rezepte. Also beginnt sie zu backen.

»Acht Eier, ein Viertel Butter, 200 g Zucker, 300 g Nüsse …«

Die Torte gelingt wunderbar und sogar die Kaffeeglasur wird glatt und makellos.

»Sechs Eier, 400 g Topfen, 250 g Zucker, 150 g Mandeln …«

Auch diese Torte gelingt Anna.

Schließlich ist sie die Konditorin der Familie.

»Aber das kostet doch alles ein Vermögen«, sagt Ursula,

die inzwischen ausgerechnet hat, wie viel Anna für die Zutaten ausgegeben hat.

»Aber dafür schmeckt's auch gut …«, sagt Anna.

»Ja schon, aber wie viel kann man für ein Stück verlangen und wie viele Stücke gehen sich aus?«

Anna denkt nach.

»Also die Nusstorte kann man in zwölf Stücke zerschneiden und die Topfentorte in acht. Und da kann man doch für jedes Stück, sagen wir einmal, vier Euro verlangen? Macht 48 Euro pro Nusstorte und 32 pro Topfentorte …«

»Also mir schmecken beide herrlich«, murmelt Lilli, die inzwischen gekostet hat. »Die im Café werden springen vor Freude.«

»Aber viel verdienen werden wir damit nicht«, sagt Ursula streng und Erika nickt.

»Wieso? Ich kann doch vier Nusstorten und vier Topfentorten pro Woche backen …«

»Ja, aber die im Café zahlen dir sicher höchstens zwei Euro pro Tortenstück, wenn überhaupt, weil sie sie ja verkaufen …«

»Jetzt bringe ich ihnen erst einmal die Kostprobe und dann schauen wir weiter«, beschließt Anna und Lilli beginnt gleich, die Tortenstücke in einen Tragekorb zu legen.

Den beiden jungen Frauen schmecken die Torten.

»Aber sehr viel zahlen können wir nicht«, sagt die eine, die Ilse heißt und offensichtlich die Chefin ist.

»Wie viel ist nicht sehr viel?«, fragt Lilli neckisch und Anna tritt sie heimlich unter dem Tisch.

»Na ja, höchstens 20 Euro pro Torte, wir müssen ja schließlich auch von was leben …«

»Das deckt ja nicht einmal die Kosten für die Zutaten«, sagt Lilli, die sich noch nie um Lebensmittelpreise gekümmert hat, großspurig.

»Tja, das tut mir sehr leid, aber mehr können wir im

Moment sicher nicht zahlen, wir fangen ja gerade erst an und haben so viele Kosten …«

»Einverstanden«, sagt Anna entschlossen. »Wir probieren es erst einmal und dann sehen wir schon …«

»Also gut – sagen wir erst einmal je eine Topfen- und eine Nusstorte für den Anfang«, sagt Ilse energisch, »ich kann ja noch nicht abschätzen, ob unsere Gäste das mögen werden …«

»So ein Trampel«, schimpft Anna empört am Heimweg. »Wir wissen nicht, ob unsere Gäste das mögen werden …«, macht sie Ilse nach. »Das sind die besten Torten von Wien und Umgebung und die Kuh ziert sich …«

»Reg dich ab«, sagt Lilli nüchtern. »Das ist doch normal, dass sie erst einmal schauen müssen, ob die Leute solche Torten überhaupt wollen.«

Drei Wochen wartet Anna.

Dann ruft Lilli an.

»Hurra, sie haben ihren Gästen auch geschmeckt, deine Torten!«

»Hab ich auch nicht anders erwartet!«

»Angeberin!«

»Kommst du mir helfen?«

»Sie hat noch nicht gesagt, wieviele sie haben will …«

»Ich sag ja, die ist ein Trampel …«

Und wieder wartet Anna. Und macht sich Sorgen.

Maria ist jetzt im sechsten Monat und ihr Bauch ist schon sehr rund. Klein-Alex ist aufgeregt und erzählt allen Leuten, dass er bald zwei neue Brüder bekommt.

»Hoffentlich nicht«, stöhnt Maria, während sie der Mutter beim Kochen zuschaut.

Weil Alex demnächst Konkurrenz von zwei Babys bekommt, verwöhnt ihn Anna momentan besonders.

»Wie viele Marillenknödel isst du heute?«, fragt sie den Buben.

»Hundert«, sagt Klein-Alex, dem Zahlen noch nicht viel sagen.

»Na bumm«, sagt Maria, »da kannst du dann aber nach Hause rollen!«

»Gut, hundert also, da hab ich jetzt aber ordentlich zu tun …«, grinst Anna.

»Was ist mit euren Tortenplänen?«, fragt Maria nebenbei und beißt in eine Marille.

»Hörst du auf, die brauch ich doch für die hundert Knödel«, sagt Anna streng, und dann lachen beide und Alex schaut verwirrt und versucht, auf den Bauch seiner Mutter zu klettern.

Natürlich ist Alex nach zwei Knödeln satt und verlangt, auf den Spielplatz zu gehen.

»Mama, bitte …«, stöhnt Maria und Anna nimmt ihre Schlüssel und den Buben an der Hand und lässt die Tochter in ihrer Wohnung zurück.

»Als ich einschlafen wollte, hat dein Handy geläutet«, sagt Maria missmutig. »Dass du das nie auf lautlos stellst …«

»Hast du abgehoben? Wer war's denn?«

»Ich heb doch nicht dein Handy ab! Schau halt nach!«

Lillis Nummer erscheint auf dem Display und Anna ruft sie zurück.

»Sie wollen jeden Tag eine Nuss- und eine Topfentorte und wenn möglich auch noch eine Schokoladetorte. Jeden Tag außer Montag und Dienstag, da haben sie zu.«

»Na großartig. Da müsst ihr mir aber helfen, sonst dreh ich durch. Da muss ich nämlich eine in der Früh, eine zu Mittag und eine am Abend backen, und wenn ich den Alex nehmen soll oder sonst was zu tun hab, geht sich das nicht mehr aus.«

»Schau, Anna, du gibst uns deine Rezepte und jede bäckt eine Torte, das geht doch, oder?«

»Und das Ganze für insgesamt 300 Euro in der Woche? Das sind dann 1200 im Monat und wir sind zu viert – das heißt, jede kriegt dann 300. Zahlt sich das überhaupt aus?«

»Jetzt machen wir das einmal ein paar Wochen und dann schauen wir weiter, okay?«

Am nächsten Tag beginnt Anna zu backen und lässt die Freundinnen zuschauen. Sie ist die einzige routinierte Bäckerin in der Gruppe und vertraut den Künsten von Ursula, Lilli und Erika nicht so recht. Sie gibt ihnen Backnachhilfe und dabei kommt ihr eine neue Idee.

»Was ist, wenn ich einen Backkurs anbiete und ihr euch auch irgendetwas einfallen lasst, und wir machen das hier bei mir?«

»Am Montag gibt Erika Strickunterricht. Dienstag Singen mit Lili. Mittwoch Annas Backkurs und donnerstags unterrichte ich afrikanischen Tanz«, schlägt Ursula vor.

»Und die Torten?«

»Du brauchst ja nicht den ganzen Tag für deinen Unterricht und du, Anna, kannst die Torten ja im Backkurs machen …«

»Klingt anstrengend …«

»Hast du sonst so viel zu tun?«

»Nein«, sagt Lilli und seufzt. »Aber Gesang will ich nicht mehr unterrichten, dann schon lieber malen. Und wenn der Pamperletsch zu Besuch aus Australien kommt, ist Pause mit Unterrichten und Backen.«

»Das wird was«, seufzt Anna ihren Lieblingsspruch.

»Reni, Liebes, weißt du schon?«

»Ja, die Mary erwartet Zwillinge und hat kein Geld.«

»Ja, das auch, aber wir haben uns da was ausgedacht und ich habe gehofft, du hilfst mir ein bisserl.«

Irene hat sich das Backen von der Mutter abgeschaut und ist inzwischen fast so gut wie die. Und vor allem hat sie ein »deppeneinfaches« Rezept für Schokoladekuchen, das Anna gerne von ihr hätte.

Die Tortenproduktion beginnt, nachdem Anna die Freundinnen entsprechend instruiert hat.

Alle sind voller Enthusiasmus dabei, und es kommt sogar zu einer Art Wettstreit, wessen Torte schöner ist. Lilli und Erika verbinden das Backen mit Gymnastik. Eine rührt und die andere macht inzwischen Bodenübungen, dann rührt die andere und die eine turnt. Das Video von dieser Back-Turn-Stunde macht die Runde bei den Freundinnen.

Am Montag nach der ersten Backwoche gibt Erika auf.

»Die Mutter von der Erika ist krank und sie muss sich um sie kümmern«, teilt Lilli bedauernd mit. »Aber ich backe natürlich weiter.«

»Oma's Corner« macht ein gutes Geschäft und Werbung mit seinen Oma-Torten.

»Die haben leicht lachen«, murrt Anna, nachdem sie das Video gesehen hat, in dem Ilse und Katrin, die zweite Inhaberin des Cafés, lachend eine von Annas Nusstorten in die Kamera halten.

Nach einem Monat sind die vier erschöpft und keinesfalls reicher als davor. Das Geld von den Café-Inhaberinnen reicht gerade einmal für die Zutaten und »von der Erschöpfung und dem Stress wollen wir erst gar nicht reden«, sagt Ursula, die diesmal eine »Sitzung« einberufen hat.

»Also lange geht das nicht so weiter«, sagt Anna. »Ich komme ja kaum zum Durchatmen. Und meine Tortenböden krieg ich auch nie rechtzeitig zurück. Hab mir schon wieder vier neue kaufen müssen. Das zahlt sich auf die Dauer nicht aus …«

»Was ist mit den Kursen?«, fragt Erika, deren Mutter es mittlerweile wieder besser geht.

»Was soll sein?«, sagt Ursula schnippisch. »Die müssen wir erst einmal richtig bewerben …«

»Und wer soll das machen?«, fragt Lilli.

»Na wir alle«, sagt Ursula.

In den drei Gesichtern der Freundinnen stehen drei große Fragezeichen.

»Wie bewirbt man einen Backkurs?«, fragt Anna dann.

»Na, auf Facebook«, antwortet Lilli unbekümmert.

»Ja, und als Erstes brauchen wir gescheite Fotos«, stimmt Erika zu.

»Von was?«, fragt Anna. »Ich jedenfalls will nicht fotografiert werden …«

»Geh, sei nicht so fad, wir schminken uns und du kriegst eine Kochmütze, die Erika Riesenstricknadeln, ich einen großen Malerpinsel und die Ursula ein Tamburin und drunter schreiben wir: ›Omas geben Kurse fürs Leben‹!«

Anna schluckt. Und geht am nächsten Tag in die Trafik und spielt Lotto.

Wenn ich gewinne, denkt sie, kaufe ich den Kindern ein Haus mit Garten und mir eins am Meer. Und dann gibt's weder Torten noch Kurse. Ich hab's so satt. Warum kann ich nicht reich sein?

Dann gibt Ursula auf.

»Seids mir nicht böse, bitte, aber in der kleinen Wohnung zu zweit, ich kann da nicht auch noch Torten backen. Der Ibu hat Diabetes, das ist für ihn eine dauernde Provokation.«

»Na gut, ich übernehme deine mit«, sagt Anna ergeben und denkt, dass ja sie eigentlich diejenige ist, die so unbedingt Geld braucht.

Aber nach ein paar Wochen reicht es ihr auch.

»Die sollen sich einen anderen Trottel suchen«, sagt sie an einem Montag zu Lilli. »Ich backe noch die Torten für diese Woche, aber dann ist Schluss. Bin ja schließlich auch nicht mehr die Frischeste …«

»Ich warne sie vor«, sagt Lilli betreten. »Die werden ganz schön schlucken, aber du hast recht, das ist einfach zu anstrengend, und am Ende geben wir alle mehr Geld aus, als wir einnehmen …«

»Aber wenn wir nicht mehr backen müssen, könnten wir uns

den Kursen widmen«, sagt Ursula ein paar Tage später am Telefon zu Anna.

»Bist du immer noch gegen Fotos?«

»Wenn du meinst, dass Fotos helfen, dann mach ich halt mit«, sagt Anna ergeben.

»Wirst schon sehen, keiner frisst dich.«

»Aber lächerlich machen wir uns …«

»Aber nein …«

»Und wer soll die Fotos machen?«

»Der Ibu hat einen Freund, der ist Fotograf, der macht das für uns sogar umsonst, weil ich ihm Deutsch-Unterricht gegeben habe …«

»Nein, das geht doch nicht, mach dir mit ihm eine Pauschale aus, und dann können wir auch was verlangen um unser Geld …«

»Ja, Chefin!«, sagt Ursula und legt auf.

»Ich bin Amir und komme aus dem Senegal, aber ich lebe schon seit zwanzig Jahren in Österreich. Ich bin gelernter Fotograf, aber vielleicht wissen Sie ja, dass es in diesem Beruf nicht so einfach ist, heutzutage …«

»Der spricht wie ein Buch …«, flüstert Lilli Anna zu, beide kichern und ernten dafür einen strafenden Blick von Ursula.

»Was haben Sie sich denn so vorgestellt«, fragt Amir, der nicht nur akzentfreies Deutsch spricht, sondern auch ziemlich gut aussieht, was vor allem Lilli sehr ablenkt.

»Na ja, weißt du«, sagt Ursula und betont damit ganz nebenbei, dass sie Amir schon lange kennt. »Weißt du, wir wollen für die Kurse werben, die wir anbieten werden, und haben uns gedacht, ein paar lustige Fotos wären nicht schlecht …«

»So mit Kochmütze und Riesenstricknadeln und Malerpinsel und Tamburin«, wirft Lilli ein, um Amirs Aufmerksamkeit zu erregen.

»Ausgezeichnete Idee. Vielleicht drapieren Sie sich einfach ganz entspannt rund um eine Leiter?«

»*Drapieren*, das habe ich schon ewig nicht mehr gehört«, flüstert Lilli Anna zu und macht dann ganz schnell ein ernstes, aufmerksames Gesicht, weil Ursula schon wieder sehr missbilligend schaut.

»Ich drapier mich aber nicht so gut«, sagt Anna gedankenlos und Lilli prustet los.

»Ihr seids kindischer als die Sechsjährigen im Kindergarten, wo ich manchmal aushelfe«, schimpft Ursula.

»Na meinetwegen, drapieren wir uns eben …«, sagt Anna grinsend.

Und Amir, der eigentlich viel mehr Grund hätte, beleidigt zu sein als Ursula, lacht und stellt die Leiter in Annas Vorzimmer auf.

»Also Sie sind die Kleinste, Sie müssen ganz hinauf, hoffentlich haben Sie keine Höhenangst«, sagt er charmant zu Lilli und die kichert geschmeichelt und klettert ganz an die Spitze der Leiter.

»Aber wir haben ja noch gar keine Utensilien«, sagt Erika plötzlich.

»Machen wir einmal ein paar Aufnahmen ohne Mützen und Pinsel und vielleicht sind die dann nicht unbedingt nötig«, sagt Amir höflich.

»Na gut, wo soll ich hin?«, fragt Anna, die schon ein bisschen genervt ist.

»Sie gleich unterhalb der Dame an der Spitze bitte, ein bisschen im Profil …«

»Also Dame würde ich zur Lilli nicht sagen«, wirft Ursula missmutig ein.

»Dann musst du mir eben alle Namen sagen …«, sagt Amir fröhlich.

»Die ›Dame‹ ganz oben heißt Lilli, die drunter Anna, die, die da steht und ausschaut wie bestellt und nicht abgeholt, Erika, und dass ich Ursula heiße, weißt du ja …«

»Na, na, nicht gleich einschnappen, wir kriegen das schon hin«, sagt Amir freundlich und »drapiert« Erika etwas unterhalb von Annas Schulter auf der einen Seite der Leiter und Ursula ihr gegenüber.

»Sieht gar nicht schlecht aus«, sagt er und schaut in seinen Sucher.

»Wenn alle noch ein bisserl freundlicher dreinschauen könnten, wird das ein Superfoto. Und vielleicht tauschen wir dann alle Positionen ein paar Mal, dann gibt's eine richtige Serie …«

»Ich hab den Lippenstift vergessen, geh Ursula, schmeiß mir meine Tasche rauf«, schreit Lilli gerade, als Amir abdrückt.

»Wunderbar«, sagt der und drückt weiter ab, während Lilli sich die Lippen schminkt und ihre Tasche dann im hohen Bogen wegwirft.

»Du reißt an meinen Haaren«, schreit Anna wütend und versucht, Lillis Fuß wegzudrücken.

»Hilfe, ich fall gleich …«

»Lilli? Lilli? Lilli – aufwachen, die Rettung ist gleich da …«

»Was ist passiert? Mir ist schlecht …«

Lilli hat beim Versuch, sich von Annas Kopf fernzuhalten, das Gleichgewicht verloren. Die Sanitäter messen ihren Blutdruck und legen ihr – nachdem vier Leute ihnen gleichzeitig unterschiedliche Versionen des Unfalls erzählt haben – sicherheitshalber eine Halskrause an.

»Wir bringen Sie jetzt ins Spital, dort schaut man, was passiert ist mit Ihnen, und dann wird Ihnen geholfen …«

»Wir helfen Sie …«, flüstert Ursula und Anna kichert.

»Und das nennt sich Freundin«, schreit Lilli wütend, obwohl sie bisher eher sterbender Schwan gespielt hat.

»Geh, Schatzi, wir meinen das doch nicht so, wir sind einfach so erschrocken, und du weißt doch, wenn ich erschrecke, muss ich lachen …«

»Blöde Kuh«, flüstert Lilli und lässt sich von den Sanitätern hinaustragen.

»Wohin bringen Sie sie?«, fragt Ursula geistesgegenwärtig.

Später stehen sie betreten um Lilli herum, die auf einer Bahre hingestreckt liegt und sich sehr leidtut. Die Ärzte haben festgestellt, dass sie sich zwei Rippen und das linke Handgelenk gebrochen hat. Sie sollte eigentlich zur Beobachtung dableiben, aber: »Weißt eh, wegen Covid und so haben sie gerade kein Bett für dich. Du kriegst jetzt einen Gips für die Hand und eine Bandage für die Rippen und dann bringen sie dich nach Hause. Zum Glück bin ja ich da …«, sagt Erika.

Anna verdreht die Augen und sagt: »Aber ärger die arme Erika nicht zu sehr, Prinzessin, sonst schmeißt sie dich raus und du musst bei mir wohnen und du weißt doch, ich bin keine gute Krankenschwester …«

»Und keine gute Freundin«, murmelt Lilli mit zusammengekniffenen Lippen.

»Das hab ich gehört!«, sagt Anna beleidigt.

»Solltest du auch«, keift Lilli.

»Streitet doch nicht, wir haben jetzt ganz andere Sorgen. Wenn die Lilli ausfällt, wer gibt dann den Malkurs?«

»Wir haben doch noch gar nicht angefangen, Leute anzuwerben, dann bieten wir halt keinen Malkurs an!«, sagt Ursula pragmatisch.

»Na, du bist auch ein Herzerl«, schreit Lilli. »Ich lieg da schwer verletzt und du schmeißt mich schon hinaus …«

»Doch nur so lange, bis es dir wieder gut geht«, sagt Erika beschwichtigend und dann kommen die Sanitäter und Lilli und Erika gehen in den Wartebereich.

»Und jetzt?«, fragt Anna und setzt sich erschöpft auf einen der unbequemen Plastiksessel.

»Jetzt gehen wir erst einmal was essen auf den Schreck«, sagt Ursula und zieht Anna wieder hoch.

»Da in der Nähe gibt's ein wirklich gutes Fischlokal, da gehen wir jetzt hin und verprassen das Tortengeld …«

Eine Woche später sitzen sie zu viert in Lillis und Erikas Wohnzimmer. Lilli thront auf dem Sofa mit einigen dicken Pölstern im Rücken und einem Polster neben ihrem linken Arm, den sie mitsamt dem Gips elegant darauf »drapiert« hat. Sagt Anna leise zu Ursula.

Lilli schaut böse und Anna setzt ein entschuldigendes Lächeln auf.

»Also, wie geht's dir jetzt?«, fragt Ursula freundlich.

»Schon viel besser«, sagt Erika, bevor Lilli den Mund aufmachen kann.

»Na ja«, sagt Lilli missmutig. »Schlafen kann ich nur fast im Sitzen und die Hand ist geschwollen, meine Finger schauen aus wie Würstel. Und der Gips ist zu eng …«

»Aber da musst du zum Arzt gehen, das geht doch nicht«, sagt Anna besorgt.

»Du hast leicht reden, versuch in Zeiten wie diesen einen Termin im Spital zu kriegen«, antwortet Lilli bissig.

»Das wird schon«, beruhigt Erika, »wir haben ja jetzt schon einen Termin zum Gipswechseln …«

»Was heißt wir? Ich …«, schimpft Lilli.

»Na, du hast heute eine Laune«, reicht es Ursula jetzt.

»Und überhaupt wollten wir doch übers Geld reden. Also übers Geldverdienen …«, fügt sie dann schnell hinzu, bevor Lilli sich wieder aufregen kann.

»Also das mit den Torten war ein Flop«, sagt Anna unglücklich. »Ich habe mehr für die Formen und die Zutaten ausgegeben, als die uns gezahlt haben …«

»Aber die Kurse wären doch super«, sagt Lilli, die schon wieder versöhnt ist und sich bereits als strahlende Mallehrerin sieht.

»Na ja«, sagt Anna zögerlich. »Da muss ich die ganze Wohnung umräumen …«

»Aber wo, musst du gar nicht«, sagt Ursula. »Es reicht, wenn du das Kinderzimmer ausräumst, das ist groß genug, und daraus machen wir einfach den Kursraum …«

»Da muss ich erst mit der Mary und der Reni reden«, sagt Anna unentschlossen.

»Wieso das?«, fragt Lilli erstaunt. »Die wohnen doch schon lang nicht mehr bei dir …«

»Ja schon, aber wehe, ich schmeiße was von ihren Sachen weg, da sind sie unheimlich pingelig …«

»Geh bitte, wenn du ihnen erklärst, worum es geht, werden sie das schon verstehen. Du musst ja nichts wegschmeißen, nur woandershin räumen.«

»Du hast leicht reden, weißt du, wie viel Klumpert von den beiden noch da herumsteht? Nein, bevor ich mit ihnen geredet habe, geht da gar nichts …«

»Hallo Schatzi, was macht mein Alex und wie geht's den beiden im Bauch? Und dir und dem Peter natürlich …«

»Also, der Alex hat heute zum ersten Mal bei einem Freund schlafen wollen und um zehn hat mich die Mutter angerufen und gesagt, wir sollen ihn abholen, er weint und kann nicht schlafen. Die zwei anderen treten und stoßen, dass es eine Freude ist, und der Peter ist schlecht gelaunt, weil mein Bauch ihm beim Schlafen im Weg ist. Willst du sonst noch was wissen?«

»Du Arme«, sagt Anna mit so viel Mitleid in der Stimme, wie sie gerade aufbringen kann. »Magst du zum Essen kommen? Natürlich mit Alex und Peter und vielleicht kommt die Reni ja auch …«, fragt sie dann hoffnungsvoll.

»Ja, gerne, und vielleicht könnt ihr dann den Alex irgendwohin mitnehmen, damit wir einmal ein paar Stunden Ruhe haben?«

»Ja sicher«, sagt Anna und hofft, dass Irene Zeit hat, damit sie den Kleinen nicht alleine unterhalten muss.

Als die ganze Familie um den Tisch herumsitzt, eröffnet Anna den Mädchen, worum es geht. Maria schüttelt nur erschöpft den Kopf.

»Mit dem Bauch kann ich mich jetzt wirklich nicht hinstellen und Zeug aussortieren. Schmeiß einfach weg, was du willst, und behalt den Rest!«

»Also ich will meine Sachen schon selbst durchschauen«, sagt Irene entschlossen und sieht die Schwester herausfordernd an.

»Bitte, bitte, lass dich nicht aufhalten«, sagt die genervt. »Nur mit mir kannst du nicht rechnen …«

Irene stürzt sich gleich am nächsten Tag ins ehemalige Kinderzimmer. Sie wühlt in Schubladen, schiebt Kisten hin und her und irgendwann findet Anna sie auf dem Boden sitzend und in ein Buch vertieft vor.

»Na, so habe ich mir das nicht vorgestellt«, sagt sie vorsichtig.

»Aber Mama, das war doch mein Lieblingsbuch, wie ich zehn war, weißt du nicht mehr? Ich hab einfach die Zeit vergessen beim Lesen …«

»Ja schon, aber das Zimmer schaut jetzt noch mehr nach Rumpelkammer aus …«

»Ich mach das schon, mach dir keine Sorgen, das Buch nehme ich jedenfalls mit nach Hause und morgen mach ich weiter …«

Nach zwei Tagen stehen in Annas Vorzimmer fein säuberlich aufgestapelt einige volle Kartons und das einstige Kinderzimmer schaut ziemlich leer aus, sieht man einmal von zwei Kinderschreibtischen und zwei Betten ab.

»Ich frag die Mary, ob sie die Schreibtische haben will für die Zwillinge, und die Betten stell ich auf Willhaben, du wirst sehen, in Nullkommajosef ist das Zimmer leer …«, sagt Irene und lacht die Mutter fröhlich an.

»Wo hast du das schon wieder her?«, fragt Anna.

»Was?«

»Na das Nullkommajosef?«

»Das hat doch die Oma Luise immer gesagt, erinnerst du dich nicht mehr?«

»Na klar erinnere ich mich, aber ich hab nicht gewusst,

dass ihr das auch immer zu hören gekriegt habt …«

»Oh ja, und ich liebe den Spruch …«

»Na dann …«

»Mama, ich hab keinen Platz für die zwei Schreibtische, das weißt du doch. Kannst du die nicht im Keller aufheben, bis die Zwillinge sie brauchen? Du weißt doch, wie es bei uns ausschaut …«

»Ja, Mary, mach dir keine Sorgen, ich kümmere mich schon …«

Alles bleibt schon wieder an mir hängen, denkt Anna später. Ihr Keller ist feucht. Dort kann sie die Schreibtische nicht hinstellen. Aber vielleicht haben ja Lilli und Erika Platz?

»Wie geht's dir heute?«

»Schon viel besser«, flötet Lilli ins Telefon und erzählt dann aufgekratzt, dass der Arzt, der ihren Gips gewechselt hat, nicht glauben wollte, dass sie schon über sechzig ist.

»Weil du eben wirklich gut ausschaust«, schmeichelt ihr Anna und fragt dann, ob sie und Erika die Schreibtische irgendwo unterbringen könnten.

»Erika«, schreit Lilli. »Haben wir irgendwo Platz für zwei Kinderschreibtische?«

»Wart«, sagt sie dann zu Anna, »sie denkt nach, das kann dauern …«

Im Hintergrund hört Anna Erika irgendetwas wirklich Wütendes sagen, dann raufen die beiden kurz um das Handy und dann hört Anna Erika vorschlagen: »Also mein Bruder hat so einen Grund bei Linz geerbt und da ist auch eine Art Abstellhütte dabei. Wenn er die nicht vollgestopft hat, kann ich ihn fragen. Ich ruf ihn nachher an und sag dir dann, ob es geht.«

»Es wären da auch noch ein paar Kartons voll mit Büchern und Puppen und so Zeug …«, sagt Anna zögernd.

»Ja, ja, wenn er einverstanden ist, können wir die sicher auch bei ihm unterbringen. Ich muss ihn halt fragen …«

»Der Bernd ist so ein Trottel«, schimpft Lilli am nächsten Tag leise ins Telefon. »Das kann er nicht machen, da hat er ja dann keinen Platz für sein eigenes Zeug mehr, und überhaupt, er kennt euch ja gar nicht, das hat er alles der armen Erika gesagt und die hat sich nicht getraut, dagegen zu protestieren …«

»Was mach ich jetzt?«

»Du mietest ein Lager«, sagt Lilli fröhlich.

»Bist du blöd? Das kostet doch viel zu viel …«

»Hast du eine bessere Idee?«, fragt Lilli beleidigt.

»Ich denk nach …«

»Weißt du was, Mama, ich nehme einfach einen der Schreibtische. Die Betten hab ich schon verkauft. Viel haben sie nicht gebracht, aber morgen werden sie abgeholt. Und den zweiten Schreibtisch stellen wir in dein Schlafzimmer und ich schenk dir zum Geburtstag einen Spiegel, den du draufstellst, und dann hast du sowas wie ein Beauty-Eck. Was meinst du?«

Anna schweigt. Ihr Schlafzimmer ist nicht besonders groß, wenn sie noch einen Schreibtisch hineinstellt, kann sie sich kaum noch umdrehen. Andererseits wird Maria die Schreibtische sicher früher oder später brauchen.

»Na gut«, antwortet sie ein bisschen unglücklich.

»Also, das Zimmer ist leer, aber ich kann doch dort keinen Backkurs geben …«

»Wieso nicht? Wir basteln einen großen Tisch mit abwaschbarer Platte und auf dem kannst du wurschteln, so viel du willst …«

»Du hast keine Ahnung. Zum Backen braucht man auch Wasser und einen Ofen und Tortenformen und Keksformen und …«

»Kannst du doch alles an die Wand hängen …«

»Und wenn die Lilli Malen unterrichtet, dann schmieren die den Tisch voll, auf dem ich denen Backen beibringen soll …«

»Alte Miesmacherin, die Lilli kriegt eben einen eigenen Tisch …«

»Und wer soll das bezahlen, wer hat so viel Geld, wer hat so viel Pinkepinke … und so weiter«, trällert Anna ins Telefon, und Ursula lacht und ist froh, dass ihre Freundin wieder fröhlich zu sein scheint.

»Mama, kannst du mir hundert Euro bis zum Monatsanfang borgen?«

Irene hat das Geld, das sie mit den Betten verdient hat, längst ausgegeben und ist wieder einmal knapp bei Kasse.

»Natürlich Schatzi, aber wieso bist du schon wieder blank?«

»Na ja, ich habe da so ein Lehrbuch kaufen müssen und das hat sehr viel gekostet …«

»Studierst du jetzt wieder?«, fragt Anna erstaunt.

»Ja, hab ich dir doch gesagt, dass ich jetzt eine Ausbildung als Psychotherapeutin mache, und da hab ich das Buch wirklich dringend gebraucht …«

»Gut, soll ich dir den Hunderter überweisen?«

»Nein, lieber hol ich ihn mir morgen ab. Darf ich bei dir frühstücken?«

»Natürlich, ich geh gleich noch was einkaufen. Ich freu mich …«

Wenn Irene wieder was Neues anfängt, wird das für Anna sicher auch wieder teuer. Und den Hunderter hebt sie lieber mit der Kreditkarte ab, weil ihre Bankomatkarte schon lange kein Geld mehr hergibt. Ich muss dringend Geld verdienen, denkt Anna. Und erinnert sich, dass sie mit Ursula im Kaffeehaus um die Ecke verabredet ist.

»Weißt du, die Reni macht jetzt eine Ausbildung zur Psychotante und braucht Geld und die Zwillinge kommen demnächst und die Mary weiß nicht mehr, wo ihr der Kopf steht, und ich kann vor lauter Sorgen schon nicht mehr schlafen …«, jammert sie.

»Die Kurse werden was, da bin ich ganz überzeugt«, sagt

Ursula energisch und zeigt Anna, wie sie ohne Foto werben will. Das Foto der »Damen« auf der Leiter haben sie alle in schlechter Erinnerung, das würde ihnen sicher nur Unglück bringen, hat Lilli gemeint. Ursula hat einfach eine Kochmütze, einen großen Pinsel, ein Wollknäuel mit Stricknadeln und ein Tamburin auf einen Tisch gelegt und fotografiert.

»Schaut gar nicht schlecht aus!«, sagt Anna anerkennend.

»Jetzt müssen wir halt noch irgendeinen flotten Spruch finden und dann stellen wir das auf Facebook und Twitter und Signal und was gibt's da sonst noch so?«

»Mich fragst du? Ich hab doch keine Ahnung …«

»Der Ibu kennt sich da aus und der Amir hilft uns sicher auch. Aber was schreiben wir dazu?«

»Lernen von der Oma?«

»Klingt ziemlich öd …«

»Omas zeigen euch das Leben …«

»Dann glauben alle, dass wir Pornos produzieren«, grinst Anna, und die beiden müssen so laut lachen, dass sich die wenigen Gäste im Kaffeehaus nach ihnen umdrehen.

»Omas Hilfe?«

»Da weiß kein Mensch, was gemeint ist …«

»Das können wir dann ja erklären …«

»Meinetwegen, aber warum eigentlich Oma? Die einzige Oma hier bin ich und mir reicht's eigentlich, wenn mich der Alex Omi nennt.«

»Aber vom Alter her passt das doch und mir gefällt der Gedanke, dass wir zwar Omas sind, aber nicht zu Hause sitzen und auf den Tod warten …«

Und wieder drehen sich ein paar Köpfe um, als Anna laut herausprustet und Ursula kichert.

»Und als Untertitel«, kichert Anna, »als Untertitel nehmen wir genau das. Omas Hilfe: weil wir nicht zu Hause sitzen und auf den Tod warten. Sie vielleicht?«

»Ich glaube, jetzt schmeißen sie uns gleich hinaus«, prustet Ursula los und Anna verschluckt sich vor lauter Lachen.

»Darf ich Sie kurz belästigen?«

Ein junger Mann. Könnte mein Sohn sein, denkt Anna. Ist aber ganz fesch. Aber was will der von uns?

Ursula und Anna schauen den jungen Mann abwartend an.

»Verzeihen Sie mir bitte die Störung, aber Ihr herzhaftes Lachen hat mich so angesprochen, dass ich es gewagt habe, mich an Sie zu wenden. Ich heiße Oliver und ich finde es wunderbar, wie Sie miteinander reden und lachen. Schauen Sie sich doch um, alle anderen sitzen mit verbissenen Gesichtern da und schauen auf ihr Handy oder in die Zeitung. Nur Sie beide sind lebendig.«

»Das war aber eine lange Rede«, sagt Ursula freundlich, »wollen Sie sich ein bisschen zu uns setzen?«

»Sehr gerne. Darf ich Sie zu einer Mehlspeise einladen?«

»Aber nein, das können wir uns nicht leisten, da platzen wir gleich ...«, sagt Anna.

Oliver schaut erstaunt, aber bevor er den Mund aufmachen kann, antwortet Ursula schnell:

»Ich hätte gerne einen Tee, was meinst du, Anna?«

»Tee klingt gut!«

»Herr Ober, zwei Mal Tee mit Zitrone«, ruft Ursula durchs ganze Lokal.

»Also ich finde Sie wirklich wunderbar«, schwärmt Oliver weiter. »So lebensfroh, das sieht man heutzutage so selten ...«

»Sagen Sie einmal, wie alt sind Sie eigentlich?«, fragt Anna, die findet, dass der junge Mann ganz schön altklug daherredet.

»Ich werde übermorgen 25«, sagt Oliver unbekümmert und lächelt.

Wirklich hübscher Bub, denkt Anna. Aber 25? Was will der mit uns alten Weibern?

Er habe seine eigene Werbeagentur, erzählt Oliver fröhlich. Die bringe ziemlich viel Geld, aber wirklich froh mache ihn diese Arbeit nicht. Er sei eher so »kreativ« unterwegs und am liebsten würde er Filme machen, aber »Sie wissen ja, das ist gar nicht einfach, da hineinzukommen, da braucht man noch mehr Ellenbogen als in der Werbung …«

»Wenn Sie als Werber so erfolgreich sind, da können Sie uns ja vielleicht helfen …«, sagt Ursula begeistert. »Wir wollen nämlich Kurse anbieten und müssen uns ein Werbekonzept ausdenken, vielleicht wollen Sie da mitmachen, ist ziemlich kreativ …«

Der Bub könnte uns helfen, denkt Anna, wenn er mag. Aber der muss doch erst erwachsen werden …

»Was denn für Kurse?«, fragt Oliver interessiert.

»Stricken, Backen, Malen, Tanzen …«

»Toll fantastisch, aufregend ungewöhnlich, außerordentlich originell …«, ruft Oliver.

»War das schon ein Werbespruch?«, fragt Anna.

»Wenn Sie so wollen, aber da kann man noch viel mehr dazu sagen …«

»Oliver, Sie schickt der Himmel. Wir haben zwar kein Geld, aber würden Sie uns trotzdem ein Werbekonzept machen?«

»Wenn ich Ihre Kurse umsonst besuchen darf …«

»Also, umsonst hoffentlich nicht, aber gratis sehr gerne …«, sagt Anna.

»Einverstanden, ich mach das. Sie müssen nämlich wissen, dass ich gerade eh keine anderen Aufträge hab. Vielleicht sattle ich dann einfach um. Auf Koch oder Maler oder Tänzer …«

»Also wenn du mich fragst, ist der ein bisschen verrückt, dieser Oliver«, lästert Ursula später.

»Mehr als ein Bisschen«, sagt Anna. »Aber irgendwie ist das auch nett, wie der uns angemacht hat, sowas ist mir schon ewig nicht mehr passiert …«

»Mir überhaupt noch nicht. Glaubst du, der macht was für uns?«, fragt Ursula.

»Keine Ahnung, aber wirklich nötig haben wir ihn nicht, wir haben ja schließlich Ibu und Amir, da brauchen wir nicht noch den Verrückten …«

Natürlich hören sie nichts mehr von Oliver, aber sie erzählen Lilli und Erika von dieser Begegnung und schmücken sie auch noch ein wenig aus.

»Der hat uns solche Komplimente gemacht, das war direkt schon peinlich«, sagt Ursula stolz.

»Ja, mit dir hat er besonders geflirtet«, unterstreicht Anna.

»Na, mit dir vielleicht nicht?«, antwortet Ursula.

»Ihr gebt ja nur an, wahrscheinlich war der zwischen 90 und 100 und hat euch nur am Schmäh gehalten.« Sagt Lilli, die neidisch ist, weil sie nicht dabei war.

»Ich hab ihn fotografiert, da schau, der ist wirklich so jung. Ein bisschen irre halt, aber eben jung …«

»Schaut gar nicht schlecht aus, könnt aber unser aller Sohn sein, sogar von der Erika, obwohl die unsre Jüngste ist …«

»Na gut, aber was machen wir jetzt mit den Kursen?«

»Der Doktor hat gesagt, ich kann die Hand in drei Wochen wieder normal benützen«, berichtet Lilli hoffnungsvoll.

»Super«, sagen Ursula und Anna wie aus einem Mund.

»Obwohl du die ja eh nicht zum Malen brauchst. Die Frage ist eher, ob deine Rippen dir erlauben, so einen Kurs zu halten«, sagt Erika skeptisch.

»Aber ja, wenn's mir wehtut, setz ich mich eben hin«, sagt Lilli leichthin.

»Also wir haben überlegt, was wir für einen Werbeslogan verwenden. Die Ursula wollte unbedingt was mit Omas, aber ich finde, das muss nicht sein …«

»Ist aber sehr werbewirksam«, sagt Ursula verstimmt, »denk nur an das Café.«

»Ich bin für: Gebt eurem Leben einen neuen Sinn!«, schlägt Lilli vor.

»Das klingt wie eine von diesen amerikanischen Sekten«, protestiert Anna.

»Und was ist, wenn wir einfach sagen: Wollt ihr stricken, backen, malen und auch noch tanzen? Dann kommt zu uns, wir bieten das und mehr …«, sagt Erika.

»Find ich gut, aber was ist das Mehr, das wir bieten?«

»Da fällt uns schon was ein. Der Ibu könnte afrikanische Spezialitäten servieren und der Amir könnte Fotos machen …«, schlägt Erika vor.

»Und wer fragt die zwei?«, sagt Ursula spitz.

»Na, du natürlich!«, antwortet Erika erstaunt. »Das ist doch klar …«

»Kommt überhaupt nicht in Frage!«

»Na, dann lassen wir das eben weg. Macht auch nix!« Erika ist beleidigt.

»So machen wir das. Die Fotos, die Ursula gemacht hat, sind schön bunt und auffällig. Da drucken wir Flugblätter und stellen es auf Facebook. Aber wir müssen uns noch überlegen, wie viel wir pro Kurs verlangen …«

Ob das was werden kann? Und vor allem, wie viel Geld kommt da herein? Und ich brauch's so dringend. Die Mary ist schon so hochschwanger, die schaut aus wie ein Fass auf zwei Beinen. Mein armes Mädchen. Das haben wir wirklich nicht gebraucht …, denkt Anna, während sie nach Hause geht.

»Ah, da sind Sie ja«, sagt jemand hinter ihr.

»Oliver, was für eine Überraschung, wo kommen Sie denn plötzlich her?«

»Ich wohne da, und Sie?«

Soll ich ihm sagen, dass ich gleich um die Ecke wohne? Und wenn er dann plötzlich vor meiner Türe steht? Das fehlt mir gerade noch, ein jugendlicher Stalker …

»Ich besuche eine Freundin da in der Nähe und wollte vorher noch Blumen dort drüben kaufen …«

»Das trifft sich sehr gut, ich habe mir ein Werbekonzept für Sie ausgedacht, wann darf ich es Ihnen vorstellen?«

»Wirklich?«

Anna ist überrascht. Sie hat längst nicht mehr damit gerechnet. Und was werden Ibu und Amir sagen, wenn sie diesen Halbstarken mitbringt? Halb stark eigentlich, denkt Anna und muss lachen.

»Bin ich so komisch oder haben Sie etwas gesehen, was mir entgangen ist?«, fragt Oliver leicht pikiert.

»Aber nein, ich freu mich nur, dass Sie uns nicht vergessen haben …«

»Wie hätte ich SIE denn vergessen können? Ihr bezauberndes Lächeln ist meine Stütze in schweren Zeiten!«

»Wo haben Sie das denn gelesen?«, fragt Anna, ohne nachzudenken.

»Wieso? Das meine ich genau so!«, sagt Oliver beleidigt.

»Aber Oliver, ich könnte Ihre Großmutter sein!«, sagt Anna versöhnlich.

»Na und? Ich habe meine Großmutter sehr geliebt!«, erwidert Oliver bestimmt.

»Also lassen wir das jetzt, ja? Wann könnten Sie uns das Konzept denn erläutern?«, fragt Anna ganz geschäftsmäßig.

»Wann Sie wollen!«, sagt Oliver fröhlich. »Wo soll ich hinkommen?«

»Ich bespreche das mit meinen Freundinnen und rufe Sie in den nächsten Tagen an. Geben Sie mir einfach Ihre Telefonnummer, ich melde mich. Gut so?«

»Wunderbar, aber bitte vergessen Sie mich nicht. Ich bin doch so in Sie verliebt …«

Ja, ja, denkt Anna, dreht sich grußlos um und stolpert in den Blumenladen.

3
Ablenkungen

»Was, du hast den Wahnsinnigen wirklich zu dir eingeladen?« Ursula ist empört.

Lilli hingegen ist begeistert.

»Ich komm auch, ich will mir den anschauen, die Erika und die Ursula sollen auch kommen, und dann bist du auch nicht allein mit ihm …«

»Glaubst du, ich fürchte mich vor dem Halbstarken?«, fragt Anna und lacht. Aber sie ist doch erleichterter, als sie zugeben mag, nicht mit Oliver allein zu bleiben.

»Bin neugierig, was sich der ausgedacht hat«, meint Ursula abfällig.

»Jetzt sei nicht so negativ«, sagt Anna, die sich trotz allem auf den jungen Burschen freut, der ihr solch große Komplimente macht.

Oliver erscheint mit einem Strauß roter Rosen – ganz Kavalier auf Eroberungstour.

Fehlen noch eine Bonbonniere und eine Flasche Prosecco, denkt Anna und stellt die Rosen in eine ihrer hohen Vasen, die sie nicht mehr benützt, seit ihr Mann tot ist.

»Die sind aber schön, gibt's einen Anlass?«, fragt Erika fröhlich im Hereinkommen, noch bevor sie Oliver sieht, der erwartungsvoll auf dem Sofa sitzt.

»Nein«, sagt der unbekümmert, »aber die gnädige Frau verdient doch solche Blumen. Die Rose der Rose, sozusagen!«

Anna wird rot und dreht sich schnell zur Wand. Der spinnt ja total, denkt sie bei sich, spürt aber, wie sie sich freut über diese Aufmerksamkeit, die sie schon viel zu lange vermisst.

»Was wollen Sie trinken?«, fragt sie Oliver förmlich.

Ursula schaut sie missbilligend an und Lilli und Erika kichern.

»Ich will auf keinen Fall Umstände machen, gnädige Frau«, sagt Oliver zuvorkommend, »aber wenn Sie einen Kaffee für mich hätten …«

»Ich geh schon«, schreit Lilli und rennt in die Küche.

»Also, Oliver, was haben Sie sich für uns ausgedacht?«, fragt Anna, bevor ihr die Situation noch peinlicher wird.

Oliver beginnt zu erzählen, dann kommt Lilli mit einer Schale Kaffee und einem Teller Kekse herein und Oliver muss erst den Kaffee trinken und einen Keks essen, bevor er weiterreden darf. Anna sitzt da und hat das Gefühl, nicht dazuzugehören. Die Freundinnen haben den jungen Mann mit Beschlag belegt und hängen an seinen Lippen, und Anna denkt plötzlich, dass sie gerne mit ihm alleine wäre und sich weitere Komplimente machen lassen würde.

»Im Prater könnten wir zum Beispiel auf den Kinderspielplatz gehen und Sie, Lilli, könnten dort den Malerpinsel schwingen. Ich würde fotografieren und filmen und dann würde ich für Sie einen Instagram-Account einrichten und die Filme posten. Und für die etwas älteren Semester machen wir eine Facebook-Seite, wo wir die Fotos hinstellen. Wie wollen Sie sich denn nennen? Mir würde ›Lernen von der Oma‹ gefallen, oder ›Die Freude am Lernen hört nie auf …‹«

Mmmm – die Freundinnen machen nachdenkliche Gesichter.

»Wir sind doch gar keine Omas … Also die Anna schon, aber sonst keine von uns. Das klingt irgendwie so alt«, sagt Ursula.

»Wir sind doch alt«, erwidert Lilli fröhlich. »›Lernen von der Oma‹ find ich gut, das klingt gemütlich …«

Anna schweigt. Sie weiß nicht so genau, was mit ihr geschieht. Aber plötzlich will sie nicht als Oma gesehen werden.

»Also ich bin zwar Oma und das auch sehr gern, aber ich habe noch nicht mit dem Leben abgeschlossen. Ich will nicht, dass wir ein Bild von uns vermitteln, als ob wir nur zu Hause im Schaukelstuhl sitzen und stricken würden …«

»Aber nein, so habe ich das gar nicht gemeint«, sagt Oliver bestürzt und nimmt Annas Hand. »Es klingt nur so gemütlich, wie die Frau Lilli schon gesagt hat. Aber eigentlich sind Sie ja alle wirklich noch so jugendlich. Ich weiß, das ist es – ›Lernen von der jungen Oma‹!«

»Das gefällt mir schon besser«, sagt Anna und muss lachen. »Alle einverstanden?«, fragt sie dann.

Ursula macht ein saures Gesicht, Lilli und Erika lachen und nicken.

»Ursi, was ist denn, was passt dir immer noch nicht?«

»Das Ganze passt mir nicht, wir machen da einen Aufstand und wer weiß, ob da wirklich was dabei herauskommt …«

»Aber Frau Ursula, es kostet ja nichts, das zu versuchen. Sehen Sie, ich mach das freiwillig, gratis, sozusagen. Sie müssen mir nichts zahlen. Ich bin so froh, Zeit mit Ihnen verbringen zu dürfen und Ihnen zu helfen. Das ist mir Bezahlung genug!«

Ursula knurrt etwas Unverständliches und nickt dann.

»Wunderbar, dann brauchen wir nur noch einen Fototermin und dann geht's los …!«, ruft Oliver fröhlich.

Nachdem sie Oliver hinausbegleitet haben, schauen sich die Freundinnen an und brechen in Gelächter aus.

»Wir sind die jungen Omas«, singt Lilli und tanzt um Annas Esstisch herum. »Das ist doch großartig. Die Leute werden uns die Türen einrennen, wenn wir erst auf Instadings sind …«

»Instagram«, sagt Anna, ohne nachzudenken.

»Weiß ich doch«, flötet Lilli, »Instadings eben …«

»Na, ich weiß nicht«, sagt Ursula skeptisch, »der gibt ganz schön an für seine jungen Jahre. Ich glaub nicht, dass das was wird …«

»Du bist eine alte Schwarzseherin«, empört sich Lilli.

»Wir schauen uns das einfach an, und wenn es uns nicht passt, dann müssen wir es ja nicht machen«, sagt Anna beschwichtigend. »Aber ich brauch das Geld dringender denn je, und mir kommen seine Ideen sehr gut vor. Außerdem ist er so ein netter Bub ...«

»Du bist ja richtig verliebt«, sagt Ursula missmutig.

»So ein Blödsinn!«, wehrt Anna ab.

Aber als Oliver sie am nächsten Tag anruft und fragt, ob er am Nachmittag vorbeikommen darf, um ihr erste Entwürfe zu zeigen, merkt sie, dass sie ganz aufgeregt wird. Sie überlegt lange, was sie anziehen soll, und entscheidet sich dann für enge Jeans und einen lockeren Pullover, der ihr ein bisschen über die Schulter rutscht. Und sie schminkt sich. Ganz leicht, nur ein bisschen Wimperntusche und Puder und Lipgloss. Im Spiegel findet sie sich gar nicht übel. Ob sie sich zu jugendlich hergerichtet hat?

Pfeif drauf, denkt sie. Ist doch egal, was der von mir denkt.

Aber eigentlich weiß sie, dass es ihr nicht egal ist.

Oliver erscheint dieses Mal ohne Rosen, aber mit einem kleinen Büchlein unter dem Arm.

»Heine – der ist mein Lieblingsdichter und ich denke, der wird dir auch gefallen. Oh, Entschuldigung, aber darf ich Sie duzen? Wenn wir jetzt doch schon so etwas wie Kollegen sind?«

Heine. Anna liebt Heine, aber woher weiß der das? Und überhaupt, denkt sie plötzlich, das geht mir zu schnell.

»Ja«, sagt sie trotzdem, »wir können uns natürlich duzen, auch wenn wir uns ja eigentlich gar nicht kennen ...«

»Das stimmt natürlich, dann bleiben wir noch beim Sie. Aber das Büchlein darf ich dir, Ihnen, trotzdem verehren?«

Der wird mühsam, denkt Anna, freut sich aber über das Geschenk und die dahinter versteckte Aufmerksamkeit. Oliver bleibt lange, erklärt ihr in allen Details, was er für sie tun will, und deklamiert schließlich noch ein paar Heine-Gedichte.

»Du, der belagert mich richtig«, beschwert sie sich am nächsten Tag bei Ursula. »Jetzt hat er mir einen Band Heine-Gedichte mitgebracht, obwohl ich doch eine Gesamtausgabe hab …«

»Ha, ein jugendlicher Liebhaber, das hat uns gerade noch gefehlt …«, sagt Ursula trocken.

»Du hast's notwendig, der Ibu ist doch auch 25 Jahre jünger als du …«

»Das ist was ganz anderes, wir haben uns doch über gemeinsame Interessen kennengelernt und sind uns dann eben nähergekommen und der Ibu hat gesagt, dass er immer schon ältere Frauen attraktiver gefunden hat …«

»Ja, ja, Ursula, du hast überhaupt interessante Männer in deinem Leben gesammelt …«

»Ich habe gar nix gesammelt, ich war nur immer in Situationen, wo die von selbst aufgetaucht sind, nicht so wie du, mit deinem großbürgerlichen Familienleben. Habe ich dir eigentlich je erzählt, …«

»Hallo, hallo«, klingt es in Annas Gegensprechanlage.

»Geh, Ursi, wart ein bisserl, da läutet wer bei mir unten …«

»Wer ist da?«

»Überraschung, bitte machen Sie auf, gnädige Frau …«

»Oliver? Was machen Sie denn schon wieder da?«, fragt Anna ziemlich unwirsch.

»Es trieb mich die Sehnsucht nach euren blauen Augen«, singt Oliver und Anna sagt missmutig: »Ich hab braune Augen!«

»Es trieb mich die Sehnsucht nach deinen braunen Augen, also!«, singt Oliver wieder.

»Können wir aufhören mit dem Kasperltheater? Wir wollten uns doch erst nächste Woche treffen, mit den anderen …«

»Aber ich will dich für mich alleine haben, will nicht teilen mit anderen …«, flötet Oliver und umarmt Anna.

»Sie sind ja betrunken …«, sagt Anna und stößt ihn weg.

»Trunken vor Liebe und Sehnsucht nach dir«, flötet Oliver wieder und versucht noch einmal, Anna zu umarmen.

»Jetzt reicht's aber! Schluss oder ich steck Ihren Kopf unter den kalten Wasserhahn!«, schreit Anna.

»Tut mir leid, liebe Anna, ich habe ein bisschen viel getrunken heute mit meinen Freunden. Kommt nicht wieder vor, nicht böse sein bitte, bitte!«

Oliver dreht sich um sich selbst und wankt zur Wohnungstüre hinaus.

»Ursi, was soll ich tun, der macht mir lauter Liebeserklärungen, das kann ich doch nicht ernst nehmen …«

»Das ist mir auch einmal passiert, in Mali, wie ich dort im Spital gearbeitet hab. Der Abdul wollte mich gleich heiraten, aber ich war damals ja noch mit dem Schlomo zusammen und außerdem hat er mir nicht gefallen. Das war ein Theater …«

»Das Problem ist«, sagt Anna langsam, »dass er mir aber gefällt …«

»Na dann, nix wie hin, schnapp ihn dir. Das darfst du, das sag ich dir …«

»Wenn's nur so einfach wäre. Zum Beispiel hab ich schon ewig nicht mehr mit einem Kerl geschlafen, ich glaub, ich weiß gar nicht mehr, wie das geht …«

»Das verlernt man nicht«, sagt Ursula entschieden und lacht. »Lass ihn nur machen, du wirst dich ganz schnell wieder erinnern …«

»Aber ich weiß ja gar nicht, ob ich das will …«

»Dann sag's ihm halt. Du darfst durchaus auch Nein sagen, weißt du? Du bist eine große, erwachsene Frau …«

»Wie ist das bei dir und dem Ibu?«

»Das ist was anderes …«

»Wieso?«

»Geh Anna, das weißt du doch, jetzt frag nicht so blöd«, sagt Ursula aufgebracht.

Ja, natürlich weiß sie das ganz gut.

Ursula hat Ibu bei Maria und ihrem Mann kennengelernt und hat ihm mit der Aufenthaltsbewilligung geholfen und ihn quasi adoptiert. Irgendwann hat Ibu ihr gestanden, dass er sich in sie verliebt hat. Dann hat Ursi zwei Monate gebraucht, bevor sie Ibu zu sich eingeladen hat. Und das erste Mal war, so hat sie Anna erzählt, eine halbe Katastrophe.

»Ich war wie zugewachsen und der Ibu war ziemlich brutal. Dann hab ich ihn hinausgeschmissen. Und mir gedacht, nie wieder. Keine Männer mehr in meinem Bett.«

Aber dann ist Ibu immer wieder zu ihr gekommen und nach und nach haben sie sich aneinander gewöhnt. So hat Ursula es genannt. Sie hat sich an Ibu gewöhnt. Und dann haben die Schwierigkeiten mit der Abschiebedrohung begonnen und es war nicht mehr daran zu denken, sich von Ibu zu trennen.

»Na ja, und jetzt leben wir eben zusammen, im Alltag verstehen wir uns wirklich gut, und im Bett ist es auch ganz schön«, hat Ursula gesagt und mit den Schultern gezuckt.

Nicht wirklich ermunternd, denkt Anna und kocht sich Tee.

Eigentlich trinkt sie ja lieber Kaffee, aber am Nachmittag nicht, da kann sie dann ewig nicht einschlafen. Also Tee.

Ursula hat überhaupt kein Geld. Sie hat ihr Leben lang als Krankenschwester gearbeitet, oft in afrikanischen Ländern, in Spitälern der Entwicklungszusammenarbeit, weil sie immer schon überzeugt war, dass man sich für Menschen, denen es schlechter geht als uns hier, engagieren muss. Aber Geld hat ihr das natürlich nicht gebracht.

»Zu wenig zum Leben und zuviel zum Sterben«, hat sie einmal lachend zu Anna gesagt, die nicht verstehen kann, wie Ursula existiert, obwohl sie sie noch aus der gemeinsamen Schulzeit kennt. Damals hat sie schon gewusst, dass es bei Ursula zu Hause nicht so großzügig zuging wie bei ihr.

Ursulas Vater war Hausmeister und die Mutter mit den drei Kindern daheim. Sie wohnten in eineinhalb Zimmern, hatten aber eine große Wohnküche, in der Anna so gerne saß. Die Mutter machte ihr dann immer Schmalzbrote, was Anna zu Hause nie zu essen bekam, weil ihre Mutter fand, Schmalz sei ungesund.

Ursula hat dann mit der Schule aufgehört und eine Lehre gemacht, um Geld zu verdienen. Dann hat sie sich selbst die Ausbildung zur Krankenschwester finanziert und unglaublich viel gearbeitet, um ihren Geschwistern auch bei der Ausbildung zu helfen.

Schlomo hat sie im Spital kennengelernt. Er hatte sich den Knöchel gebrochen und Ursula hat sich »im Augenblick« in ihn verliebt. Schlomo war Lehrer und von »dem Arbeiterkind« Ursula fasziniert. Zumal er aus einer jüdisch-kommunistischen Familie stammte, die darauf bestand, keinerlei Vorurteile zu haben.

Die beiden haben geheiratet, als Schlomo keinen Gips mehr brauchte, und Schlomos Eltern haben Ursula immer wieder vorgeschlagen, die Arbeit sein zu lassen, die Matura nachzuholen und Medizin zu studieren, aber Ursula hatte immer noch die jüngeren Geschwister, die mit ihren Ausbildungen noch nicht fertig waren, und wollte sich nicht von Schlomo aushalten lassen. Als es nach ein paar Jahren zu kriseln begann, auch weil Schlomo dezidiert erklärte, dass er keine Kinder wollte, ging Ursula für ein Jahr nach Mali.

Als sie zurückkam, war ihr klar, dass sie nicht mehr mit Schlomo leben wollte. Und als sie ausgezogen war – in die Miniwohnung, in der sie jetzt mit Ibu lebt –, verlor sie auch den Kontakt zu Schlomos Eltern. Was sie bis jetzt bedauert, weil ihr die beiden sehr ans Herz gewachsen waren mit ihren schwierigen Lebensgeschichten.

Danach hatte Ursula immer gerade genug Geld zum Überleben. Wenn sie in Mali, Mosambik oder Botswana arbeitete, vermietete sie ihre Wohnung an eine Kollegin, aber verdienen wollte sie daran auch nichts. Und an die Knappheit hat sie sich – im Gegensatz zu Anna – gewöhnt. Sie kauft nur dann Kleidung, wenn ihre alte schon zu zerfallen droht, und auch dann nur in den billigsten Läden. Sie kocht selbst Obst ein, weil die fertigen Marmeladen zu teuer sind und »eh nur künstlich schmecken«. Ibu hilft, wo er kann, findet aber keinen vernünftigen Job und schon gar keinen, der mit seiner Ausbildung zu tun hat, die hier nicht anerkannt wird.

Vernünftig heißt, wo man ihn anständig behandelt und auch anständig bezahlt. Also schränkt sich Ursula eben noch mehr ein. Und ist froh, dass es der relativ wohlhabenden Anna auch nicht besser geht, auch wenn deren Jammern manchmal schon etwas an ihren Nerven zerrt.

Ja, Ursula hat es immer schwer gehabt. Anna weiß das sehr genau.

In den Jahren mit Schlomo war zwar Geld da, aber Ursula hat nie das Gefühl gehabt, dass es ihr zustehe, dieses Geld für sich auszugeben.

Anna gegenüber hat sie manchmal so etwas angedeutet.

»Schau, ich bräuchte neue Sandalen, aber ich weiß nicht, sind die nicht zu teuer?«

»Geh Ursi, der Schlomo zahlt dir die doch gern.«

»Das will ich aber nicht!«

So war Ursula eben.

Nachdem sie die Schule verlassen hatte, hatten sich die Freundinnen für eine Weile aus den Augen verloren. Dann hat Anna den Kontakt wieder gesucht. Weil Ursula doch ihre engste Freundin gewesen war und weil ihr richtige Freunde fehlten, in ihrem neuen, doch recht isolierten Leben als Mutter und Hausfrau.

Ursula mochte Annas Töchter und ihren Mann, und Alex verstand sich gut mit Schlomo. Die sechs fuhren einige Jahre sogar miteinander auf Urlaub. Dann begann es zwischen Ursula und Schlomo zu kriseln. Schlomo verstand Ursulas Sparsamkeit nicht, fand sie kleinlich und spießig. Und dass sie sich immer für ihre Geschwister aufopferte, fand er übertrieben. Ursula wiederum war wütend, weil Schlomo Geld zum Fenster hinauswarf.

Und dann war da noch die Frage der Kinder.

»Auf keinen Fall setze ich in diese Welt noch Kinder!«, hatte Schlomo am Beginn ihrer Beziehung erklärt. Ursula hatte diese Feststellung nicht weiter ernst genommen. Sie war sehr verliebt und überzeugt, dass sie Schlomo, wenn dieser sie denn auch lieben würde, irgendwann schon von dieser Haltung abbringen würde. Aber Schlomo blieb dabei. Auch als Ursula ihm sagte, dass ihre biologische Uhr ablaufe und sie sich ein Kind mehr als alles andere auf der Welt wünsche.

»Ursi, mein Liebes«, hatte Schlomo ihr geantwortet. »Weißt du, was meine Eltern in den KZs durchgemacht haben? Natürlich weißt du das, sie haben's dir ja oft genug erzählt. Willst du wirklich ein Kind von mir haben, das möglicherweise dazu verurteilt sein könnte, das Gleiche durchzumachen? Ich würde keine Nacht mehr schlafen können, wenn wir ein Kind hätten …«

»Ja, eh«, hatte Ursula wütend geantwortet. »Mit Babys schläft man halt schlecht – aber alles andere ist eine faule Ausrede. Im Gegenteil! Gerade wegen der Geschichte sollten wir Kinder haben. Womöglich drei oder vier. Damit wir die ersetzen, die umgebracht worden sind oder die gar nicht erst auf die Welt gekommen sind!«

»Du hast keine Ahnung, von was du da redest. Wenn du unbedingt zehn Kinder haben willst, such dir einen Goj vom Land!«, hatte Schlomo ebenso wütend geantwortet.

Danach war Ursula nach Mali gegangen. Schlomo hatte sie jeden Tag angerufen und ihr versichert, dass er sie unglaublich vermisse. Das Thema Kind hatten sie nicht mehr angesprochen.

Aber nachdem Ursula zurückgekommen war, hatte sie das sichere, satte Leben mit Schlomo nicht mehr ertragen.

Als sie sich schließlich eingestehen mussten, dass sie es nicht mehr miteinander aushielten, weinten sie viel. Nächtelang. Dann zog Ursula aus.

Die Pension, die Ursula bekam, war winzig, weil ihr die Jahre in Afrika nicht angerechnet wurden. Anna hatte, solange ihr Mann noch lebte und sie auch selbst arbeitete, immer wieder stillschweigend ausgeholfen, wofür ihr Ursula dankbar war, was ihre Freundschaft aber auch einigermaßen belastet hatte. Jetzt aber, wo Annas Rente mehr als das Doppelte von Ursulas ausmachte und trotzdem irgendwie nie reichte, hatte sich das Verhältnis zwischen den Freundinnen wieder umgedreht. Jetzt war Ursula wieder die Kluge, die wusste, wie man zu leben hatte, und Anna – und natürlich auch Lilli – waren die »Hallodris«, die mit Geld um sich warfen, auch wenn sie keines hatten.

Was zwar lustig sein konnte, für Anna aber doch auch zunehmend schwierig.

Ursula blieb ihre treue Freundin, trotz aller Unterschiede, und versuchte immer wieder, Anna »auf den rechten Weg« zu leiten, was bei dieser je nach Situation entweder Lachkrämpfe oder Zornausbrüche auslöste.

Aber natürlich war Anna bewusst, dass Ursulas Leben ungleich schwieriger verlaufen war als ihr eigenes. Und wenn sie an Lilli und Erika dachte, schämte sie sich ein bisschen, dass sie die Freundinnen immer wieder wegen ihrer Geldsorgen anjammerte.

Ja, aber ich hab's auch nicht so leicht, dachte sie dann und beruhigte ihr Gewissen damit ein wenig. Ich habe viel mehr Verantwortung als die anderen. Immerhin waren ihre beiden neuen Enkel kurz davor, auf die Welt zu kommen, und Irene hatte ihr eröffnet, dass sie wieder bei ihr einziehen müsse, weil sie jetzt diese Psychologie-Ausbildung machte, daher weniger jobben und sich ihre eigene Wohnung nicht mehr leisten könnte.

»Ihr macht halt eine Wohngemeinschaft«, hatte Lilli leichthin gesagt und gelacht, »so wie Erika und ich! Das kann ganz nett sein, das sag ich dir!«

Nur Ursula, die finanziell von ihnen allen am schlechtesten dastand, verstand Anna, versuchte sie aber zu beruhigen.

»Du hast nie erlebt, wie das ist, wenn man nicht weiß, ob man bis Ende des Monats noch genug Geld hat, um den Ofen zu heizen oder Brot zu kaufen«, sagte sie einmal, als Anna sich wieder über ihre Geldprobleme beschwerte.

»Man gewöhnt sich daran. Man lernt, besser aufzupassen, man hofft jeden Tag, dass nichts Außergewöhnliches passiert, weil man sich das nicht leisten könnte …«

Und Anna wusste, dass ihre Freundin nicht nur recht hatte, sondern ihr das auch nicht vorhalten wollte. Ursula war einfach Realistin, aber für Anna waren solche Aussagen so traurig, dass ihr die Tränen kamen, was Ursula überhaupt nicht verstand.

»Was ist los?«, fragte sie ruppig. »Was heulst du jetzt? Ich hab's überlebt und ich überleb's immer noch, also tu dir nichts an. Wir machen das schon!«

Aber Anna konnte nicht anders. Ursulas Leben erschien ihr zuzeiten unsagbar unglücklich und traurig. Und sie schämte sich für ihre eigenen Sorgen und neigte dazu, Ursula nach solchen Gesprächen teure Geschenke zu machen, obwohl sie sich diese nicht leisten konnte und auch wenn sie wusste, dass das an Ursulas Lebenssituation gar nichts änderte.

»Liebe Anna, darf ich dich heute Abend besuchen kommen?«

Sie liest Olivers Botschaft auf ihrem Handy und vergisst darüber ihre Geldsorgen und Ursulas Unglück.

Soll sie »den Buben« zu sich kommen lassen? Und wenn er mehr will, als nur mit ihr Tee trinken und Kekse essen? Will sie das überhaupt? Sie kann sich nichts vorstellen, nichts, was ihr Freude bereiten würde. Soll sie also Ja sagen?

»Wann möchtest du denn kommen?«, textet sie zurück.

»So um fünf?«

»Ok.«

Sie schreibt bewusst ganz lakonisch. Wenn ich dem den kleinen Finger gebe, nimmt er gleich den ganzen Arm bis zur Schulter, denkt sie und muss lachen. Das Bild, das sich da in ihren Kopf drängt, wirkt wie aus einem Comic. Oliver, der vor ihr kniet, ihren Arm mit beiden Händen umklammert hält und sie anhimmelt. Anna schüttelt sich. Das möchte sie sicher nicht. Brrrr.

Oder vielleicht doch?

»Ach, ist das schön bei dir«, sagt Oliver und lässt sich unaufgefordert auf dem Sofa nieder, auf dem sonst meistens Anna liegt.

»Ich mach uns Tee«, sagt Anna.

»Danke dir!«

»Wolltest du irgendetwas von mir?«, fragt Anna kühl.

»Dich sehen, du Schöne!«

»Lass das doch, du Blödian!«, sagt Anna grob.

»Oho, die Dame ist schlecht gelaunt«, trällert Oliver unbeeindruckt.

»Du gehst mir sowas von auf die Nerven«, faucht Anna.

»Aber Liebste, wieso denn? Ich bin doch nur so angetan von deinem Liebreiz!«

»Oliver, lass es, das ist nicht lustig. Ich bin immerhin bald siebzig und du bist ein junger Spund. Such dir eine in deinem Alter, wenn du die anhimmelst wie mich, lacht sie dich einfach aus …«

Oliver verzieht das Gesicht.

»Das ist doch Spaß, liebe Anna, warum bist du gleich böse?«

»Ich bin doch nicht böse, Oliver, ich bitte dich, böse … so ein Unsinn. Ich glaub nur nicht, dass du das ernst meinst, und weil du das nicht ernst meinst, fühl ich mich – wie soll ich sagen – ich fühl mich gepflanzt!«

»Gepflanzt? Aber Anna, ich habe mich doch ganz ernst und wirklich in dich verliebt. Es kommt mir so vor, als hätte ich immer auf dich gewartet …«

Das glaubt sie jetzt nicht, was denkt sich der Bursche dabei? Der kann ihr doch nicht sowas vorspielen?

»Also am besten gehst du jetzt ganz schnell nach Hause und schläfst eine Nacht drüber und dann reden wir weiter, ja?«

Anna schiebt ihn entschlossen in Richtung Türe.

»Ich werde morgen noch genauso verliebt sein wie heute!«, erwidert Oliver ernsthaft und schlägt die Türe hinter sich zu.

»Was soll ich nur tun?«

Lilli sitzt bei Anna im Wohnzimmer und hört konzentriert zu.

»Wieso?«, fragt sie und wärmt sich die Hände an einer Schale Tee.

»Na mit dem Buben? Der kann das doch gar nicht ernst meinen …«

»Na und?«, fragt Lilli.

»Würdest du das machen? Ich mein, mit so einem Jungen dir was anfangen?«

»Kommt drauf an«, sagt Lilli und schaut in ihre Teeschale.

»Auf was?«

»Weißt du, als ich mit meinem Buben schwanger war, hatte ich so ein Erlebnis …«

»Das hast du mir nie erzählt …«

»Es gibt viel, was ich dir nicht erzählt habe …«

»Also red schon, ich will alles genau wissen, jedes kleinste Detail!«, sagt Anna und gießt sich und Lilli Tee nach.

»Ich war damals ein bisschen unglücklich. Du weißt schon, die Hormonumstellung und so …«

Lilli war 35, als sie schwanger wurde. Sie hatte ein Engagement an der Oper in Sidney, eine viel zu kleine Wohnung in Wien und der Erzeuger des Babys war ganz und gar nicht begeistert von der Vorstellung, ein Kind großzuziehen. Lilli wollte ihn eigentlich auch gar nicht als Kindesvater in ihrem Leben haben, und als er sich aus dem Staub machte, beschloss sie, nach Wien zurückzugehen, wo damals zumindest ihr Vater noch lebte. Der allerdings starb bald darauf an einem Schlaganfall und hinterließ nur Schulden.

Und plötzlich war sie allein mit ihrem wachsenden Bauch.

Sie hielt sich weiter mit Gesangsunterricht über Wasser. Aber wie es weitergehen sollte, wenn das Kind einmal da sein würde, wusste sie nicht so genau. Sie hatte schon damals einen großen Freundeskreis, zu dem auch Anna gehörte. Und alle versicherten ihr, dass sie nicht alleine sei und man sie nach Kräften unterstützen würde.

Ganz besonders tat sich damals der um fast zehn Jahre jüngere Geiger Filip hervor.

Filip hatte bei Lilli Gesangsunterricht genommen, aber beide hatten bald festgestellt, dass Filips Stärke in der Geige und nicht im Singen lag. Das hatte den jungen Künstler aber nicht davon abgehalten, sich zu Lillis »Ritter ohne Furcht und Tadel« zu erklären. So nannte Lilli ihn, weil er ihr wirklich jeden Wunsch von den Lippen ablas und sie jeden Tag abholte, um einen gesundheitsfördernden Spaziergang zu unternehmen.

Manchmal ging er mit ihr auch auf den Naschmarkt, damit sie »genug Obst und Gemüse zu essen bekam«! Er schleppte ihre Einkäufe nach Hause, und Lilli konnte ihn gerade noch daran hindern, sich im Kochen zu versuchen. Aber er kam während der Schwangerschaft fast jeden Tag, wusch das Geschirr, putzte die Küche und sah Lilli erwartungsvoll an, um sofort zu springen, wenn ihr irgendetwas einfiel, das fehlte oder getan werden musste.

»Er ist mir so wahnsinnig auf die Nerven gegangen, du kannst dir das gar nicht vorstellen!«, erzählt Lilli lachend, und Anna erinnert sich an den jungen Filip mit dem Hundeblick, der inzwischen ein anerkannter Musikpädagoge ist und eine Frau und vier Kinder hat.

»Und was hast du gemacht?«

»Ich habe ihn weidlich ausgenützt, ohne mir je was mit ihm anzufangen«, sagt Lilli und schaut ein bisschen traurig. »Jetzt tut's mir leid. Vielleicht hätte das ja auch was werden können, aber er hat mich damals so überhaupt nicht interessiert. Und ich war ja noch so in den Trottel verliebt, den Vater von Julius. Von dem wollte ich verwöhnt werden, aber der saß am anderen Ende der Welt und dachte nicht mal daran ...«

Immerhin hat er Alimente gezahlt, als der Bub dann da war. Das hat Lilli immer betont und auch, dass er sie und den Buben damit gerettet habe. »Ich hätte wirklich nicht gewusst, was ich getan hätte ohne dieses Geld. Wahrscheinlich hätte ich meinen Süßen zur Adoption freigeben müssen!«

»Nie im Leben! Das hättest du nie gemacht. Du hättest ja auch jederzeit bei mir einziehen können ...«

»Da hätte sich der Alex aber schön bedankt, und dann wir beide mit drei Kindern in einem Haushalt? Das wäre ja nicht auszuhalten gewesen ...«

Anna muss lachen. Natürlich hat Lilli recht. Sie waren beide überfordert mit den kleinen Kindern: Lilli, die alleine war, und Anna, die Verwöhnte, der Alex eine Babysitterin finanzierte, die zweimal in der Woche kam, um Anna freie Nachmittage zu ermöglichen, die diese dann meistens damit verbrachte, Lilli zu helfen. Ursula sah sie damals seltener, weil diese es nur schwer aushielt, wenn sie ihr von den Kindern erzählte. Später hatte sie sich daran gewöhnt und Maria und Irene nahezu adoptiert.

»Man kann mit dir überhaupt nicht mehr reden, du redest nur über die Kinder, weißt du eigentlich, wie fad das ist?«, hatte sie einmal geschimpft.

Anna war sehr beleidigt gewesen und hatte Ursula eine Weile gemieden. Erst sehr viel später war ihr bewusst geworden, was hinter Ursulas Ausbruch gestanden hatte. Deren

Wunsch, ein Kind zu haben, und die Unmöglichkeit, diesem Wunsch nachzugeben. Bis ihre Beziehung mit Schlomo in die Brüche ging und es irgendwann zu spät war.

»Wenn Ibu Kinder haben will, muss er sich halt eine Junge suchen«, meinte Ursula einmal trocken, als Anna sie darauf ansprach.

»Und was machst du, wenn das passiert?«

»Dann schmeiß ich ihn raus und hab's nachher leichter …«, antwortete Ursula harsch.

Aber Anna wusste, dass diese Großspurigkeit mit Ursulas vielen Verletzungen zu tun hatte, und bestand deshalb nicht weiter auf dem Thema.

»Man kann ganz gut ohne Kinder leben«, sagte Ursula noch trotzig und beendete damit das Gespräch.

Ja, dachte Anna, manchmal denk ich mir das auch. Wenn die Reni jetzt bei mir einzieht, wird's ziemlich schwierig. Sie ist nicht mehr an mich und ich nicht an sie gewöhnt und eigentlich hab ich's nicht so mit Wohngemeinschaften. Aber was soll's, sie ist meine Tochter und ich kann sie ja schließlich nicht unter der Brücke schlafen lassen. Obwohl, sie könnte zu ihrer Schwester ziehen und der dann mit den Kindern helfen. Nein, das will ich mir gar nicht vorstellen. Die Reni als Kindermädel bei der Mary … Da ist's schon besser, sie zieht bei mir ein. Wir werden uns schon arrangieren und hoffentlich wird das was mit ihrer Ausbildung und womöglich findet sie auch noch einen Partner oder meinetwegen auch eine Partnerin … Obwohl, ein Mann wäre besser, da gibt's dann vielleicht noch mehr Enkelkinder … Ich denke wirklich nur Blödsinn …

Drei Tage später zieht Irene bei Anna ein. Weil aber das Kinderzimmer schon zum »Kurs-Raum« umgestaltet ist, muss sie sich irgendwie im ehemaligen Abstellraum einrichten, der zum Glück ein schönes, großes Fenster besitzt, das nach Süden hinausgeht. Anna fühlt sich ein bisschen schuldig, aber Irene tröstet die Mutter damit, dass sie ohnehin nur so lange bleiben werde, bis sie ihre Ausbildung abgeschlossen oder einen neuen Job gefunden habe und sich wieder eine eigene Wohnung leisten könne.

Am Abend von Irenes Einzug sitzen Mutter und Tochter gemeinsam im Wohnzimmer und schauen sich die Nachrichten im Fernsehen an.

»Mama, schau dir das an, das ist doch unglaublich ...«, sagt Irene empört, als über einen besonders üblen Fall von Korruption in der Regierung berichtet wird. »Diese Betrüger. Sitzen da auf ihren fetten Ärschen und kriegen viel Geld dafür, dass sie nichts tun ... Und ich mit meinem Studium und all meinen Erfahrungen muss um einen Job betteln gehen oder die dritte Ausbildung machen, damit ich leben kann.«

»Ja, das ist eine Sauerei. Ich hätte mir halt bessere Beziehungen aufbauen sollen, dann wärst du jetzt nicht in der Situation, meine Süße ...«

»Geh, Mama, das ist doch nicht schon wieder deine Schuld. Das ist das System. Diese Schnösel mit den Slim-fit-Anzügen glauben, die Welt gehört ihnen, und wer nicht in ihrer Blase dabei ist, kann scheißen gehen ...«

»Reni, seit wann bist du so ordinär?«

»Na wiel's wahr ist ...«, sagt Irene wütend und muss gleichzeitig lachen.

Anna lacht mit und denkt, dass es eigentlich ganz nett ist, so einen Abend mit der Tochter zu verbringen, und dass sie viel zu wenig über deren Leben weiß. Aber als sie sich einen kitschigen Liebesfilm anschauen will und Irene abfällig die Mundwinkel verzieht und sagt, sie würde lieber eine politische Diskussion hören, weiß Anna wieder, warum sie doch lieber alleine lebt.

Aber Irenes Anmerkung beschäftigt sie doch eine ganze Weile. Da sitzen diese jungen Burschen, die meine Söhne sein könnten, und jonglieren mit Beträgen, von denen ich nur träumen kann. Und die außerdem alle Probleme von Erika, Lilli, Ursula und mir lösen würden. Das ist doch wirklich nicht in Ordnung, denkt sie beim Zähneputzen. Und Renis und Marys Probleme wären wir auch los. Wieso ist diese Welt eigentlich so blöd organisiert? Weil wir nichts getan haben, um sie anders zu machen … Na ja, jetzt bin ich zu alt … Aber irgendwas muss ich wirklich machen. Jetzt ist Lillis Arm wieder verheilt und wir müssen zumindest unsere Kurse starten …

»Darf ich dich heute besuchen kommen?«, flötet Oliver ins Telefon.

»Nein«, sagt Anna entschlossen,

»Wieso nicht?«, fragt Oliver ganz betrübt nach.

»Meine Tochter wohnt jetzt bei mir …«

»Oh wie schön, da könnte ich sie doch kennenlernen«, sagt Oliver fröhlich.

»Gute Idee«, sagt Anna, »hoffentlich verliebst du dich in sie, damit ich endlich Ruhe hab von dir …«

»Meine Liebe zu dir ist unendlic,h meine Schöne, Schwierige …«, flötet Oliver schon wieder.

»Hörst du auf?!«, schreit Anna ins Telefon.

»Mama?«

»Nichts, Reni, alles in Ordnung …«

»War sie das?«, fragt Oliver neugierig.

»Gut, komm morgen zum Tee, aber wehe, du säuselst oder bringst rote Rosen oder benimmst dich sonst irgendwie anrüchig …«

»Ich anrüchig? Aber Liebste, das bin ich doch nie, ich weiß ja nicht, mit welchen Männern du es bis jetzt zu tun gehabt hast, aber sicher nur mit groben Rüpeln, die dich nicht richtig zu schätzen wussten …«

»Gute Nacht, Oliver, bis morgen!«

Vielleicht kann sie Irene und Oliver tatsächlich miteinander verkuppeln? Das wäre doch was, denkt Anna und muss lachen. Danach schläft sie irgendwie beruhigt ein und träumt, dass Alex ihr ein Bild gemalt hat und dass Reni ein Kind erwartet. Und als sie aufwacht, fällt ihr ein Morgenstern-Gedicht ein, über das sie immer schon lachen musste.

Am Morgen spricht die Magd ganz wild:
Ich hab heut Nacht ein Kind gestillt.
Ein Kind mit einem Käs als Kopf
Und einem Horn am Hinterschopf.
Das Horn, oh denkt euch, war aus Salz
Und ging zu essen und dann …
Halt's,
Halt's Maul, so spricht die Frau, und geh
an deinen Dienst Zä-zi-li-e …

Das hat sie ihren Töchtern nie vorgetragen, das hätten die als Kinder nicht verstanden, denkt Anna. Aber vielleicht sag ich es der Reni jetzt, so zum Spaß, wenn sich's ergibt. Oder der Mary? Nein, die hat schon genug Sorgen mit Klein-Alex und den Zweien – die jetzt eigentlich jeden Moment kommen müssten. Ich muss die Mary gleich anrufen.

»Hallo Anna«, hört sie ihren Schwiegersohn Peter aufgeregt ins Telefon schreien, »kannst du bitte sofort herkommen und den Alex übernehmen? Es geht nämlich los …«

Wenig später isst Alex voller Vergnügen Nudeln mit Tomatensauce und lässt sich von Irene aus seinem Lieblingsbuch vorlesen, während Anna nervös vor dem Telefon sitzt und auf die erlösende Nachricht wartet.

Aber statt Peter ruft Oliver an, um die Verabredung für den Nachmittag zu bestätigen.

»Kannst du mit Kindern umgehen?«, fragt Anna.

»Aber sicher, bin ja selbst noch kindisch genug!«, meint Oliver fröhlich.

»Gut, dann kannst du kommen und den Alex unterhalten«, sagt Anna und legt schnell auf, weil sie Oliver nicht lange zuhören will.

Kaum hat Irene Alex dazu überredet, ein kleines Mittagsschläfchen zu halten, ruft Peter endlich an.

»Paul und Paula sind da«, sagt er erschöpft. »Es geht allen dreien gut, die Mary schläft jetzt, die Babys sind noch ein bisserl zerdrückt, aber so süß, ich komm nachher und hol den Alex ab, und morgen geh ich mit ihm seine Geschwister in der Klinik besuchen. Am Freitag kommt die Mary nach Hause, da wär's schön, wenn ihr ein bisschen helfen könntet. Meine Mutter kommt nächste Woche für zehn Tage ...«

»Alles klar, Peter, mein Lieber, gratuliere, und Paul und Paula find ich süß, klingt wie der Titel für einen Roman ...«

»Weiß nicht, die Mary hat sich das eingebildet ...«

»Geh dich ausruhen, der Alex hält grad Mittagsschlaf. Du kannst aber natürlich auch herkommen und was essen ...«

Peter bringt natürlich Handy-Fotos von den Babys mit und Anna und Reni verdrücken ein paar Tränen, als sie die noch etwas rotgesichtigen kleinen Menschlein betrachten.

Und dann läutet es, und Oliver steht vor der Türe mit einem kleinen Löwen und einem kleinen Tiger aus Stoff und sagt: »Ich habe gedacht, vielleicht sind eure Zwillinge schon da, und da muss man doch Willkommensgeschenke mitbringen ...«

4
Erika

Was für taktloses Gerede, denkt Erika, geht in ihre kleine Küche, macht das Fenster weit auf und zündet sich eine Zigarette an.

Natürlich war die Mutter mühsam, aber das darf nur ich sagen, niemand anderer, das fehlt noch, dass diese Anna von der Höhe ihres gutbürgerlichen satten Lebens aus über meine Mutter urteilt.

Erika schmeißt den Zigarettenstummel mit Schwung aus dem Fenster, kippt es, wedelt mit einem Geschirrtuch den Rauch hinaus und geht zurück in das kleine Wohnzimmer, wo Lilli und Anna vergnügt tratschen.

Erika ist auf einem Bauernhof in Oberösterreich aufgewachsen. Als jüngstes von sechs Kindern. Ihr bloß um ein Jahr älterer Bruder Josef war ihr bester Freund. Von Geburt an. Die Mutter hatte genug mit den vier größeren Kindern, dem Hof und dem viel zu oft betrunkenen Vater zu tun.

Wenn der am Freitag in der Nacht aus dem Wirtshaus kam, verprügelte er zuerst die Kinder und schlug dann die Mutter windelweich, bevor er sie ins Bett zerrte, wo er meistens aufgrund des vielen Alkohols wenig zu Stande brachte, was ihn aber dazu veranlasste, die Mutter noch weiter zu schlagen, bis er erschöpft einschlief, um sich am nächsten Morgen an nichts zu erinnern.

Erika hatte von klein auf Angst vor dem Vater, Josef aber fand Verstecke für sich und die kleine Schwester, und so gewöhnte sie sich daran, in ihm ihren Verteidiger und Retter zu sehen. Tatsächlich war sie die Einzige, die kaum je Prügel bezog, auch weil Josef sie für sie einsteckte, wenn die beiden dem Vater nicht entkommen konnten.

Die Mutter duldete schweigend, und wenn Erika und Josef in späteren Jahren auf sie einredeten und sie zu überzeugen versuchten, dass sie den Vater vom Hof jagen sollte, sagte sie nur: »Und wer soll dann die schweren Arbeiten hier machen? Ihr vielleicht!?«, und beendete damit jede Diskussion.

Erikas große Schwestern heirateten beide jung. Burschen aus dem nahegelegenen Dorf, die nicht viel besser waren als der Vater. Und die gerne mit diesem im Dorfwirtshaus soffen. Die zwei großen Brüder gingen nach Linz in die Lehre und kamen nie mehr auf den Hof zurück. Erika hatte zu ihren um einiges älteren Geschwistern nur wenig Kontakt. Als nur Erika und Josef noch auf dem Hof waren, spitzte sich die Lage zu. Der Vater misshandelte die schweigend leidende Mutter fast jeden Tag und bedrohte die beiden Kinder, die noch daheim waren. Josef war inzwischen zu einem großen, kräftigen Burschen herangewachsen, der beim Tischler im Dorf in die Lehre ging, weil er die Mutter und die Schwester nicht der Willkür des Vaters überlassen wollte.

Erika war noch in der Hauptschule, als sie Georg kennenlernte, einen Burschen aus dem Nachbardorf, der in ihre Parallelklasse ging. Georg stammte aus einer der wenigen Roma-Familien, die es in der Gegend gab, und missfiel Erikas Vater vom ersten Augenblick an.

»Das Zigeuner-Gesindel kommt mir nicht ins Haus«, brüllte er Erika an, als diese von Georg erzählte und bat, ihn einladen zu dürfen. Die Mutter sagte nichts.

Erika fragte Josef um Rat. Der sagte auch nichts und meinte dann: »Lass das lieber, das gibt nur Krach!«

Also sah Erika Georg weiterhin in der Schule und manchmal blieben sie auch danach noch zusammen. Eines Tages kam der Vater zufällig bei der Schule vorbei und sah, wie Erika und Georg eng umschlungen Richtung Busstation gingen.

Er stieg aus dem Auto, versetzte Georg einen Faustschlag in den Nacken, von dem dieser zu Boden ging, gab dann Erika eine heftige Ohrfeige und zerrte sie ins Auto. Zu Erikas Glück war Josef an diesem Tag früh aus der Tischlerei nach Hause gekommen, weil er ein wenig krank war.

Als der Vater die Tochter schreiend an den Haaren ins Haus zerrte, stellte sich Josef ihm in den Weg.

»Es reicht jetzt!«, sagte er ruhig und fiel dem Vater in den Arm.

»Du misch dich nicht ein, wann es reicht, entscheid ich«, brüllte der Vater und zerrte weiter an Erikas Haaren.

»Lass sie sofort los!«, sagte Josef sehr bestimmt.

»Geh mir aus dem Weg, sonst fängst du auch noch eine!«, schrie der Vater noch lauter.

»Lass sie los!«, sagte Josef langsam und deutlich.

»Sie zieht mit dem Zigeuner-Gesindel herum, das treib ich ihr jetzt aus!«, brüllte der Vater. Da holte Josef aus und schlug den Vater mit aller Kraft ins Gesicht.

»Josef!«, schrie die Mutter.

Erika merkte, wie die Hand des Vaters, die sie an den Haaren gepackt hatte, plötzlich schlaff wurde.

Dann stürzte der Vater mit dem Gesicht voran auf den Steinboden.

»Was ist mit ihm, was hast du gemacht?«, fragte die Mutter leise.

»Ich hab ihm doch nur eine Watschen gegeben …«, murmelte Josef hilflos.

»Gleich steht er wieder auf …«

»Er atmet nicht mehr«, sagte Erika.

Als klar war, dass der Vater tot war, rief Josef die Polizei.

Erika und die Mutter saßen eng umschlungen in der Küche und weinten. Erika gestand sich erst viel später ein, dass sie damals vor Erleichterung geweint hatte. Die Mutter wollte das bis zu ihrem Tod nie zugeben.

Der Amtsarzt erklärte, der Vater sei an einem Schlaganfall gestorben.

Josef überredete die Mutter, den Hof zu verkaufen. Die vier älteren Geschwister waren einverstanden, keiner wollte die Landwirtschaft übernehmen. Und so zogen Erika und die Mutter zuerst nach Linz, wo Erika mit Josefs finanzieller Hilfe eine Ausbildung zur Volksschullehrerin machte und die Mutter putzen ging.

Georg wollte nichts mehr mit ihr zu tun haben. Und andere Liebschaften endeten fast immer im Nichts. Von Männern hatten sie und die Mutter endgültig genug, obwohl die Mutter noch nicht einmal fünfzig war und, nachdem sie sich von den Misshandlungen erholt hatte, wieder Freude am Leben bekam.

Josef machte seine Lehre als Tischler fertig und ging dann mit einem Freund – der in Wirklichkeit mehr als das war, was aber im Dorf keiner wissen durfte – nach Kanada, wo die beiden später sogar heiraten sollten. Das schrieb er eines Tages Erika, die in ihm immer noch ihren besten Freund sah. Als sie fragte, ob sie es der Mutter sagen solle, schrieb er zurück, sie solle das halten, wie sie wollte.

Die Mutter versteinerte, als Erika von Josefs Hochzeit erzählte.

»Wenn der Vater das noch erlebt hätte, der hätte ihn erschlagen!«, rief sie und weinte ein bisschen »über meinen verlorenen Sohn«! Da riss auch Erika die Geduld und sie übersiedelte nach Wien, wo man ihr eine etwas besser bezahlte Stelle in einer Integrationsvolksschule angeboten hatte. Später, als die Mutter alt und krank war und kein anderes ihrer fünf Kinder bereit war, sich um sie zu kümmern, nahm Erika sie zu sich nach Wien, weil sie fand, dass man die Mutter nicht einsam und alleine dahinvegetieren lassen konnte.

Auf die immer gleichen Vorhaltungen, dass sie sich doch einen Mann suchen solle, sie sei doch auch nicht mehr die Jüngste und bald wäre es zu spät für Kinder, reagierte sie, indem sie eine Zigarette nach der anderen rauchte und der Mutter vorrechnete, wie oft der Vater sie verprügelt hatte. Sie hielt ihr auch vor, dass der Vater ihre Jugendliebe zu Georg kaputtgemacht hatte, was die Mutter nie gelten lassen wollte.

»War eben doch ein Schlawiner, wie alle Zigeuner, der Georg«, sagte die Mutter, wenn Erika in späteren Jahren bedauerte, dass dieser sie nach dem Überfall durch den Vater nicht mehr hatte sehen wollen. Die Engstirnigkeit der Mutter machte Erika wütend, aber irgendwann sah sie ein, dass es sinnlos war, mit ihr zu diskutieren. Als Josef einmal mit seinem Mann aus Kanada zu Besuch kam, weigerte sich die Mutter, den Sohn zu sehen. Erika musste ihren Lieblingsbruder im Wirtshaus treffen und nahm das der Mutter bis an deren Lebensende übel.

Als die Mutter schon sehr alt und gebrechlich geworden war, lernte Erika durch Zufall Hans kennen, der ein Reisebüro besaß. Erika fand ihn nett, aber nicht wirklich attraktiv. Aber die Mutter fraß einen Narren an ihm und forderte Erika Woche um Woche auf, Hans einzuladen.

»Der gefällt mir nicht«, sagte Erika.

»Aber geh, der ist doch sehr fesch und außerdem, so viel Auswahl hast du ja nun wirklich nicht, also sei nicht so wählerisch …«

Hans schien Erika zu mögen, unterhielt sich aber vor allem gerne mit ihrer Mutter, die er über ihre Kindheit auf dem Bauernhof ausfragte. Wie sich herausstellte, war das Reisebüro nur dazu da, ihm Geld zum Leben zu beschaffen. Eigentlich war er ein bislang recht erfolgloser Schriftsteller, und als er Erika kennenlernte, war er gerade verzweifelt auf der Suche nach einem Stoff für seinen nächsten Roman. Den hatte er in den Geschichten vom Leben auf dem Bauernhof nun endlich gefunden. Als er das Erika endlich irgendwann erzählte, fühlte die sich zutiefst gekränkt. Denn auch wenn ihr Hans nicht besonders gefiel, so fand sie doch, dass er ihr seine wahren Interessen früher hätte eröffnen müssen.

»Hat sie dir erzählt, wie der Vater sie immer verprügelt und regelmäßig vergewaltigt hat?«, fragte sie Hans deshalb voller Zorn, weil dieser sich mehr für die Mutter als für sie interessiert hatte.

»Darüber haben wir gar nicht geredet«, sagte Hans.

»Na dann red einmal mit ihr, wie das war, mit einem Säufer und Schläger zu leben, der sie überhaupt nie als Mensch gesehen hat!«, sagte Erika noch wütender. »Sicher hat sie behauptet, alles war gut und wir waren eine fröhliche liebende Familie! Sie lügt sich ja ständig selbst in die Tasche …«

»Sie hat mir über ihre schreckliche Kindheit mit einem gewalttätigen Vater erzählt«, sagte Hans.

»Über ihren Vater hat sie uns nie was erzählt«, erwiderte Erika zerknirscht.

»Ich hab ja nur mehr die Großmutter kennengelernt, die war aber so ein kleines, verhutzeltes Weiberl, das nie was gesagt hat und immer nur in einer Ecke gesessen ist und gestrickt hat. Ja, die hat dauernd gestrickt und wir wollten die Sachen nicht …«

»Na ja, so wie dein Großvater die behandelt hat, wundert mich das jetzt nicht …«, gab Hans zurück.

»Mama, wieso hast du nie was von deinem Vater erzählt?«, fragte Erika die Mutter später.

»Da gibt's nichts zu erzählen …«, sagte die Mutter und strafte Erika mit einem eisigen Blick.

»Aber wieso hast du dir genau so einen Mann ausgesucht später?«, bestand Erika darauf, weiter zu sprechen.

»Ich hab ihn mir nicht ausgesucht«, sagte die Mutter kurz angebunden.

»Nein? Wie war das denn dann?«, fragte Erika irritiert.

»Mein Vater hat ihn mit nach Hause gebracht und erklärt, dass ich den heiraten müsste. Ich war die älteste Tochter und meine Brüder waren viel jünger. Daher wollte er mich aus dem Haus haben. Und ein Widersprechen gab's nicht, wenn er was befohlen hat, dann haben wir gespurt …«

»Warum bist du nicht einfach weggelaufen?«

»Wohin hätte ich denn gehen sollen? Der Rudolf hatte einen Hof geerbt, er war der einzige Sohn, das hat dem Vater gefallen, deshalb hat er mich ihm einfach verkauft. Ich konnte nicht weglaufen, niemand hätte mich aufgenommen, und von was hätte ich denn leben sollen? Ich war achtzehn. Gelernt hatte ich nichts, weil ich auf unserem Hof mithelfen musste. Also war ein anderer Hof genau das Richtige und der Rudolf war sehr gut mit meinem Vater …«

»Also hast du gewusst, was auf dich zukommt?«

»Ich hab gewusst, wie das Leben läuft. Und ich hab genau so gelebt wie meine Mama vor mir. So ist das eben in unserer Familie. Schau dir deine Schwestern an, denen geht's doch auch so …«

»Nein«, sagte Erika energisch, »das glaub ich nicht, denen geht's sicher nicht so wie dir …«

Aber ganz sicher war sie sich nicht, dass die Schwestern anders lebten als die Großmutter und die Mutter vor ihnen.

Als sie Hans das nächste Mal besuchen kam, entschuldigte er sich noch einmal dafür, ihr nicht gleich von seinem Buchprojekt erzählt zu haben. Erika war aber zu sehr mit dem beschäftigt, was ihr die Mutter gesagt hatte. »Glaubst du, dass das einfach so sein muss, in Familien wie meiner?«

»Hast du deshalb nicht geheiratet?«, fragte Hans zurück.

»Ist mir nie eingefallen. Ich war einmal sehr verliebt, aber das hat mir der Säufer, mein Vater, mit Gewalt ausgetrieben, und dann hab ich keine Lust mehr gehabt, mir irgendwas anzufangen …«

»Versteh ich«, sagte Hans.

»Und was ist mit dir?«, fragte Erika.

»Meine Frau ist bei einem Autounfall umgekommen, seither hab ich keine mehr gefunden, mit der ich so lachen konnte wie mit ihr …«, antwortete Hans traurig.

»Oje, das tut mir so leid, du Armer«, sagte Erika.

»Jetzt bin ich nicht mehr arm, ich hab mich arrangiert mit dem Leben ohne die Maria. Es geht mir ganz gut so. Und das Schreiben hilft auch …«

»Willst du wirklich die Grauslichkeiten meiner Familie zu einem Roman machen?«, fragte Erika, nachdem sie ein Weilchen vor sich hin geschwiegen hatten.

»Ja natürlich, das ist doch wichtig. Die Welt soll doch wissen, wie Frauenleben auch hier bei uns ausschauen, nicht nur irgendwo weit weg …«

Am nächsten Tag rief Erika ihre älteste Schwester Ingrid an und fragte, ob sie sie besuchen dürfte.

»Natürlich, da würde ich mich sehr freuen. Der Sepp hat auch sicher nichts dagegen.«

»Musst du deinen Mann fragen, ob deine Schwester auf Besuch kommen darf?«, fragte Erika empört.

»Nein, muss ich nicht, aber es ist halt angenehmer, wenn er nichts dagegen hat …«, sagte Ingrid vage.

Zur Feier von Erikas Besuch kam auch Franziska, die zweitälteste Schwester, vom anderen Ende des Dorfes zu Ingrid. Sepp war nicht zu Hause.

»Er ist arbeiten. Er lässt dich grüßen …«, sagte Ingrid.

Das Haus der Schwester war groß und gemütlich. Ihre vier Kinder waren schon ausgezogen, aber an dem Tag waren drei Enkelkinder da, für die Ingrid kochte und mit denen sie die Hausaufgaben erledigt hatte. Jetzt saßen die Kinder im Wohnzimmer vor dem Fernseher, während Ingrid für Erika und Franziska Kaffee machte und einen selbstgebackenen Gugelhupf anschnitt.

»Ihr schauts gut aus«, sagte Erika, um die Steifheit irgendwie loszuwerden, die sich im Haus breitgemacht hatte, als sie angekommen war.

»Es geht uns ja auch gut«, sagte Ingrid bestimmt und Franziska nickte. Die Ältere war immer die Wortführerin gewesen, und daran hatte sich auch im schon reiferen Alter nichts geändert.

»Hörts ihr was vom Xaver und vom Rudi?«, fragte Erika.

»Wenig, die haben halt auch viel zu tun mit der Firma und den Familien«, sagte Irene.

»Haben die jetzt eine gemeinsame Firma?«, fragte Erika erstaunt, weil sie das nicht wusste.

»Ja, schon länger. Eine Baufirma, die geht sehr gut, sie sind sozusagen reich. Aber sie haben eben auch nie Zeit ...«, sagte Ingrid und Franziska fügte leise hinzu:

»Leider ...«

»Ach so, und der Josef, der ist ja in Kanada verheiratet, das wisst ihr ja sicher ...«, sagte Erika und überlegte, ob sie mehr verraten sollte, aber die Schwestern nickten nur und redeten dann weiter über den neuesten Dorftratsch und die nächsten Kirchenfeiern, während Erika schweigend ihren Kaffee trank und ihren Gugelhupf aß.

Später fragten die Schwestern, wie es der Mutter denn so gehe und wie Erika in der Großstadt zurechtkomme und vor allem, wieso sie eigentlich nicht geheiratet habe.

»Weil mir das Beispiel unserer Eltern gereicht hat«, sagte Erika zornig.

»Aber geh, so schlimm war's doch gar nicht, die haben sich doch eh ganz gerngehabt«, sagte Ingrid, und Erika sah sie fassungslos an.

»Erinnerst du dich nicht mehr? Wie er sie und euch geprügelt hat? Und niemand von euch Großen hat was gesagt?«

»Was hätten wir denn sagen sollen? Wir waren doch noch Kinder ...«

»Kinder waren der Josef und ich, ihr wart schon ziemlich erwachsen ...«, schrie Erika.

»Jetzt reg dich nicht so auf, ist ja vorbei, und schau, wir sind doch alle ganz gut da rausgekommen ...«

»Ja, wir, aber die Mama nicht!«, sagte Erika leise, stand auf und wollte ihren Mantel anziehen.

»Wart ein bisserl, geh noch nicht, ich muss dir noch was erzählen«, rief Ingrid, nahm Erika am Arm und führte sie zurück an den Tisch.

»Kannst du dich an die Tante Herta erinnern? Die Schwester vom Papa? Die ist verwitwet und die Franziska und ich haben uns ein bisserl um sie gekümmert. Weil ihr Sohn, der Hansi, noch vor ihr gestorben ist. Der war sowieso komisch – so ein Eigenbrötler.«

»Ja, an den erinnere ich mich auch, der war manchmal bei uns am Hof, nicht wahr? Aber der hat sich vor dem Vater genauso gefürchtet wie wir …«, sagte Erika nachdenklich.

»Der Hansi also, der Sohn von der Tante Herta, aus dem ist irgendwie nie was Richtiges geworden. Geheiratet hat er auch nicht. Und wie der Onkel Fritz, der Mann von der Herta, gestorben ist, hat er sich von seinem Erbteil einen Schrebergarten gekauft. In Wien an der Alten Donau. Und dort hat er gewohnt. Und dann hat er sich irgendwann umgebracht«, erzählte Irene, als spreche sie über einen Menschen, den sie nie gekannt hatte.

»Jedenfalls hat jetzt die Tante Herta diesen Schrebergarten geerbt. Und wie sie gestorben ist, hat sie ihn mir und der Franziska vermacht. Aber was sollen wir zwei schon mit so einem Stückl Garten in Wien anfangen? Also – wir haben uns beraten und beschlossen, dass wir dir den Schrebergarten überlassen. Weil du doch in Wien bist. Halt um den Selbstwert.«

»Ich hab kein Geld«, sagte Erika und wollte wieder aufstehen.

»Na, dann geben wir ihn dir halt in Pacht«, sagte Ingrid geduldig. »Im Gegenzug musst du dich aber drum kümmern, einverstanden?«

»Nein, ich kann euch auch keine Pacht zahlen, und überhaupt, ich brauch keinen Schrebergarten …«

»Aber vielleicht freut's die Mama, wenn sie bissel im Boden graben kann …«, warf Franziska leise ein.

»Na gut, ich übernehme ihn, wir kümmern uns drum, aber zahlen tu ich nichts dafür ...«, sagte Erika und zog jetzt wirklich ihren Mantel an. »Ich werde der Mama sagen, dass das euer Schrebergarten ist. So ist das einfacher.«

Sie verabschiedeten sich kühl und Erika beschloss, sich nicht mehr bei den Schwestern zu melden, die ihr ganz und gar fremd geblieben waren. Als sie aber der Mutter von dem Schrebergarten erzählte, war diese begeistert, auch wenn sie das nicht wirklich zeigen konnte.

»Na gut, dann werde ich dort halt jetzt Ordnung machen«, sagte sie und setzte ein wichtiges Gesicht auf. Von da an verbrachte die Mutter fast jeden Tag im Garten. Im Sommer wie im Winter fand sie dort irgendetwas zu tun. Und wenn es stürmte und schneite, saß sie vor dem Öfchen in dem kleinen Holzhaus und strickte Schals für Franziskas und Ingrids Enkelkinder, die diese nie tragen wollten.

Und dann starb Erikas Mutter – und der Schrebergarten geriet in Vergessenheit.

Anna, Lilli und Ursula sind sprachlos. So viel auf einmal hat Erika, seit sie sie kennen, noch nie geredet. Und was sie erzählt hat, macht alle sehr nachdenklich.

»Ich hab ja gar nicht gewusst, was du für eine Geschichte hast«, sagt Lilli leise. »Das hättest du mir längst erzählen sollen. Es tut mir so leid ...«

»Ja, du hättest mit uns darüber reden sollen, wo wir dich mit unseren banalen Problemchen so zugeschüttet haben ...«, sagt Anna schuldbewusst.

»Du sprichst für dich«, sagt Ursula streng, »ich jammere nicht so viel wie du ...«

»Ich jammere eigentlich nicht, ich rede nur über meine Sorgen und Mühen«, sagt Anna und kommt sich sehr poetisch dabei vor.

»Was ist eigentlich aus diesem Hans geworden?«, fragt Lilli. »Und hat der diesen Roman geschrieben?«

»Aber ja, du hast ihn doch vor kurzem erst gelesen«, sagt Erika froh über die Ablenkung. »›Leben oder nicht‹ heißt er, der hat ordentliches Aufsehen erregt …«

»Ach, der ist das – während du erzählt hast, hab ich kurz überlegt, woher ich diese Geschichte kenne …«

»Was hat denn deine Mutter dazu gesagt? Und deine Schwestern und Brüder?«, fragt Ursula nach.

»Die Mama war schon nicht mehr da und meine Geschwister lesen ja nicht. Die haben das wahrscheinlich gar nicht mitgekriegt …«

»Na und, was ist jetzt mit dem Hans?«, fragt Lilli.

»Nichts ist, der hat jetzt nicht mehr so viel Interesse, seit er ein erfolgreicher Schriftsteller ist«, sagt Erika.

»Und? Kränkt dich das nicht?«, fragt Anna.

»Überhaupt nicht. Der hat mir doch eh nie gefallen. Und überhaupt. Männer machen einem doch wirklich nur das Leben schwer. Ich brauch den nicht …«, schließt Erika und stellt fest, dass sie schon lange nicht mehr an den Hans gedacht hat.

»Na ja, aber ohne sie ist das Leben auch nicht besonders lustig«, sagt Ursula und Anna schaut sie ganz erstaunt an, weil ihre Freundin sehr sparsam mit solchen Äußerungen ist.

»Ich weiß nicht. Schau dir einmal meine Schwestern an. Die sitzen da im Dorf mit diesen Männern, die sich genauso wie der Vater jedes Wochenende im Dorfwirtshaus volllaufen lassen. Also volllaufen lassen haben. Weil das Dorfwirtshaus hat inzwischen zugemacht und der eine hat eine Leberzirrhose und der andere hat sich beim Besoffen-nach-Hause-Watscheln die Hüfte gebrochen und kann kaum noch gehen und die Ingrid muss ihn pflegen. Und das ist wirklich nicht lustig …«

»Nein, sicher nicht«, sagt Ursula verständnisvoll.

»Aber was ist mit dem Sex?«, fragt Lilli fröhlich.

»Ach, lass mich doch damit in Ruh«, sagt Erika. »Ich hab nie einen gefunden, mit dem es wirklich Spaß gemacht hätte, und glaub mir, ich hab's probiert – halt ein bissel, viel nicht, weil ich's immer vor der Mutter verheimlichen hab müssen, weil die sich sonst aufgeregt hätte ...«

»Wie traurig«, sagt Lilli mitfühlend. »Weil Sex macht doch das Leben schon irgendwie netter, meinst du nicht?«

»Weiß nicht«, sagt Erika nachdenklich. »Hat mich auch irgendwie nie interessiert. Kinder wollt ich nicht und einen Mann im Haus, dem ich hinterherräumen muss und von dem ich sonst nichts hab, wollte ich auch nie ...«

»Na ja, mit der Geschichte hätte ich mich auch fürs Zölibat entschieden«, sagt Ursula.

»Aber jetzt hab ich doch euch«, sagt Erika fröhlich. »Ihr seid viel besser als jeder Mann!«

»Na, aber der Sex lässt irgendwie zu wünschen übrig«, antwortet Lilli und lacht. »Was ist übrigens mit dem Oliver?«

»Was soll schon sein?«, fragt Anna zurück.

»Na ja, wenn wir schon über Sex reden ...«

»Du redest darüber, meistens redest du nur darüber«, sagt Anna bissig.

»Nein, ich red nicht nur, ich tu auch!«, sagt Lilli aufgebracht.

»Ah so? Wo und wann, weil hier hab ich davon noch nichts gemerkt«, sagt Erika fröhlich.

»Na, ich bring meine Männer doch nicht nach Hause, damit du sie mir ausspannen kannst!«, sagt Lilli und zwinkert Anna zu.

»Also wirklich – das würde ich doch nie tun ...«, sagt Erika empört.

»Man weiß ja nie«, lacht Lilli.

»Erzähl, Lilli, erzähl!«, fordert Anna.

»Hörts jetzt auf mit dem Blödsinn«, sagt Ursula, »wir müssen uns über die Kurse unterhalten. Wann sollen wir anfangen? Sollen wir von allen negative Tests verlangen und dass sie Masken tragen?«

»Auf jeden Fall«, sagt Anna.

»Auf keinen Fall«, sagt Lilli.

»Wieso nicht?«, fragt Anna.

»Wieso schon?«, fragt Lilli.

»Na, weil ich persönlich zum Beispiel nicht krank werden darf, jetzt wo Paul und Paula da sind und die Mary mich braucht. Stell dir vor, ich steck die Babys an!«, antwortet Anna empört.

»Und ich glaube halt, dass dann keiner kommt, wenn wir das verlangen«, sagt Lilli.

»Wir probieren es zuerst so, wie die Anna sagt, und dann sehen wir weiter«, entscheidet Ursula und Lilli gibt murrend nach.

Wenige Tage später hängen in Annas Viertel an allen Straßenecken lustige Plakate, auf denen man Stricknadeln, Kochlöffel, Tamburin und Malerpinsel in kreativem Durcheinander sehen kann.

»Na hoffentlich wird das was«, sagt Anna, nachdem sie Olivers Werk begutachtet hat.

»Das ist doch super, das animiert die Leute sicher sehr«, sagt Irene, und Oliver, der danebensteht, wird ein bisschen rot.

»Und was machen wir jetzt?«, fragt Anna.

»Wir warten«, sagt Irene. »Ich habe meine Handy-Nummer angegeben, da können sich die anmelden, die nicht so gern was im Internet machen. Auf Facebook und Instagram hab ich eigene Accounts eingerichtet, die kontrolliere ich täglich, und wenn etwa zehn Anmeldungen für einen Kurs beisammen sind, beginnt ihr eben.«

»Fantastisch«, sagt Lilli später, als Anna ihr von den Plänen ihrer Tochter erzählt.

»Die Reni ist ein wirklicher Schatz, das wird schon, ich sag's dir …«

»Na gut«, sagt Ursula. »Wie viele Anmeldungen haben wir jetzt?«

»Für die Mama fünf«, sagt Irene wichtig, »für die Erika auch fünf. Für die Lilli eine und für dich derweil noch keine …«

»Aha«, sagt Ursula ein wenig beleidigt.

»Dann fangen die Erika und ich jetzt einmal an und ihr kommt dann halt dazu, wenn es bei euch auch genug sind. Fünf ist doch eine ganz überschaubare Zahl, findet ihr nicht?«

»Vielleicht sollten wir für das Malen und das Tanzen ein bisschen mehr Werbung machen?«, wirft Oliver ein, der bisher schweigend neben Irene gesessen ist.

»Gute Idee und wie soll das gehen?«, fragt Ursula bissig.

»Musik und Filme halt – ich probier's auch auf meiner Facebook-Seite«, sagt Oliver.

»Du bist doch viel zu jung, um auf Facebook zu sein«, sagt Anna neckisch. »Ihr Jungen seid doch auf Twitter oder auf Tok-Tok oder wie das heißt …«

»Mama, das heißt TikTok und man kann trotzdem auch auf Facebook sein …«, ergreift Irene sofort Olivers Partei.

»Ja, ja, ist schon gut, mir ist alles recht …«, gibt Anna nach.

Nachdem Irene und Oliver sich verabschiedet haben, schaut Ursula Anna an und fragt: »Ist da was zwischen den zweien?«

»Was meinst du?«

»Na ja, schlafen die miteinander? Die Reni und der Oliver?«

»Weiß ich doch nicht«, sagt Anna kurz angebunden. »Sind zwei erwachsene Menschen, ich schau doch nicht nach, bei wem die Reni im Bett liegt …«

»Aber sie wohnt noch bei dir?«

»Wie geht's eigentlich Paul und Paula? Und dem armen Alex?«, fragt Lilli schnell, die merkt, wie unangenehm Anna dieses Thema ist.

»Ja, das möchte ich auch wissen. Bei euch sind alle so normal, nicht so wie in meiner Familie«, schließt sich Erika an, und Anna muss darüber so lachen, dass sie sich verschluckt.

»Also mir hat noch nie wer gesagt, dass wir normal sind«, sagt sie zu Erika, nachdem Lilli ihr kräftig auf den Rücken geschlagen und Ursula ihr ein Glas Wasser gebracht hat.

»Du weißt schon, wie ich das meine«, sagt Erika beleidigt. »Die Enkelkinder von meinen Schwestern sind sowas von langweilig …«

»Na, langweilig sind meine nicht«, gibt Anna zu. »Eher anstrengend …«

»Aber die Zwillinge sind doch noch so klein …«

»Deshalb können sie trotzdem anstrengend sein und der Alex ist ziemlich unaushaltbar, seit die Geschwister da sind und so viel Aufmerksamkeit brauchen …«, sagt Anna und seufzt.

»Schaffst du das mit dem Kurs?«, fragt Ursula besorgt.

»Aber ja«, beruhigt Anna.

Eine Woche später gibt Anna ihren ersten Backkurs. Weil sie aber nicht daran gedacht hat, die Teilnehmerinnen daran zu erinnern, dass sie ihre eigenen Zutaten mitbringen müssen, wird eine einzige Apfeltarte gebacken, die sie dann gemeinsam zum Kaffee verspeisen.

Die fünf jungen Frauen, die sich angemeldet haben, sind begeistert, kichern viel und reden, während Anna den Teig rührt und die Äpfel schneidet, über Männer, Kleider und langweilige Jobs. Als sie gegangen sind, lässt sich Anna auf ihr Sofa fallen und sagt zu Ursula: »Also ich verdiene mir mein Geld schon sehr mühsam …«

»Na ja, es gibt Schlimmeres. Stell dir vor, da kommen lauter Weiber, die alles besser wissen als du …«

Erika geht es besser. Ihre Schülerinnen sind auch fünf junge Frauen, aber die haben immerhin Stricknadeln und Wolle mitgebracht und lassen sich geduldig von Erika erklären, wie man anschlägt, was eine rechte und eine linke Masche ist und wie man abkettelt.

»Was du für Fachbegriffe kennst …«, staunt Lilli, als Erika davon erzählt. »Ich weiß nur, wie die Farben heißen. Aber viel mehr braucht man zum Malen eh nicht …«

»Lass das aber bitte nicht den Roberto hören«, sagt Erika und lacht.

Roberto ist Lillis neuester »Bekannter«, ein Pizzakoch, der nebenbei begeisterter Hobbymaler ist und sich sehr gut mit den verschiedenen Begriffen auskennt. Nur an Kreativität mangelt es ihm, sagt Lilli immer, aber selbstverständlich nur zu ihren Freundinnen.

»Mit dem rede ich nicht übers Malen, sonst muss ich mit ihm streiten und dazu ist er mir schon wieder nicht wichtig genug«, sagt Lilli und zuckt mit den Schultern.

»Na du bist mir eine«, meint Ursula streng, aber Anna muss lachen und denkt bei sich, dass das genau das ist, was Lilli braucht. Einen, mit dem sie nicht über die Dinge redet, die ihr wirklich wichtig sind.

Am Abend ist Irene ausnahmsweise wieder einmal zu Hause und sitzt mit Anna im Wohnzimmer. Was diese zwar daran hindert, ihre Lieblingsserie anzuschauen, sie aber trotzdem freut, weil sie Irene eigentlich selten sieht und noch seltener mit ihr in Ruhe reden kann.

»Was macht die Liebe?«, versucht sie es ganz locker.

»Welche Liebe?«, fragt Irene ein bisschen aggressiv zurück.

»Na, ich weiß nicht, gibt's denn keine? Zum Beispiel mit dem Oliver?«

»Geh, Mama, der Oliver ist ein Hund, der laut bellt …«

»Was heißt das jetzt schon wieder?«

»Na, du weißt doch, Hunde, die bellen …«

»… beißen nicht?«, ergänzt Anna. »Und was heißt das jetzt für den Oliver?«

»Dass der zwar so tut, aber in Wirklichkeit gar nicht so sehr an Frauen interessiert ist«, sagt Irene und lacht gutmütig.

»Ist er schwul?«, fragt Anna geradeheraus.

»Weiß ich nicht, eher asexuell«, meint Irene nachdenklich.

»Aber ihr steckt doch neuerdings Tag und Nacht zusammen …«, sagt Anna erstaunt.

»Warum nicht?«, wird Irene schon wieder ziemlich aggressiv.

»Ich hab ja nichts dagegen, ich hab nur gedacht …«

»Du denkst manchmal einfach zu viel …«, sagt Irene unfreundlich. »Und überhaupt, mach dir nicht so viele Gedanken um mein Liebesleben, kümmere dich lieber um dich selber …«

»Das tu ich, da kannst du Gift drauf nehmen«, sagt Anna schnippisch und damit ist das Gespräch für diesen Abend beendet.

Am nächsten Tag gibt Anna wieder Backunterricht. Sie will den Mädchen erklären, wie man eine wirklich gute Nusstorte macht.

Die fünf sind dieses Mal mit Heften und Kugelschreibern erschienen und schreiben jedes Wort mit, das Anna spricht.

Als sie aber mit dem Backen fertig ist und ihnen erklären will, wie sie eine schöne Kaffeeglasur macht, gibt es Protest.

»Im Fernsehen decken sie die Torten immer mit Fondant ein, das schaut so schön aus und da kann man alle Farben nehmen …«, sagt eine der jungen Frauen.

»Das schon, aber dann schmeckt's halt nicht so gut wie mit meiner Kaffeeglasur«, sagt Anna geduldig.

»Aber die ist doch nur braun, das ist doch fad …«, sagt eine andere junge Frau enttäuscht.

»Man kann ja auch eine weiße Zuckerglasur machen und dann bunte Streusel auf die Torte geben, das wollte ich euch das nächste Mal zeigen, wenn wir eine Haselnusstorte backen …«, sagt Anna und fühlt sich hilflos.

»Also das macht keinen Spaß«, sagt die Wortführerin der Schülerinnen entschlossen, »wir wollen doch so richtige Motivtorten backen lernen …«

»Dann müsst ihr halt wohin gehen, wo man euch das beibringt«, sagt Anna wütend, »bei mir gibt's GUTE Torten, nicht irgend so ein Zeug mit viel Mehl und ohne Geschmack!«

Dann versieht sie ihre Nusstorte mit einer Schlagobersfülle, glasiert sie besonders schön und verziert sie mit Nüssen, und zum Kaffee bekommen die aufmüpfigen Schülerinnen wieder jede ein Stückchen. Anna sieht ihnen an, dass es ihnen schmeckt, dass sie aber trotzdem lieber was Buntes, Glitzerndes hätten als ihre gute, alte Nusstorte.

»Das wird nichts«, sagt sie später zu Irene. »Die schauen sich die Backshows im Fernsehen an oder im Internet und das finden sie viel interessanter als meine guten, alten Rezepte. Und wenn ich ihnen das Rezept diktiere und da sind acht Eier dabei und 200 Gramm Butter, dann verziehen sie das Gesicht, als hätten sie in eine Zitrone gebissen, und schauen sich vielsagend an. Das wird nichts …«

Dann wird Alex krank, und damit er Paul und Paula nicht ansteckt, die noch keine vier Monate alt sind, muss er bei Anna schlafen und drei Tage lang bei ihr bleiben, bis der Kinderarzt bestätigt, dass er nicht mehr ansteckend ist. Und natürlich hat er Anna mit seiner Grippe angesteckt, so dass die eine Woche lang im Bett liegt – und zwischendurch schläft ihr Backkurs unbemerkt ein, auch weil das Interesse der jungen Schülerinnen stark nachgelassen hat, und niemand ist böse, als es heißt, man müsse ein paar Wochen warten, bevor man wieder anfangen könne.

Ich bin wirklich völlig unnütz, denkt Anna, während sie mit Schüttelfrost auf dem Sofa liegt und sich irgendwelche Serien im Fernsehen anschaut. Oder besser gesagt, nicht wirklich anschaut, weil sie immer wieder einschläft. Aber während sie wach ist, denkt sie nach. Darüber, warum sie sich Sorgen macht, seit sie denken kann. Warum sie sich immer verantwortlich fühlt. Warum sie sich wünscht, dass Irene auszieht, obwohl die sie gerade jetzt, wo sie krank ist, rührend umsorgt. Warum sie nicht glaubt, dass ihre Töchter glücklich sind. Und warum sie immer noch und immer wieder in finanziellen Schwierigkeiten steckt.

Weil ich nicht mit Geld umgehen kann, würde die Ursi jetzt sagen. Und das stimmt ja auch, aber nicht nur. Die Mary braucht Geld für eine größere Wohnung, die Reni braucht Geld für irgendeine Wohnung, und ich will ja doch auch noch was vom Leben haben. Das geht sich alles nicht aus, ich habe einfach alles falsch gemacht. Nicht genug gespart, nicht an morgen gedacht, nicht vernünftig geplant … Ich hätte eine Wohnung kaufen sollen, die könnte ich jetzt verkaufen. Oder ich spiel doch Lotto. Oder ich gehe ins Kasino, ich könnte spielsüchtig werden und mich dann selbst in eine Entzugsklinik einweisen. Das ist jetzt das Fieber, denkt Anna und schaut auf das Thermometer, das aber nur 37,5 zeigt. Na ja, so hohes Fieber habe ich gar nicht, dass ich solchen Unsinn denken muss. Aber was soll ich tun.

Und wenn ich überlege, was die Erika so erlebt hat. Nur Schreckliches. Die Arme – und ich jammere, weil ich mit meinen zwei Pensionen nicht auskomme und zwei große Töchter und drei wunderbare Enkel hab. Da muss ich mich ja direkt schämen. Bei mir zu Hause hat keiner getrunken. Na ja, die Mama hie und da – so einmal pro Sommer ein Glas Bier – wegen dem Schaum oben und eigentlich auch nur, wenn's sehr heiß war. Und der Papa hie und da ein bisserl Wein. Aber das war's schon. Mir hat das sowieso nie geschmeckt. Aber der Papa hat gesagt, ein Gläschen Rotwein am Tag ist gesund. Nur hat er höchstens einmal pro Jahr so ein Gläschen getrunken. Ich weiß nicht, wieso das bei uns so war. Keinem hat Wein oder Bier geschmeckt. Dafür haben wir gern gegessen, gern und viel. Na ja, das sieht man auch. Ich will gar nicht wissen, wie viel ich jetzt wiege. Die Mama und der Papa waren auch dauernd auf Diät. Dann waren sie immer schlecht aufgelegt und ich war froh, wenn sie wieder fertig waren damit und genüsslich reingehaut haben. Die Tante Erna ist auch nur auf Besuch gekommen, wenn die zwei gerade nicht auf Diät waren. Die war vielleicht rund. Wie ein Ballon. Aber auch sehr gemütlich. Und sie hat mir immer wunderbare Süßigkeiten mitgebracht. Türkischen Honig zum Beispiel und Kokosstangerln und solche Nougat-Kugeln, die im Mund zergangen sind und die ich immer auf einen Satz aufgegessen hab. Meistens war mir nach ihrem Besuch dann schlecht – aber schön war's. Die Mama hat mir aber auch oft Schaumrollen gekauft und im Winter haben wir jeden Abend Krapfen gegessen. Na klar, sind wir alle rund geworden. Diäten hin oder her.

Wie komme ich denn jetzt aufs Essen? Ich hab gar keinen Hunger und Appetit schon gar nicht. Und was macht die Reni schon wieder in der Küche? Oje, die kocht was. Und ich mag doch gar nichts essen. Vielleicht nehme ich wenigstens ein paar Kilo ab, wenn ich schon diese Mistgrippe erwischt hab. Und wegen dem Mistvirus drängt mich die Reni auch noch, jeden zweiten Tag zu gurgeln, damit wir sicher sind, dass ich mich nicht angesteckt hab. Wo ich doch eh geimpft bin. Aber das nützt nichts, man kann's trotzdem kriegen – aber man stirbt nicht mehr dran, das ist schon sehr fein. Weil – dann weiß man nichts mehr. Und ich will doch alles wissen. Wie die Mama. Die hat immer gesagt, sie hat keine Angst vor dem Tod, nur davor, dann nichts mehr zu wissen. Wie soll das gehen? Ich kann mir das nicht vorstellen. Jetzt muss ich wieder an die Erika denken. An ihren Vater. Stell dir vor, dein Sohn schlägt dich und du bist einfach weg. Na gut, dem ist schon recht geschehen, so wie der sich aufgeführt hat. Aber trotzdem. So plötzlich nicht mehr da sein. Nicht mehr denken, nicht mehr fühlen. Das macht schon Angst. Das ist wieder das Fieber.

Und jetzt kommt die Reni mit einem Tablett und stellt mir einen Teller Suppe hin. Und ich hab doch gar keinen Appetit …

»Mama, ich hab dir Hühnersuppe gemacht, das ist gut bei Grippe. Und einen Himbeersaft hab ich dir auch gebracht, du musst viel trinken, wenn du Fieber hast«, sagt Reni besorgt und setzt sich zur Mutter.

»Schau, ich esse auch einen Teller, das tut uns beiden gut. Das Huhn habe ich rausgenommen und das Fett abgeschöpft. Hab dir Nudeln hineingekocht, du musst was essen …«

»Muss ich nicht«, brummt Anna, nimmt aber dann der Tochter zuliebe doch den Löffel und kostet.

»Mmmm, die schmeckt wirklich gut, ich hab gar nicht gewusst, dass du so gut kochst, du könntest statt meinem Backkurs einen Kochkurs geben …«

»So weit kommt's noch …«, sagt Reni empört. »Ich bin doch keine Haushaltslehrerin! Ich bin Sozialarbeiterin. Und übrigens, ich bin mit meiner Zusatzausbildung fertig und hab einen neuen Job. Am Montag fang ich in der Vinzi-Rast an. Die zahlen zwar nicht viel, aber es ist wirklich interessant und ich kann mir wieder eine kleine Wohnung leisten … Bist du froh, dass ich bald wieder ausziehe?«

Und schon bin ich wieder allein, denkt Anna. Natürlich ist sie mir auch auf die Nerven gegangen, aber es war auch beruhigend, dass da noch jemand in der Wohnung ist. Jetzt werde ich wieder Alpträume haben und nachts aus dem Schlaf aufschrecken. Wie blöd ist das denn. Zuerst wollte ich unbedingt, dass sie wieder auszieht, und jetzt ist mir das erst wieder nicht so richtig geheuer. Hoffentlich ist der Job wenigstens gut, also hoffentlich macht er ihr Spaß und vielleicht trifft sie ja dort dann einen netten Mann. Mir wäre ja eine nette Frau auch recht, Hauptsache, sie ist nicht allein. Ich rede schon wie meine Mama, denkt Anna und geht duschen.

»Stell dir vor, die Reni hat einen neuen Job. Und die Mary hat ein Haus mit Garten gefunden. Im Speckgürtel. Natürlich müssen sie jetzt einen Riesenkredit aufnehmen und ich kann ihnen gar nicht helfen, na ja, ich habe noch irgendwo ein Sparbuch vom Alex gefunden, auf dem ein bisschen was drauf ist, das gebe ich ihnen natürlich, aber mehr habe ich wirklich nicht und der Reni kann ich gar nichts geben, ich schäme mich so …«, sprudelt Anna, während sie mit Ursula den Raum für den afrikanischen Tanzkurs herrichtet, der jetzt doch zustandekommt.

»Wofür schämst du dich?«, fragt Ursula und räumt einen Stapel Sessel auf die Seite.

»Dass ich so schlecht mit Geld umgehen kann und den Kindern nicht helfe.«

»Die sind beide erwachsen und arbeitsfähig und können sich selbst helfen«, sagt Ursula vernünftig.

»Ja, aber trotzdem ...«

»Hast du eigentlich der Erika zugehört?«, fragt Ursula streng.

»Ja, klar, furchtbar, was die durchgemacht hat, die Arme. So ein grausliches Leben ...«, sagt Anna gedankenlos, weil sie immer noch bei ihren eigenen Problemen ist.

»Dann mach dir nicht so viele Sorgen um deine Mädeln, denen es eh gut geht. Die haben doch alles, worüber machst du dir eigentlich Gedanken ...«

»Na ja, um ihre Zukunft. Und um die Zukunft von Alex und Paul und Paula. Und ich bleibe schon wieder allein, weil die Reni wieder auszieht. Und das ist mir einerseits recht und andererseits wieder nicht ...«

»Weißt du was? Dir ist immer alles recht, worum du dir Sorgen machen kannst. Mach dir lieber ein bisschen mehr Sorgen um Leute wie die Erika oder auch die Lilli oder auch mich ...«

»Aber entschuldige schon, dass ich mich um meine Kinder und Enkel sorge, ist doch mehr als verständlich!«, ruft Anna empört und rennt hinaus.

Natürlich hat Ursula irgendwie recht, aber irgendwie eben auch wieder nicht. Sie weiß, dass es ihr und auch ihren Kindern ziemlich gut geht und dass sie eigentlich sehr viel Glück haben im Leben. Trotzdem hat Ursula sie gekränkt mit ihrer Strafpredigt. Und sofort überlegt sie, dass das natürlich auch der Neid ist, der da aus Ursula spricht. Weil sie eben keine Kinder hat. Die sie doch gerne gehabt hätte. Und weil sie Anna ihre Kinder und vor allem die drei Enkelkinder nicht gönnt. Ja, denkt Anna, das ist es, die Ursi ist eben neidig auf meine Kinder.

Aber die Erika? Die hat das nicht erzählt, damit ich mich

schlecht fühle, denkt Anna. Die wollte nur, dass wir verstehen, wie das war, bei ihr.

Ich verstehe, dass sie keine Kinder haben wollte und auch keinen Partner. So viel Schreckliches in einem einzigen Leben, das ist schwer vorstellbar. Na gut, wir haben auch so unsere Krisen gehabt, und dass der Alex so früh gestorben ist, war schrecklich. Wo wir uns gerade erst wieder zusammengestritten haben. Weil große Krisen haben wir auch gehabt, vor allem, als ich den Roland wiedergetroffen und gedacht habe, ich muss den Alex verlassen und die Mädeln bei ihm lassen. Zum Glück habe ich rechtzeitig gesehen, dass der Roland eigentlich niemand ist, mit dem man leben kann.

Und kaum habe ich mich mit dem Alex wieder so richtig gut vertragen, ist er krank geworden. Das war schon ein schwerer Schlag. Na gut, im Vergleich zu Erikas Geschichte waren das alles Kleinigkeiten, aber für mich nicht. Und die Mädchen haben mir den Roland ewig nicht verzeihen wollen, obwohl der Alex selbst ihnen noch gesagt hat, dass solche Ausrutscher passieren und dass ihm das auch einmal passiert ist. Da hab ich aber geschaut. Aber der Alex hat dann gesagt, dass das nur so eine kleine kurze Verliebtheit war. Da war eine Assistentin, mit der hat er sich sehr gut verstanden und fesch war sie auch noch, hat der Alex den Mädchen erzählt, und da ist halt eines zum anderen gekommen und dann haben sie sich einmal an einem Abend geküsst. Das war, als wir uns wieder einmal heftig gestritten hatten. Aber mehr war da nicht, hat der Alex gesagt. Und wir waren damals noch sehr jung und die Mary war gerade geboren, hat er gesagt. Und danach? Danach nie wieder, hat er gesagt. Danach hat die Mama halt so einen Ausrutscher gehabt, auch in einem Moment, wo wir nicht so gut miteinander ausgekommen sind. Aber jetzt ist alles wieder gut, nicht wahr, Haserl?, hat der kranke Alex zu mir gesagt und was hätte ich denn darauf antworten sollen? Na ja, mit dem, was die Erika erlebt hat, kann man das natürlich nicht vergleichen, aber es war halt auch nicht so leicht …

Ich war ja als junges Mädel so in den Roland verliebt. Ich bin ihm richtig nachgelaufen. Er war drei Jahre älter als ich und ich hab ihn toll gefunden. Unwiderstehlich. Natürlich habe ich den Alex damals noch nicht gekannt. Wir waren noch in der Schule und er ist mir erstens so schön und zweitens so erwachsen vorgekommen. Eh klar. Ich war vierzehn und er siebzehn, da liegen natürlich Welten dazwischen. So gefühlsmäßig. Und er hat mich auch gar nicht beachtet. Erst als ich maturiert habe und er schon mitten im Jusstudium war. Wir sind einen Monat lang »miteinander gegangen«, wie man das damals genannt hat. Dann ist er für ein Jahr nach Amerika, und dann bin ich mit der Lilli in die Musiker-WG gezogen und dann habe ich den Alex kennengelernt. Und der war halt schon eine andere Nummer. Vielleicht nicht so fesch wie der Roland, der ausgeschaut hat wie der Robert Redford, für den ich ja jetzt noch schwärme, der ist ja wirklich noch als alter Mann wahnsinnig attraktiv … Aber der Alex war charismatisch und das hat mich unglaublich angezogen. Und so war das dann eben. Und dann hab ich den Roland wiedergetroffen und das hat wieder geprickelt, obwohl er schon lang nicht mehr wie Robert Redford ausgeschaut hat. Aber da habe ich dann endgültig verstanden, was ich am Alex hab, weil außer schön war der Roland nicht viel, zumindest nicht für mich. Ich habe mich bald gelangweilt mit ihm. Ja, das waren so meine kleinen Krisen. Na ja, im Vergleich zu dem, was die Ursi und die Erika in ihrem Leben so mitgemacht haben, ist das alles lächerlich. Mir geht's ja eigentlich wirklich gut, auch wenn ich nie mit dem Geld auskomme.

Aber die Ursi und die Erika brauchen wirklich Hilfe. Und deshalb müssen wir uns was Gescheiteres einfallen lassen. Das mit den Kursen ist ja ganz nett, aber wir rackern uns ziemlich ab und viel Geld kommt dabei nicht heraus.

»Anna, Hilfe, unsere Waschmaschine spinnt, können wir bei dir waschen?«, Lilli klingt panisch.

»Habt ihr schon den Reparaturdienst geholt?«, fragt Anna und kommt sich wahnsinnig vernünftig vor.

»Ja, aber der hat gesagt, die Reparatur kostet mindestens 600 Euro und es wäre besser, gleich eine neue zu kaufen, aber woher sollen die Erika und ich denn das Geld für eine neue Waschmaschine nehmen?« Lilli klingt immer noch panisch.

»Natürlich könnt ihr bei mir waschen, aber nehmt euch ein Taxi, damit ihr nicht so schwer schleppen müsst«, sagt Anna gedankenlos.

»Ja, ja«, sagt Lilli schnell, »wir kommen heute Nachmittag. Und wir werden schon irgendeine Lösung finden.«

Wahnsinn, denkt Anna. Das kann doch nicht sein, dass die zwei sich keine neue Waschmaschine leisten können. Also müssen wir wirklich schauen, dass die Kurse besser laufen. Ich habe zwar auch grade gar kein Geld, weil ich das einzige Sparbuch den Kindern geschenkt hab. Aber ich werde ihnen einfach meine Anteile an den Kursen schenken. Aber von der Ursi kann man das wieder auch nicht verlangen, die hat ja selbst nichts. Und der Ibu braucht eine neue Winterjacke. Und Urlaub ist heuer auch gestrichen, denkt Anna und ist ein wenig traurig, weil sie eine begeisterte Schwimmerin ist und eigentlich bisher jedes Jahr ans Meer gefahren ist. Aber jetzt, denkt sie, geht das nicht mehr und außerdem, mit wem soll ich denn fahren? Die Ursi oder die Lilli können sich das nicht mehr leisten und ich hab nicht genug Geld, um sie einzuladen. Es ist wirklich zum Speiben. Warum können wir nicht reich sein? Reich muss ja gar nicht sein, einfach wohlhabend genug, um uns nicht um jede Kleinigkeit sorgen zu müssen. Mühsam ist das und eigentlich sind wir jetzt alle alt genug, dass wir nicht dauernd Sorgen haben sollten. Aber das ist natürlich eh völlig illusorisch, weil niemand ohne Sorgen lebt. Also brauche ich mich nicht weiter darüber aufregen. Weil es allen genauso geht wie uns. Aber wir müssen uns was Besseres einfallen lassen, um Geld zu verdienen. Weil die Liste der Dinge, die wirklich sein müssen, wird immer länger. Lilli und Erika brauchen eine neue Waschmaschine, am besten eine wirklich neue, weil die auf lange Sicht weniger kosten wird. Dann braucht die Ursi dringend neue Zähne, auch wenn sie sagt, es geht schon, aber ich sehe doch, dass sie Schmerzen hat, und schön ausschauen tut das auch nicht, diese Ruine, die sie da im Mund hat. Und die Mary braucht Geld für ihr neues Haus und die Reni ein ordentliches Bett für ihre neue Wohnung. Obwohl – die kann ja ruhig ihr Bett von hier mitnehmen, aber dann muss ich irgendwas finden als Gästebett. Aber das ist ja auch nicht so wichtig, die Probleme von der Lilli und der Erika und der Ursi sind viel größer als meine, dabei jammere ich am allermeisten. Wenn ich wirklich ganz große Probleme hätte, würde ich wahrscheinlich auch nicht so viel jammern, denkt Anna und holt sich eine saubere Schürze aus dem Schrank, weil ihr Backkurs jetzt doch wieder stattfindet. Heute will sie den Schülerinnen und dem einen Schüler, der sich angemeldet hat, einen schwedischen Apfelkuchen zeigen. Der ist heikel, weil man zuerst den Mürbteig backen muss, dann die Äpfel weichkocht und dann obendrauf eine Mütze aus gezuckertem, geschlagenem Eiweiß setzen muss, die man dann noch einmal kurz bäckt. Und jedes Mal, wenn Anna diesen Kuchen macht, ist sie nicht sicher, dass er auch gut wird.

Aber dieses Mal gelingt er ihr perfekt und das Gekicher und Geflüster hält sich in Grenzen, wahrscheinlich, weil der Hugo dabei ist.

5
Schrebergarten

Ich rutsch, ich rutsch im Schnee.
Der Hintern tut mir weh.
Ich rutsch den ganzen Berg hinunter,
Paul und Paulinchen sind ganz munter.
Ich rutsch, ich rutsch im Schnee.

Alex zerkugelt sich über Annas neuestes Gedicht, das sie seinen Geschwistern vorsingt, die im Kinderwagen liegen und gar nicht daran denken, zu schlafen. Dabei sind die Zwillinge ziemlich müde und eigentlich sollte Alex um elf Uhr Vormittag in der Schule sein, aber dort ist wieder einmal Corona-Alarm, und so hat Anna an diesem Tag alle drei Enkelkinder bei sich. Zum Glück haben sich zum Mittagessen Lilli und Erika mit ihrer Wäsche angesagt und versprochen, später mit Alex ins Kino zu gehen, während die Maschine die Wäsche erledigt und Anna die Zwillinge zum Schlafen bringt.

Was für ein Glück, solche Freundinnen zu haben, denkt Anna und singt den Zwillingen noch einmal ihr Lied vor, das Alex laut jauchzen lässt.

»Ich weiß noch eins, vielleicht schlafen sie damit eher ein«, sagt Anna zum kichernden Alex und singt:

Schlaf Kindlein schlaf,
die Oma ist ein Schaf,
der Opa ist ein Trampeltier,
was kann das arme Kind dafür.
Schlaf Kindlein schlaf!

Tatsächlich sind die Zwillinge jetzt eingeschlafen und Anna und Alex setzen sich auf eine Bank im Park und essen Kekse, die Anna immer in der Tasche hat, wenn sie mit dem Buben unterwegs ist.

»Das geht aber anders, das Lied«, sagt Alex und kaut zufrieden an seinen Keksen, »das heißt, der Vater hüt die Schaf. Und die Mama ist der Boss, sagt der Papa. Und der Papa ist ein Softie, sagt die Mama«, erzählt der Bub wichtig und Anna muss lachen. Was das Kind so alles mitkriegt, denkt sie. Ob er weiß, was das alles heißt? Ob er nicht zu sehr leidet unter den zwei Neuankömmlingen, die die Eltern ganz schön auf Trab halten? Und schon meldet sich Paula wieder, die immer als Zweite einschläft und als Erste wieder aufwacht, und vorbei ist es mit der Ruhepause auf der Bank. Anna ist ganz froh, weil ihr ohnehin schon ein bisschen kalt geworden ist. Alex stopft sich schnell die letzten Keksbrösel in den Mund und dann machen sie sich auf den Heimweg.

Später sitzt Anna mit Erika und Lilli im Wohnzimmer. Anna hält Paula auf dem Schoß, Lilli Paul, und Alex sitzt im Arbeitszimmer an Annas Computer und schaut sich einen Kinderfilm an. Im Kino haben sie nichts Passendes gefunden, und Anna ist ohnehin froh, dass die Freundinnen da sind und sie ein bisschen mit ihnen tratschen kann.

»Wisst ihr, heutzutage kostet Kinderaufziehen wirklich ein Vermögen. Allein der Kindergarten für beide verschlingt so viel wie ein ganzes Monatsgehalt …«, sagt Anna.

»Aber die städtischen Kindergärten doch nicht«, kommentiert Erika und schaut erstaunt.

»Nein, die nicht, aber weil die Mary ja jetzt in den Speckgürtel zieht, ist sie nicht mehr Wienerin und damit fallen die Städtischen Kindergärten weg – abgesehen davon, dass sie die Kinder ja unmöglich jeden Tag nach Wien bringen kann …«, sagt Anna.

»Na, du wirst ganz schön zu tun kriegen«, sagt Lilli. »Die

werden dich statt dem Kindergarten brauchen …«

»Aber geh, dort gibt's ja auch Kindergärten, ist halt nur die Frage, was die so für pädagogische Ideen haben«, sagt Erika ernst.

»Ja, das frag ich mich auch«, sagt Anna. »Was meinst du, wie soll man das machen, wenn man drei Kinder hat?«, fragt sie dann, weil Erika doch immerhin Volksschullehrerin war und eine gewisse Expertise haben muss.

»Also ich war immer dafür, die Kinder so viel spielen zu lassen wie möglich, aber ihr könnt euch vorstellen, wie das bei den Kolleginnen und der Direktorin angekommen ist«, sagt Erika. Und Anna denkt, dass ihr Erika von Tag zu Tag sympathischer wird.

»Also ich war ganz auf antiautoritäre Erziehung fixiert«, sagt Lilli leichthin und schaukelt Paul auf und ab, was der mit lautem Gequieke quittiert.

»Na ja, theoretisch ist das ja gut und schön«, sagt Anna nachdenklich, »aber spätestens bei zwei Kindern geht sich das einfach nicht mehr aus. Sonst wirst du wahnsinnig. Ich hab das auch versucht, aber wie die Reni auf die Welt gekommen ist, war's bei mir aus mit antiautoritär.«

»Antiautoritär find ich gar nicht so toll, ich glaub, die Kinder wollen schon auch wissen, was geht und was nicht geht, und wo welche Grenzen sind«, sagt Erika nachdenklich. »Gib mir doch das Paulinchen bitte, ich mag auch ein Baby halten …«

»Aber gern«, sagt Anna und reicht Erika das jauchzende Baby über den Tisch. »Und ja, Grenzen. Also man muss ihnen zumindest klarmachen, wo die Grenzen der Eltern liegen. Sonst wird man ja verrückt …«

»Ich hab immer mit den Kindern geredet und ihnen alles erklärt, also alles, was man ihnen in ihrem Alter erklären kann, und das ist eine Menge …«, sagt Erika und lässt Paulinchen hin- und herfliegen.

»Na ja, das geht in der Schule wahrscheinlich leichter, weil die ja am Ende doch von den Eltern abgeholt werden. Bei Schulschluss kannst du dich ausruhen, aber als Eltern eben nicht ...«

»Na, du hast Vorstellungen«, sagt Erika, »nach Schulschluss geht's erst los mit der Arbeit. Dann musst du dir überlegen, was du am nächsten Tag machst, und dann gibt es ja immer Problemkinder in der Klasse und du musst versuchen, eine Strategie zu finden, und dann gibt es Elterngespräche und Ausflüge und Konferenzen und Weiterbildungen. Ich habe wirklich gern unterrichtet, aber ehrlich gesagt, bin ich froh, jetzt nicht mehr jeden Tag zwanzig Kinder und jedes mit seinen Problemen durch den Tag bringen zu müssen ...«

»Der Oma tut der Hintern weh«, schreit Alex völlig unvermutet. Der Film ist aus und er will unbedingt noch den letzten Faschingskrapfen essen, der einsam auf dem Teller in der Mitte des Tisches liegt.

»Wie kommst du jetzt darauf?«, fragt Lilli und lacht.

»Oma, sag ihnen doch dein Gedicht auf«, jubelt Alex und kichert mit vollem Mund.

»Na ja, ich wollt die Zwillinge zum Einschlafen bringen und hab was vor mich hingedichtet. So mit rutschen im Schnee, und da hat sich ›mir tut der Hintern weh‹ halt drauf gereimt«, sagt Anna ein bisschen verschämt.

»Na servus, das hat aber nichts mit antiautoritär oder überhaupt mit Erziehung zu tun«, sagt Erika und lacht auch und Anna ist plötzlich ganz glücklich und lacht mit.

Ein paar Tage später läutet nachmittags das Telefon: »Mama? Es ist was passiert ...«

»Reni? Was denn?«

»Der Peter ...«

»Was ist mit dem Peter?«

»Ein Unfall, er war sofort tot!«

»Nein«, sagt Anna und lässt den Telefonhörer fallen. Nein, denkt sie, nein, nein, nein. Wie soll das gehen. Maria alleine mit drei Kindern? Nein, nein, nein.

Und der Peter ist doch so ein Lieber. Das kann nicht sein, dass der plötzlich nicht mehr da ist. Das kann sie jetzt nicht fassen. Nein, nein, nein.

Ich muss zur Mary, denkt sie dann, nimmt ihren Mantel und rennt aus dem Haus.

»Mama«, sagt Mary nur und hält ihr Paulinchen entgegen, die sie gerade auf dem Arm hat, Anna nimmt das Baby und versteckt ihr Gesicht im Köpfchen mit den dunklen Locken. Dann hört sie empörtes Babyweinen aus dem Kinderzimmer und geht hinüber zu Paul, der alleine in seinem Bettchen liegt und protestiert, weil ihn niemand beachtet.

Anna legt Paulinchen zu Paul und der beruhigt sich sofort und nach fünf Minuten sind die beiden eingeschlafen. Anna geht auf Zehenspitzen ins Wohnzimmer. Dort sitzt Maria und hält Alex fest im Arm. Anna setzt sich auf die andere Seite und legt den Arm um Tochter und Enkelsohn. Und dann weinen sie zu dritt. Später kommt Irene und setzt sich schweigend zu ihnen. Es gibt nichts zu sagen. Marys Gesicht ist grau. Ihre Augen sind rot gerändert. Alex hat geweint. Jetzt ist er einfach still, aber Anna merkt, wie ihm hie und da ein kleiner Schluchzer entfährt.

»Soll ich bei dir bleiben?«, fragt Anna später.

»Danke Mama, nein, nein, der Alex und ich gehen jetzt schlafen, nicht wahr, Schatzi? Du darfst auch bei mir schlafen im großen Bett. Aber wenn du morgen früh kommen und eventuell die Zwillinge nehmen könntest …«

»Natürlich!«, verspricht Anna, umarmt die Tochter und drückt sie fest an sich.

»Ich kann da auf dem Sofa schlafen«, sagt Irene.

»Ja bitte, das wäre gut«, sagt Maria und streicht der Schwester über den Arm.

»Das könnte ich doch auch!«, sagt Anna und merkt im gleichen Augenblick, dass das jetzt irgendwie falsch war.

»Aber Mama, da tut dir doch dann den ganzen Tag das

Kreuz weh, das will ich nicht. Bitte komm morgen früh wieder, ja? Die Reni hält das aus, aber für dich ist das zu viel …«, sagt Maria müde und Anna schämt sich und küsst die Tochter und den Enkel fest und lange.

»Ich bin am Boden zerstört«, sagt Anna spät abends zu Ursula und Lilli, die sofort gekommen sind, als sie ihnen erzählt hat, was passiert ist.

»Wie soll die Mary das denn schaffen, ohne Peter mit den drei Kindern?«, sagt Anna und schüttelt hoffnungslos den Kopf. »Und da ist ja auch noch das neue Haus, in das sie noch gar nicht eingezogen sind, und der Kredit, den sie dafür aufgenommen haben. Ich weiß nicht, was werden soll. Und wenn's ganz schlimm geht, muss die Mary mit den Kindern zu mir ziehen oder ich zu ihr – was weiß ich …«

»Ihr schafft das«, sagt Ursula entschieden.

»Und du hast ja schließlich auch noch uns «, fügt Lilli hinzu.

»Ihr seid so lieb, ich weiß gar nicht, was ich ohne euch machen würde«, sagt Anna traurig.

Am nächsten Tag holt sie Paul und Paulinchen und spaziert mit ihnen durch die Stadt, weil sie am besten schlafen, wenn sich der Kinderwagen bewegt. Und weil die Babys gespürt haben, dass etwas passiert ist, und in der Nacht besonders unruhig waren, so dass Maria schließlich mit allen drei Kindern im Ehebett gelegen ist.

Anna geht langsam mit den schlafenden Zwillingen durch die Stadt. Ich muss irgendwie Geld beschaffen, denkt sie, während sie den Zwillingswagen manövriert. Irene hat inzwischen Alex eingepackt und ist mit ihm nach Schönbrunn gefahren, damit Maria Ruhe hat. Zu Mittag treffen sie sich, Alex bekommt ein Mittagessen und die Zwillinge ihre Fläschchen, die Anna vorausschauend eingepackt hat. Aber dann wird Alex müde und will zur Mama und die Zwillinge müssen dringend gewickelt werden und dann schlafen, und so gehen sie nach Hause zu Maria. Die wie versteinert auf dem Sofa liegt und an die Decke schaut.

Und wieder setzen sich Anna und Irene zu ihr und schweigen. Weil es nichts zu sagen gibt.

Später wird ihnen mitgeteilt, wie der Unfall passiert ist. Ein Lastauto hat eine rote Ampel überfahren. Der Fahrer ist vor Übermüdung eingeschlafen. Er hat Peters Auto in voller Fahrt erwischt und in die Luft geschleudert. Peter sei sofort tot gewesen, sagt man ihnen. Er habe nichts gespürt.

»Auch ein Trost«, sagt Anna später bitter zu den Freundinnen. »Weg ist er und die Kinder haben keinen Papa mehr. Und dabei war er so ein lieber Vater. Der Alex hat ihn geradezu verehrt, und als die Zwillinge geboren wurden, hat er sich besonders um beide gekümmert …«

»Dann werden die Kinder eine gute Erinnerung an ihn behalten«, sagt Ursula tröstend. »Das ist doch auch wichtig …«

»Wie geht's jetzt weiter?«, fragt Lilli leise.

»Keine Ahnung«, sagt Anna hilflos.

»Na ja, zuerst einmal muss er begraben werden und dann muss man schauen, wie die finanzielle Situation ist. Die Kinder kriegen auf jeden Fall eine Waisenrente und die Mary hat ja auch ihren Beruf …«, sagt Ursula, die Praktische.

»Ja schon«, sagt Anna, »aber solange die Zwillinge nicht in den Kindergarten kommen, kann sie ja nicht arbeiten gehen. Weil eine Kinderfrau können wir uns alle zusammen nicht leisten, und ich kann die Babys an ein oder zwei Tagen pro Woche nehmen, aber mehr auch nicht. Das schaff ich einfach nicht mehr …«

»Und dann hat sie ja mit dem Peter zusammengearbeitet, also muss sie sich jetzt einen neuen Job suchen oder einen Partner, der das Architekturbüro übernimmt, weil das doch dem Peter gehört hat, oder irre ich mich da?«, fragt Erika.

»Das gehört ihnen beiden«, sagt Anna empört, »wir sind ja nicht mehr in den 50ern. Aber alleine wird sie das wohl kaum schaffen, also muss ein Partner her. Ach, ich weiß nicht. Die

Mary ist ja noch ganz fertig von dem Stress mit den Babys und jetzt das ...«

Nach dem Begräbnis übernimmt es Irene, die finanzielle Situation der Schwester genau zu untersuchen. Und sie kommt gemeinsam mit Maria zu dem Schluss, dass das neue Haus nicht haltbar ist.

»Aber wo soll die Mary mit den Kindern wohnen?«, fragt Anna verzagt, als Irene ihr erklärt, wie die Lage ist.

»Also du hast doch wirklich genug Platz ... Das hätte noch den Vorteil, dass die Mary ein bisserl mehr Luft hätte, damit sie nicht völlig versinkt zwischen dem Büro und Kindern ...«

»Aber ich habe doch auch noch sowas wie ein Leben«, sagt Anna leise, aber Irene schaut sie verständnislos an.

»Deine Tochter hat gerade ihren Mann verloren. Da wirst du ja vielleicht helfen wollen, oder?«, sagt sie so streng, dass Anna instinktiv den Kopf einzieht. »Die Mary muss sich neu orientieren. Ihre alte Wohnung ist schon verkauft, das neue Haus kann sie sich in der Situation nicht leisten. Also wirst du sie doch für eine Weile aufnehmen können, oder? Früher oder später, wenn sich die Mary halbwegs wieder erholt hat, wird sich dann schon was finden, was euch allen recht ist«, sagt Irene und umarmt die Mutter, die nicht anders kann, als wieder loszuweinen.

»Ich hab den Peter so mögen«, schluchzt sie, »der war der erste Mann von der Mary, den ich wirklich mögen hab.«

»Erinnerst du dich an den Erwin? Den Schlurf mit der Gatschwelle? Was sie an dem gefunden hat, hab ich nie verstanden«, sagt Irene und kichert, und Anna lacht mit, obwohl ihr immer noch die Tränen über die Wangen rinnen.

»Der war furchtbar. Und dann war da noch der René, der alles besser gewusst hat, und der Heinz, der immer Sandalen mit Socken getragen hat. Arme Mary. Sie hat so viele Frösche geküsst und dann hat sie endlich den gefunden, der der verwunschene Prinz war, und dann geht der hin und lässt sich von einem Lastauto überfahren. So ein Idiot …«, schluchzt Anna wütend und weint noch ein bisschen heftiger.

Und dann zieht Maria mit den drei Kindern bei Anna ein. Das Haus ist zum Verkauf angeboten, die alte Wohnung geräumt, die Möbel in einem Möbellager untergebracht und Maria denkt nach, wie sie beruflich weitermachen soll. Peters Anteil an der gemeinsamen Firma ist durch das Erbe blockiert. Die laufenden Projekte sind einstweilen auf Eis gelegt. Maria geht mehrmals zum Notar, der die Verlassenschaft abwickelt, weil Peter natürlich kein Testament gemacht hat.

»Wir haben nie darüber geredet«, sagt Maria unglücklich. »Wer denkt denn an sowas. Das war unser gemeinsames Büro und wir haben es so lustig gehabt bei der Arbeit. Und wir haben uns gegenseitig so inspiriert. Wie soll ich denn alleine weiterarbeiten? Ich wüsste auch nicht, mit wem ich gern zusammenarbeiten würde. So wie mit dem Peter wird das mit niemandem funktionieren. Und die Kontakte mit den Kunden hat der Peter gehabt, natürlich kenne ich die auch, aber nicht so gut. Und die Kinder, wie soll ich mich mit drei Kindern dem Büro widmen können, alleine?«

»Aber Mary«, sagt Irene, die jetzt fast jeden Abend zu Besuch kommt. »Du bist ja nicht allein. Ich bin da, die Mama ist da und deine Freundinnen sind auch da und die werden dir alle helfen, jeder soviel er kann. Und Kinder werden ja auch größer und dann wird es leichter, oder?«, sagt Irene und wendet sich an die Mutter.

»Ich komme kaum noch zum Verschnaufen«, sagt Anna, als sie Ursula am nächsten Tag zum Spazierengehen mit dem Zwillingskinderwagen trifft. Die Kurse haben sie beendet. Sie waren im Grunde keine Lösung der finanziellen Probleme, und »Kursraum« hat Anna in Windeseile in ein Kinderzimmer zurückverwandelt.

»Der Alex kommt jetzt fast immer zu mir ins Bett, weil

die Mary meistens die Zwillinge bei sich liegen hat, damit die schlafen«, erzählt Anna. »Richtige Truppenverschiebungen haben wir jede Nacht. Es ist zum Wahnsinnigwerden. Ich habe vollkommen vergessen, wie anstrengend so kleine Kinder sind. Und dann noch der Alex, der jeden Abend nach seinem Papa weint.«

»Ja, furchtbar, ihr Armen, aber das wird sicher bald wieder besser«, sagt Ursula zuversichtlich. »Schau, die Mary wird ja nicht ewig bei dir wohnen bleiben, und der Alex wird das schon packen …«

»Er hat wieder angefangen, ins Bett zu machen«, sagt Anna besorgt, »ich glaub, die Mary muss mit ihm zum Psychologen gehen. Zuerst die Zwillinge und dann das mit dem Peter …«

»Er muss halt trauern«, sagt die vernünftige Ursula, »und dann wird's ihm schon wieder besser gehen. Und dass er ins Bett macht, na gut, das ist unangenehm, aber das wird schon wieder aufhören.«

»Du hast wirklich keine Ahnung«, sagt Anna wütend und schiebt den Wagen mit den schlafenden Zwillingen schnell weiter. »Das ist ein doppeltes Trauma, das der Bub hat, da muss man ihm helfen, damit er das überwindet. Da braucht's schon professionelle Hilfe, auch weil die Mary noch mitten in der Trauer ist …«

»Ihr seid schon alle sehr überspannt, in Afrika …«, setzt Ursula an, aber Anna lässt sie nicht ausreden: »Wir sind aber nicht in Afrika und außerdem, was heißt in Afrika, dort gibt's viel zu viele traumatisierte Kinder, wie du besser weißt als ich. Also ist das für mich kein Vorbild …«

»Ich wollte ja nur sagen, dass man dort die Kinder einfach mitlaufen lässt und dass das manchmal besser ist als das Getue, das man hier bei uns dauernd macht um die Fratzen«, sagt Ursula spitz.

»Das ist überhaupt kein Getue, wir versuchen, dem Kind mit einem Trauma zu helfen. Ich will nicht, dass der Alex mit zwanzig zusammenbricht, weil wir sein Trauma ignoriert haben …«, sagt Anna noch wütender, nickt Ursula kurz zu und lässt sie einfach stehen.

Das halt ich jetzt nicht aus, die Ursi, die mir pädagogische Ratschläge geben will. Immer die Leute, die selber keine Kinder haben, sind die, die alles am besten wissen. Ich rede heute noch mit der Mary. Ich gehe mit dem Alex zu einem Psychologen, der braucht Hilfe. Und wir auch. Weil wir sind beide schon ziemlich müde.

»Misch dich nicht ein!«, sagt Maria grob, als Anna ihr ein paar Tage später ihre Idee vorträgt. »Ich krieg das schon in den Griff. Er vermisst den Peter eben sehr und ist eifersüchtig auf die Zwillinge. Das ist alles ganz normal und er wird das schon überwinden. In der Schule geht es ihm gut, sagt seine Lehrerin, also gibt's keinen Grund, ihn zu einem Arzt zu schleppen. Bei uns hast du dir über so etwas ja auch nie Gedanken gemacht …«

Anna ist gekränkt, denkt aber, dass sie Maria die Entscheidung überlassen muss. Aber natürlich beschwert sie sich bei den Freundinnen.

»Na ja, die Mary hat ja wirklich einiges um die Ohren jetzt gerade«, sagt Lilli tröstend.

»Aber gerade deshalb wollt ich ihr doch helfen …«

Anna ist beleidigt.

»Na ja, manchmal ist es wahrscheinlich besser zu fragen, bevor man hilft«, sagt Ursula wichtig.

»Du weißt natürlich schon wieder alles besser. Weiß nicht, was du an meiner Stelle tun würdest«, beißt Anna die Freundin an.

»Ich würde der Mary Zeit lassen«, sagt Ursula bestimmt.

»Ja, ja, du bist halt die Gescheite, ich bin eben zu blöd«, keppelt Anna vor sich hin.

»Das hat doch keiner gesagt«, verteidigt Lilli Ursula, was Anna ganz besonders ärgert, weil Lilli und Ursula sonst wie Hund und Katz sind.

»Weißt du, ich hatte immer wieder so Kinder wie den Alex in der Klasse. Manchmal war ein Besuch beim Psychologen sehr hilfreich, aber auch nicht immer«, sagt Erika leise.

»Und was hast du gemacht, wenn du so ein Kind in der Klasse gehabt hast?«, fragt Anna interessiert.

»Ich hab versucht, es in Ruhe zu lassen, aber genau zu beobachten. Und ich hab mir zum Beispiel Zeichnungen oder Aufsätze sehr genau angeschaut. Aber meistens hat sich das dann wirklich von allein gegeben – obwohl, ich weiß natürlich nicht, was später aus den Kindern geworden ist. Aber immerhin hat der Alex ja noch dich und uns. Das wird schon. Ich glaube, wir müssen deine Tochter einfach unterstützen, und wenn sie nicht will, dass du den Alex zu einem Psychologen bringst, musst du das wohl oder übel akzeptieren, denke ich …«, meint Erika beruhigend. Und Anna gibt zu, dass die Freundinnen natürlich recht haben, dass sie sich aber jetzt auch nicht weniger Sorgen um ihren Enkel und ihre Tochter macht. Und dass sie große Angst davor hat, wie Maria und die Kinder diese Katastrophe überstehen werden.

Doch als sie mit Irene darüber zu sprechen versucht, sagt die ihr mehr oder weniger das gleiche wie die Freundinnen.

»Mama, denk daran, wie das war, als der Papa gestorben ist. Du hast getrauert, aber das Leben ist doch auch weitergegangen …«

»Na ja, aber ihr wart schon erwachsen und ich war alt. Das ist schon was ganz anderes, findest du nicht?«

»Ich weiß nicht, die Mary ist jung und stark und hat einen tollen Beruf und drei kleine Kinder, die sie brauchen. Bei dir war's eigentlich doch schwerer, eben weil du nicht mehr jung warst …«

»Du bist meine Süße, nicht mehr jung ist sehr nett gesagt, alt bin ich, alt und allein …«

»Siehst du? Alt und bitter, ein bisschen zumindest, die Mary ist jung und noch voller Lebenslust …«

»Also Lebenslust hab ich auch noch genug …«

»Ja, Mama, und darüber bin ich auch sehr froh, ich will keine alte, verbitterte Mama haben, die nur aus Vorwürfen besteht, aber du sollst dich auch um dich kümmern und dir nicht dauernd Sorgen um uns machen ...«

»Das sagst du so, aber ich kann ja mein Hirn nicht einfach ausschalten ...«

Nach dem Gespräch mit Irene fühlt sich Anna besser. Irgendwie leuchtet ihr ein, dass Maria stärker ist, als sie glaubt, und vielleicht auch stärker, als sie selbst einmal war. Aber natürlich kann sie ihren Kopf nicht einfach ausschalten.

Und so macht sie sich nicht nur Gedanken darüber, wie es mit ihrer Tochter und den drei Enkelkindern weitergehen soll, sondern auch darum, wie es um ihr eigenes Leben steht. Natürlich bin ich alt. Aber was heißt das schon, denkt Anna, während sie vor ihrem gut gefüllten Kleiderschrank steht und das bekannte Gefühl sie beschleicht, sie habe zwar sehr viele Kleider, aber nichts anzuziehen. Das kennt sie gut, dieses Gefühl, das sich meistens dann einstellt, wenn sie irgendwie unzufrieden ist. Neuerdings, seit Peters Tod, fragt sie sich auch immer öfter, was ihr das Leben eigentlich noch zu bieten hat – und wieso sie sich noch nicht alt genug fühlt, um einfach loszulassen.

Loslassen. Das wäre es, denkt Anna und zieht irgendeine Hose und einen Pullover aus dem Kleiderschrank. Die sie beide nicht mag, aber trotzdem nicht weggeben will, und jetzt anzieht, damit sie nicht einfach nur so im Kasten herumliegen und Platz wegnehmen.

Eine Gleichung, denkt sie, während sie im Spiegel sieht, dass ihr die Hose ein bisserl eng ist und der Pullover zu kurz. Egal, ich zieh ja eh eine Jacke drüber an, denkt sie.

Also, ich bin alt. Und? Ich habe noch so einige Sachen im Kopf, die ich gern machen möchte. Ob ich zu alt bin, um zum Beispiel einmal nach Mauritius zu reisen?

Die Mama hat der Tante Gerti immer vorgeworfen, dass sie

sich »zu jugendlich« anzieht. Da war die Gerti jünger, als ich jetzt bin. Also ist Alter relativ? Damals war man ja schon alt, wenn man über vierzig war. In meinem Alter wäre die Mama nur noch mit Kopftuch und Stock herumgegangen, obwohl sie nie einen Stock gebraucht hat. Da durfte ich ihr nicht einmal mehr einen roten Schal schenken, weil sich das »in meinem Alter«, also in ihrem, »nicht gehört« hat.

Ich trage aber gern Rot. Die Mama wäre empört über mich. Und irgendwie ist was hängengeblieben, weil ich mich schon auch manchmal frage, ob ich mich »zu jugendlich« herrichte. Und die Geschichte mit dem Oliver ist auch ein gutes Beispiel. Ich habe mir nie überlegt, ob er mir gefällt, ich habe immer nur gedacht, der ist viel zu jung für mich. Wäre ich ein Mann, hätte ich mir solche Gedanken nicht gemacht.

Also, was ist Alter eigentlich? Tatsache ist, mir tun die Knochen weh und in der Früh kann ich manchmal nur langsam aufstehen, weil ich schlecht gelegen bin. Aber das habe ich auch schon gehabt, als ich halb so alt war wie jetzt. Müde bin ich oft, war ich aber früher auch. Vielleicht denke ich jetzt mehr an den Tod als früher?

Ja, das stimmt. Das macht mir zwar Angst, andererseits denke ich mir, vielleicht wird die Angst weniger, wenn man älter wird? Also bei mir stimmt das momentan noch nicht, ich fürchte mich … Sehr sogar. Aber dann denke ich wieder an den Alex. Als er schon sehr krank war, hat er einmal zu mir gesagt, er fürchtet sich nicht, er hat ein erfülltes Leben gehabt und bedauert nichts.

Na ja, Angst hat er am Schluss schon gehabt, das habe ich genau gesehen, wenn ich bei ihm gesessen bin und er so schwer geatmet hat.

Ich komme zu keinem Schluss. Auf jeden Fall will ich sehen, wie der Alex und die Zwillinge erwachsen werden. Ich will doch wissen, was aus ihnen wird. Und ob alles gut geht. Und natürlich kann ich die Mary nicht alleinlassen in dieser Situation.

Wenn ich nur viel Geld hätte. Dann wäre das alles nicht so schwierig. Dann würde ich ihr das Haus kaufen und eine Kinderfrau zahlen und ihr ein eigenes Büro einrichten und dann hätten wir alle Zeit, um den Peter zu trauern, müssten uns aber nicht auch noch Sorgen wegen des Gelds machen. Am Ende ist es ja doch immer das Geld, das einem das Leben vergällt. Denkt Anna und muss lachen. Weil es ja nicht das Geld ist, sondern das Fehlen desselbigen, das das Leben schwierig macht.

»Die Erika und ich können die Zwillinge morgen nehmen – wir gehen mit ihnen in den Wienerwald, was hältst du davon?«, fragt Lilli ein paar Tage später am Telefon.

»Super, da komm ich auch mit und den Alex nehmen wir auch mit, dann hat die Mary ein paar Stunden Ruhe …«, meint Anna etwas fröhlicher, weil das Wetter schön ist und im Wienerwald vielleicht sogar ein bisschen Schnee liegt.

Also fahren die drei mit den Kindern mit der Straßenbahn bis Rodaun und machen dann einen langen Spaziergang.

»Fühlt ihr euch eigentlich alt?«, fragt Anna, während sie die Zwillinge aus dem Kinderwagen heraushebt und in die Wiese auf eine Decke setzt. Und dabei bemerkt, wie ihr Rücken schmerzt, weil die Kinder inzwischen nicht mehr gar so leicht sind wie noch vor ein paar Monaten.

»Nein«, sagt Lilli und lacht. »Alt werde ich sein, wenn ich nicht mehr neugierig bin!«

»Na ja«, sagt Erika. »Schon manchmal. Vor allem wenn ich denke, was ich alles versäumt habe.«

»Was hast du denn versäumt?«, fragt Lilli verständnislos, aber Anna gibt ihr einen Stoß in die Rippen und Lilli schweigt beleidigt und nimmt Alex an der Hand und Paul unter den Arm und rennt mit ihnen vor Anna und Erika her, die Paula auf dem Arm trägt.

»Weißt du«, sagt Erika, »du bist ganz schön schwer, Paulinchen? Magst du nicht auch versuchen zu laufen? So wie der Alex?«

Paula schüttelt energisch den Kopf und klammert sich fest an Erikas Hals.

»Na komm, Schatzi, oder geh halt wieder ins Wagerl ...«, sagt Anna, nimmt Erika das Kind ab und setzt es zurück in den Kinderwagen. Was Paula nur unter Protest geschehen lässt. Sie beruhigt sich erst, als Paul wieder neben ihr im Wagen sitzt.

»Also das mit dem Altsein ...«, nimmt Anna das unterbrochene Gespräch wieder auf.

»Ja«, sagt Erika. »Ja, ich fühl mich oft alt. Aber andererseits habe ich euch ja erst vor Kurzem kennengelernt und bin mit der Lilli zusammengezogen, und mit euch fühl ich mich irgendwie fröhlicher. Also ist das mit dem Alter halt immer relativ ...«

»Du bist so gescheit, viel gescheiter als wir drei«, sagt Anna ehrlich überzeugt und Erika lächelt sie dankbar an. Und dann haben sie keine Zeit mehr, übers Alter zu reden, weil die Kinder sie auf Trab halten, nachdem sie einen Kinderspielplatz entdeckt haben, auf dem es genau drei Schaukeln gibt.

»Fühlst du dich alt?«, fragt Anna Ursula am nächsten Tag.

»Blöde Frage, ich bin alt!«, sagt Ursula energisch.

»Und?«, fragt Anna.

»Und was? Dagegen kann ich eh nichts tun, also ist es doch egal, ob ich mich so fühle oder nicht ...«

»Eben nicht! Weil ich zum Beispiel fühle mich nicht alt, obwohl ich weiß, dass ich alt bin. Und das ist ein Widerspruch in sich und das beschäftigt mich ...«

»Na, du hast Sorgen«, sagt Ursula spitz.

»Meine Freundin Olga, weißt eh, die russische Krankenschwester, die ich in Mali kennengelernt hab, die sagt immer, sie hofft, dass sie nicht zu alt wird, weil das Leben eh so mühsam ist, und je früher man stirbt, umso weniger Probleme hat man ...«

»So ein Blödsinn«, sagt Anna, »da müssten wir schon längst alle tot sein. Und natürlich kann man sich auf den Standpunkt stellen, wer nicht alt werden will, muss jung sterben, aber wir doch nicht … Außerdem bin ich über das Stadium, wo ich jung hätte sterben können, schon lang hinaus …«

Ursula lacht und streicht Anna liebevoll übers Haar.

»Du machst dir völlig unnötige Gedanken, gegen das Altwerden kann man eh nichts tun, also braucht man sich auch nicht den Kopf darüber zu zerbrechen …«

»Sagt die, die sich einen jungen Mann leistet, dem zuliebe sie sich sogar die Haare färbt«, lacht Anna zurück und beschließt, Ursulas Rat zu folgen und sich weniger Gedanken zu machen …

Aber, denkt Anna später, als sie im Bett liegt und wieder einmal nicht einschlafen kann, aber warum färbt sich die Ursi eigentlich die Haare und warum freu ich mich jedes Mal, wenn mir jemand sagt, wie jung ich ausschaue? Wieso haben wir alle so eine Angst davor, alt zu sein? Oder auch alt zu werden? Nein, alt zu sein, geworden sind wir es ja schon lang.

Gestern habe ich plötzlich mitten am Tag so einen Moment gehabt. So ein Gefühl. Das Gefühl, bald nicht mehr da zu sein. Ich war wie versteinert. Bin mit meiner Einkaufstasche dagestanden und konnte nicht weitergehen. Ich weiß gar nicht, warum ich so in Panik geraten bin. Ich glaube, ich habe plötzlich begriffen, dass ich ein Ablaufdatum habe. Solange die Mama und der Papa noch gelebt haben, habe ich daran überhaupt nie gedacht. Ich habe immer geglaubt, sie werden ewig leben und ich sowieso.

Irgendwie glaube ich das ja immer noch. Die Mama hat das ja auch bis zum Schluss geglaubt. Und zum Glück ist es bei ihr ja sehr schnell gegangen. Das wünsch ich mir auch. Kann man sich das wünschen? Was ich mir in Wirklichkeit wünsche, ist die Erfindung des ewigen Lebens. Denkt Anna und gerade, als sie sich auf die Seite dreht und einschlafen will, geht ihre Türe auf und Alex schleicht auf Zehenspitzen herein und kuschelt sich zu ihr unter die Decke. Und Anna ist wieder hellwach.

Es ist schon was Schönes, wenn der Bub da so in der Nacht kommt und sich zu mir legt, denkt Anna später. Alex schläft schon wieder tief und fest und Anna tut der Arm weh, auf den er seinen Kopf gelegt hat. Aber um nichts in der Welt würde sie den Arm wegziehen. Aber das ist eben das Alter, denkt sie später, als ihr Arm endgültig eingeschlafen ist und sie Alex jetzt doch sanft auf den Polster schiebt. Wie die Mary und die Reni klein waren, hat mich sowas nie am Schlafen gehindert.

Alex murrt etwas im Schlaf und boxt ihr mit einem Arm in die Magengrube.

Der Bub hat einen unruhigen Schlaf, ganz wie seine Mama, denkt Anna. Aber wenigstens macht er nicht mehr ins Bett, das hat sich bald wieder gegeben, da haben die anderen recht gehabt. Aber wie ich jung war, hat mich das alles eben nicht gestört, Hauptsache, ich konnte schlafen …

Wie der Alex wohl als Erwachsener sein wird? Und Paulinchen und Paul? So lange muss ich mindestens noch leben. Bis die drei mit ihrem Studium fertig sind – falls sie je studieren werden, denkt Anna ein bisschen später. Jedenfalls, bis sie womöglich selbst auch Kinder haben. Das wäre was: Urgroßmutter. Das möchte ich erleben. Unbedingt. Aber. Da ist schon wieder diese leise Panik. Nein, die lass ich jetzt nicht zu. Ich dreh mich zum Alex, leg ihm die Hand auf den Rücken, das beruhigt mich mehr als ihn, und dann werde ich schon einschlafen.

Am nächsten Tag wacht Anna davon auf, dass Alex sie sanft an der Nase zieht. Es ist Samstag und der Bub hat schulfrei. Was ihn nicht daran hindert, um sieben Uhr wach zu sein – und sein Frühstück zu verlangen.

»Die Mama und die Zwü schlafen noch«, ruft Alex fröhlich und als Anna ihn verständnislos anschaut, sagt er lachend: »Die Oma Trude nennt die Zwei immer die Zwü …«

Die Oma Trude ist Peters Mutter, die der Tod ihres Sohnes auf einen Schlag uralt werden hat lassen. Trotzdem oder gerade deshalb geht Maria regelmäßig mit den Kindern zu ihr, damit sie nicht so allein ist in dieser schweren Zeit – sagt Maria. Trude ist schon lange gehbehindert, deswegen kann sie ihre Schwiegertochter kaum besuchen. Anna mag Trude nicht, die sehr streng ist, sich nichts gönnt und ihre Rente nur Maria und ihren Kindern widmet, weil Peter ihr einziger Sohn war. Und Anna fühlt sich immer ein bisschen unwohl, wenn Trude wieder einmal erzählt, wieviel sie schon für die Kinder gespart hat, und kritisch Annas bunte Garderobe beäugt.

Anna wälzt sich stöhnend aus dem Bett und schlurft in die Küche. Sie richtet für Alex eine Schale mit Müsli und Milch und für sich selbst einen großen Milchkaffee und setzt sich dann mit dem Buben an den Küchentisch, nachdem sie das Radio aufgedreht hat. Das Radio läuft üblicherweise jeden Tag von früh bis spät, jetzt allerdings nur mehr, solange Maria schläft, der das furchtbar auf die Nerven geht.

Aber Anna liebt vor allem die Musiksendungen, die ihr Zeit geben, nachzudenken, ohne sich einsam zu fühlen. Was ihre Tochter, die ständig zwei quengelnde Kleinkinder und einen vor sich hinplappernden Schulbuben um sich hat, nicht verstehen kann.

Aber jetzt schläft Maria noch und Alex stört das Radio nicht, weil er trotzdem vor sich hinplaudert und gar nicht erwartet, dass man ihm zuhört. Seit er reden kann, spricht er gerne auch mit sich selbst. Wenn er etwas von Anna will, zieht er sie am Ärmel, und weil diese das schon kennt, hört sie jetzt selenruhig Nachrichten, während Alex ihr erzählt, was er geträumt hat, warum er zu ihr ins Bett gekommen ist und wie gut er dann bei ihr geschlafen hat und dass er ganz sicher ist, sie, Anna, später, wenn er groß ist, zu heiraten, weil er bei ihr im Bett immer so gut schläft. Anna hört ihm mit halbem Ohr zu und dabei steigen ihr vor Rührung die Tränen in die Augen. Und sie denkt, alt sein heißt eben auch, dass man solche Heiratsanträge von einem Siebenjährigen bekommt. Das hat sie von ihren eigenen Töchtern nie gehört, die wollten ihren Vater nie heiraten. Und sie natürlich schon gar nicht. Denkt Anna und wirft sich selbst gleich darauf vor, beschränkt zu sein, weil ihr eigentlich gar nicht in den Sinn gekommen ist, dass ihr ja die Töchter schon auch Liebeserklärungen gemacht haben. Früher, als sie noch klein waren. Aber das ist schon so lange her, da erinnert sie sich nur noch dunkel daran. Und überhaupt. Mädchen lieben ihren Papa mehr als die Mama und Buben eben die Mama oder die Oma. Denkt Anna und hört leises Baby-Weinen aus dem früheren Kinderzimmer.

Und schon ist es wieder vorbei mit der Morgenruhe, denkt sie und geht dem Weinen nach, um Maria bei ihrer Morgenroutine mit den Zwillingen zu helfen, nachdem sie Alex sein Lieblingsbuch gebracht hat.

Später trifft sie Ursula, um mit ihr und den Zwillingen nach Schönbrunn zu gehen. Wenn sie im Kinderwagen sitzen, sind die beiden meistens ziemlich friedlich und Anna und Ursula haben genügend Zeit, um miteinander zu tratschen. Anna kauft den Kleinen schnell noch beim Eingang große, süße Bretzel – die beiden lieben alles Süße, auch weil ihre Mama ihnen das nicht erlaubt –, und dann gehen Anna und Ursula die Allee entlang tiefer in den Park hinein.

»Weißt du, heuer kann ich nicht einmal für eine Woche ans Meer fahren«, beschwert sich Anna. »Das Geld reicht vorne und hinten nicht und außerdem kann ich die Mary nicht allein lassen …«

»Ich war schon ewig nicht am Meer«, sagt Ursula gleichmütig. »Ich geh halt ins Gänsehäufel, dort kann man ganz gut schwimmen, wenn das Wetter halbwegs ist …«

»Das schaff ich nicht mit den Kindern«, sagt Anna traurig. »Als ich jünger war, hätte mir das nichts ausgemacht, aber jetzt ist mir das schon viel zu anstrengend. Uff – ich mag das Altwerden nicht …«

»Und? Was willst du dagegen tun?«, fragt Ursula spitz.

»Nix, ich will nur gerade ein bisschen jammern, weil mir alles zuviel ist. Kennst du das nicht? Solche Tage, an denen du am liebsten gar nicht aufstehen würdest und dir wünschst, eine Fee würde erscheinen und alle deine Probleme lösen, während du mit der Decke über dem Kopf herumliegst?«

»Eine Fee?«, fragt Ursula ungläubig.

»Na, jemand halt, irgendeiner oder auch irgendeine, die deine Probleme löst«, erklärt Anna.

»Hätte ich vielleicht manchmal gern, spielt's aber nicht«, sagt Ursula. »Deshalb wünsch ich mir das gleich gar nicht …«

»Du bist gut, man kann doch das eigene Denken und Träumen nicht einfach so abschalten, oder? Ich hätte das jetzt gerade schon sehr gerne – irgendjemanden, der der Mary hilft und mich entlastet, weil, ehrlich gesagt, das hängt sich schon ganz schön an, die drei Fratzen und die Mary, die ja auch noch trauert und gleichzeitig nach einem Mitarbeiter sucht und versucht, das Haus unterzuvermieten und doch noch irgendwie zu halten und dabei auch noch die Kinder irgendwie über die Runden zu bringen …«

»Das wird schon, du wirst sehen, sie werden dir noch abgehen, wenn sie wieder ausziehen«, tröstet Ursula.

»Ja, sicher, das weiß ich doch, aber trotzdem bin ich ziemlich müde, und außerdem diese ständigen Geldsorgen, das macht mich richtig krank …«

Und genau da schreit Paulinchen und gibt Paul eine Ohrfeige und Paul kreischt und schmeißt Paulinchens Stofflöwen auf den Boden. Ursula und Anna heben die Kinder aus dem Wagen und die beiden rennen sofort in zwei entgegengesetzte Richtungen, weil sie das seit neuestem auch schon können, und Anna ist sehr froh, dass Ursula dabei ist und Paul nachläuft, während sie selbst Paulinchen gerade noch an der Kapuze erwischt, bevor die sich todesmutig in einen der Brunnen werfen kann. Von Tratschen kann die nächste Stunde dann keine Rede mehr sein. Dann bringen die beiden die Zwillinge glücklich nach Hause zurück und Anna stellt in der Küche Tee auf und macht den Zwillingen Milchreis mit Rohrzucker – den Maria zähneknirschend erlaubt, nachdem Anna ihr klargemacht hat, dass ungesüßter Milchreis nicht essbar ist. Und natürlich taucht auch Alex sofort auf und verlangt seine Portion Milchreis. Als alle zufrieden essen, schleichen Anna und Ursula auf Zehenspitzen ins Wohnzimmer, lassen sich auf das Sofa fallen und Ursula sagt leise: »Na, so ein Glück, dass ich keine Kinder hab …«

»Aber geh«, sagt Anna nur, die zu müde ist, um zu streiten.

Wieder liegt Anna wach neben dem leise schnarchenden Alex, der weinend vor ihrem Bett gestanden hat, und denkt nach. Ihre beiden Mädchen waren sehr anstrengend, denkt sie. Und die Enkelkinder sind noch viel anstrengender. Aber sie ist so verliebt in sie. Wie die Mary geboren wurde, habe ich ihr manchmal einfach beim Schlafen zugeschaut. So ein Wunder war das. Wenn sie geschlafen haben, habe ich sie besonders geliebt. Und manchmal hätte ich sie auch gern aus dem Fenster geschmissen. Das darf man nicht laut sagen, aber ich war schon sehr oft überfordert. Die Mary jetzt natürlich noch viel mehr, ich kann ihr nicht den Peter ersetzen, das kann keiner. Und was sie im Sommer machen wird, weiß ich auch nicht, weil sie ja eigentlich damit gerechnet hat, dann schon in ihrem Haus zu wohnen, dort hätten sie einen Garten gehabt, da hätten die Kinder Urlaub zu Hause machen können und sie auch. Aber jetzt ist das Haus erst halb renoviert und nicht bewohnbar, Mieter findet sie auch keine, und die Frage ist, ob sie es nicht lieber verkauft und sich dafür eine bequeme Wohnung kauft. Ist alles eine Geldfrage. Immer ist alles eine Geldfrage, und die wichtigste Frage ist: Woher kriegen wir Geld?

Lilli und Erika haben Anna eingeladen.

»Damit du einmal aus den Windeln und Flascherln herauskommst«, sagt Lilli fröhlich und präsentiert stolz ihren etwas windschiefen Gugelhupf. »Den hab ich dir zu Ehren gebacken, wo ich doch noch nie gut gebacken hab, nicht einmal bei unserer Tortengeschichte …«

»Schmeckt aber genauso wie bei der Anna«, sagt Erika mit vollem Mund.

»Ist ja auch ihr Rezept, nur bei ihr schaut er schöner aus«, sagt Lilli und lacht.

»Also Anna, das geht jetzt seit Monaten so, die Mary muss wieder allein leben und eventuell ein Kindermädchen nehmen!«, sagt Ursula streng.

»Na, du bist gut, womit soll sie denn ein Kindermädchen zahlen?«, fragt Anna empört.

»Das wird sich dann schon finden, aber du kannst jedenfalls nicht jede Nacht den Alex bei dir im Bett haben und dich dann auch noch um die Zwillinge kümmern, weil die Mary im Büro ist, so jung bist du auch nicht mehr …«

»Das mach ich ja eh nicht. Die Zwillinge kommen demnächst in die Krabbelstube und der Alex ist ja schon groß und vernünftig …«, sagt Anna aufgebracht.

»Ich habe eine Idee«, wirft Erika ein, und die anderen schauen sie erstaunt an, weil sie sich sonst fast nie in die Streitereien der alten Freundinnen einmischt.

»Ich habe doch da diesen Schrebergarten …«, setzt Erika an.

»Was?«, fragen Lilli und Ursula gleichzeitig.

»Hab ich euch doch erzählt. Ich hab einen Schrebergarten geerbt. Seit dem Tod meiner Mutter habe ich mich nicht mehr darum gekümmert – das war mir zu anstrengend und zu teuer. Ich bin nur zwei Mal im Jahr hingefahren und hab geschaut, dass er nicht ganz verkommt …«

»Aha. Und jetzt?«, fragt Anna interessiert.

»Na ja, wir könnten ihn gemeinsam ein bisschen herrichten und dann hätten Maria und die Kinder eine Art Urlaub in Wien …«

»Wie soll das gehen? Da müsste man jeden Tag hin- und herfahren, damit die Pamperletschen in die Schule und den Kindergarten kommen …«, sagt Ursula ärgerlich.

»Aber doch nicht im Sommer. Da ist doch keine Schule und da müssen die Zwillinge auch nicht unbedingt in den Kindergarten gehen …«

»Aber die Mary allein mit den Dreien im Schrebergarten?«, sagt Anna und schaut skeptisch.

»Du kannst ja auch hinübersiedeln«, sagt Ursula gedankenlos.

»So groß ist das Häuschen eigentlich nicht, aber die U-Bahn ist ganz in der Nähe, man ist wirklich schnell in der Stadt«, ergänzt Erika und schneidet sich ein zweites Stück Gugelhupf ab.

»Und wenn's richtig heiß wird, ist das super, da kannst du gleich in die Alte Donau hupfen …«, freut sich Lilli. »Das ist was für mich …«

»Ich sag's der Mary. Schauen wir einmal, was sie meint. Der Reni könnte das auch gefallen, die schwimmt doch so gern …«, überlegt Anna. Und dann reden sie über die Kurse, die sie gegeben haben, und darüber, dass sie damit auch nicht genug Geld verdient haben und dass sie sich einfach was anderes einfallen lassen müssen. Weil Lilli und Erika jetzt langsam wirklich eine neue Waschmaschine brauchen, denn bei Anna läuft die wegen der Kinder ohnehin jeden Tag drei Mal.

Und Ursula eröffnet ihnen, dass sie eine neue Brücke für ihre Zähne braucht, und die kostet im besten Fall 1500 Euro und natürlich hat sie was gespart, aber nicht genug.

»Mama«, sagt Irene.

»Ah, du bist wieder da, das ist aber fein, wann kommst du uns besuchen?«, fragt Anna.

»Morgen«, antwortet Irene. »Wie geht's den drei Zwetschken?«

»Denen geht's gut. Obwohl, der Paul hat irgendeinen Ausschlag am Popo und Paulinchen kriegt jetzt oft Tobsuchtsanfälle. Und der Alex kommt fast jede Nacht weinend zu mir ins Bett. Aber sonst geht's ihnen gut …«

»Mit einem Wort, nichts Neues«, sagt Irene trocken. »Dann bis morgen …«

»Ich muss euch was erzählen«, sagt Anna am nächsten Abend, nachdem die Kinder gegessen haben und in ihren Betten liegen. Maria hat das Babyfon auf den Tisch gestellt, die Beine hochgelegt und nippt an einem Glas Rotwein. Neuerdings trinkt sie am Abend gern ein Gläschen oder zwei. Da könne sie dann eher schlafen, sagt sie.

»Die Erika hat einen Schrebergarten. Der ist an der Alten Donau ganz nahe bei der U-Bahn. Und sie würde ihn dir, Mary, für den Sommer überlassen, wenn du magst.«

Maria schaut Anna erstaunt an und sagt nichts.

»Wir würden ihn herrichten und kindersicher machen, aber dann könntet ihr fast wie im Urlaub dort wohnen und die Kinder könnten in der Alten Donau planschen oder wir könnten ihnen ein aufblasbares Schwimmbecken im Garten aufstellen und natürlich würde ich jeden Tag kommen und dir helfen.«

»Also ich wäre sofort dabei«, ruft Reni und lacht. »Was gibt's Besseres, als in der Hitze am Abend schnell in die Alte Donau springen. Und je früher die Zwillinge sich ans Wasser gewöhnen, umso besser – und der Alex kann eh schon schwimmen …«

»Ja, aber«, sagt Maria langsam.

»Was aber?«, fragt Anna genervt. »Das ist doch ein Angebot. Den Kindern würde das sehr guttun und du musst dir keine Gedanken machen, was du im Sommer mit ihnen machst. Und arbeiten kannst du von dort aus doch auch, wir schauen, dass wir dir WLAN installieren lassen …«

»Mary, ich zieh gern mit euch dorthin. Ich fahr halt von dort in die Arbeit, das macht nicht so einen Unterschied. Und untertags kommt die Mama …«

»Ja«, sagt Maria langsam, »das klingt schon gut. Aber schon wieder übersiedeln …«

»Ich weiß was«, sagt Anna, »wir machen am Sonntag alle zusammen einen Ausflug dorthin, dann kannst du dir's anschauen und entscheiden.«

Der Ausflug ist ein großer Erfolg. Alex wäre um ein Haar angezogen ins Wasser gesprungen, aber Erika hat ihn gerade noch daran gehindert. Die Zwillinge kugeln im hohen Gras herum, laufen jeder Ameise nach und krähen so vergnügt, wie Anna sie lange nicht mehr gesehen hat. Und Maria schaut sich in dem Häuschen um und stellt erleichtert fest, dass es ein Sofa gibt, auf dem Irene schlafen könnte. Und ein großes Schlafzimmer, das für sie und die drei Kinder ausreichen würde.

»Also abgemacht«, sagt Erika am Heimweg. »Ich bessere mit der Lilli den Zaun aus, die Anna besorgt das aufblasbare Becken und das WLAN, und dann kannst du einziehen, wann immer du willst!«

»Ja«, sagt Maria traurig und stöhnt. »Wenn der Peter noch da wäre, dem würde das gefallen. Vor allem die eine Ecke da hinter dem Haus, wo ein richtiges Versteck ist zwischen den Sträuchern. Der würde auch gleich zu gärtnern beginnen, aber ich habe so gar keine Energie dafür …«

»Wir sind ja auch noch da«, sagt Lilli fröhlich und Ursula bietet an, Ibu zu fragen, ob der nicht ein paar der nötigsten Arbeiten an den Bäumen erledigen könnte.

»Der Ibu ist sehr naturverbunden, der wird das gern machen, und der kann vielleicht auch ein paar Hochbeete anlegen, mit Erdbeeren und Paradeisern und Salat und so, was meinst du, Erika?«

»Das wäre toll«, sagt Lilli an Erikas Stelle und die nickt zustimmend.

»Fantastisch«, sagt Anna, »das wird ein Paradies für uns alle …«

»Das wird ein Paradies für uns alle?«, fragt Ursula später spöttisch. Maria ist mit Irene und den Kindern nach Hause gefahren und die vier Freundinnen sitzen in Decken eingepackt noch vor dem Häuschen. »Du meinst, du hast deine Wohnung endlich wieder für dich allein …«

»Aber geh, Ursi, das meine ich doch gar nicht, ich finde den Garten wunderbar und außerdem …«

6
Versuche

Und dann wird es langsam Sommer und alle tun so, als habe es nie eine Pandemie gegeben. In Wien dampfen die Straßen und in Annas Wohnung steht die Luft, auch wenn alle Fenster weit offen sind.

Was auch bedeutet, dass man die Zwillinge und Alex keine Sekunde alleine lassen kann, weil sie dazu neigen, auf die Fensterbank zu klettern, um hinauszuschauen.

Anna, Lilli, Erika, Ursula und Ibu fahren also in Erikas Garten und bringen ihn so weit in Ordnung, dass die Kinder mit Maria dort wohnen können. Anna hat ein aufblasbares Schwimmbecken für die Kleinen besorgt und sicherheitshalber für alle drei Kinder auch Schwimmflügel. Gemeinsam gelingt es ihnen, WLAN zu installieren, den Rasenmäher in Gang zu setzen und einige Sonnenschirme aufzuspannen. Zum Glück stehen in Erikas Garten zwei große alte Bäume, die Schatten spenden, so dass die brütende Hitze aushaltbar ist.

Ibu baut unerschütterlich Hochbeete und diskutiert tagelang mit Erika darüber, welches Gemüse wo anzupflanzen ist und ob man Ribiseln oder doch lieber einen »Ogrosel«-Strauch setzen soll.

Ibu weiß natürlich nicht, was das ist, was wiederum Lilli zu einem langen Lachanfall verhilft, bis Ursula böse wird und Lilli zurechtweist.

»Wer sagt denn heute noch Ogroseln?«, fragt sie Lilli streng.

»Ich zum Beispiel«, meldet sich Anna, die gerade mit Paulinchen auf dem Arm vom Planschbecken kommt.

»Und woher soll der Ibu dieses Wort bitte kennen?«, fragt Ursula wütend.

»Von dir natürlich«, sagt Lilli und kichert immer noch. »Wie heißen die eigentlich auf Hochdeutsch?«

»Moment, da muss ich jetzt nachdenken …«, sagt Anna und legt den Kopf schief, was Paulinchen dazu verleitet, an ihren Ohrringen zu reißen.

»Au, du Fratz«, schreit Anna und droht Paulinchen mit dem Zeigefinger. Den das Kind sofort schnappt und in den Mund steckt.

»Stachelbeeren!«, sagt Ursula streng.

»Ja, genau. Die müssen wir setzen, die gibt's nicht so oft in den Geschäften und ich glaube, die mögen die Leute im Sommer, die sind so erfrischend«, meint Erika versöhnlich.

Am Abend bringt Irene Oliver mit in den Garten.

»Oh wie schön. Ich hab dich ja so lange nicht gesehen. Wie geht's dir?«, freut sich Anna.

Oliver küsst ihr galant die Hand und macht ihr sofort ein Kompliment.

»Du siehst fantastisch aus, liebe Anna, zum Verlieben …«

»Hörst du auf? Ich schau aus wie immer, nämlich wie eine gut erhaltene Alte«, sagt Anna und lacht. »Aber gut, dass du da bist, wir müssen dich was fragen …«

»Aha«, sagt Oliver. »Ihr ladet mich nur ein, wenn ihr was von mir braucht, nicht wahr?«

»Spiel nicht die beleidigte Leberwurst, du könntest dich auch selbst öfter blicken lassen«, schimpft Anna.

»Ich trau mich doch nicht, du bist immer so streng zu mir …«, pariert Oliver sofort.

»Also, hör zu«, unterbricht Ursula schnell das Geplänkel, das ihr auf die Nerven geht.

»Wir wollen Gemüse anbauen und dann verkaufen, was hältst du davon?«

»Fantastisch. Ihr braucht einen professionell wirkenden Stand hier an der Promenade, wo die Leute vorbeigehen, und die Sachen müsst ihr so abpacken, dass man sie am besten gleich essen kann. Also ich bin für lauter Minis. Kleine Gurken, kleine Karotten, kleine Paradeiser und dann natürlich Himbeeren und Heidelbeeren und …«

»Und Ogroseln«, sagt Anna lakonisch und Oliver schaut beleidigt, weil die anderen laut loslachen.

»Alles schön und gut, aber wie züchtet man eigentlich Minis?«, fragt Erika ernst.

»Keine Ahnung, aber wozu gibt es das Internet«, sagt Oliver sorglos und zieht sofort sein Handy hervor.

»Na gut, du bist ab sofort für die Kleinzucht zuständig«, sagt Anna locker. »Ich geh jetzt jedenfalls erst einmal schwimmen, wer kommt mit?«

Am Abend sitzen sie wieder vor dem Häuschen und diskutieren.

»Wie viel kann man eigentlich für ein paar Mini-Gurken verlangen?«, fragt Ursula und schaut Oliver fragend an.

»Das kommt drauf an, wie schnell wir die züchten können. Ich glaube allerdings, dass wir frühestens nächstes Jahr wirklich damit loslegen können, weil jetzt ist es schon zu spät für die Aussaat …«

»Aha, Herr Professor, und was machen wir in der Zwischenzeit?«

»Üben, üben, üben …«, sagt Oliver und bemüht sich um eine professorale Miene.

»So wird das nichts«, sagt Anna. »Wir brauchen eine richtig zündende Idee …«

»Ich weiß nicht, ich will jetzt eigentlich erst einmal den Sommer genießen«, sagt Lilli und streckt sich ausgiebig.

»Ich ja auch, aber ohne Geld ist's halt viel mühsamer …«, sagt Anna.

»Mach dir doch nicht solche Sorgen, Mama«, meint Irene und gibt ihrer Mutter ein Busserl auf die Stirn. »Wir kriegen das schon hin …«

»Wie das klingt«, brummt Anna – »wohin kriegen wir was?«

»Na, eine am Schädel«, sagt Ursula missmutig, und da lachen dann wirklich alle, sogar Ibu, der den Witz gar nicht so richtig versteht, weil Ursula mit ihm meistens Englisch spricht und er deshalb mit seinem Deutsch nicht sehr große Fortschritte macht. Und weil Ursula ihm den Witz irgendwie auch nicht so richtig erklären kann. Was Anna wieder eine Idee gibt.

»Jetzt hab ich's wirklich!«, schreit sie. »Wir geben Deutschkurse im Garten!«

»Also mit unseren Kursen waren wir aber nicht wahnsinnig erfolgreich«, sagt Lilli skeptisch.

»Aber das ist doch ganz was anderes. Schaut einmal, dort drüben ist die UNO-City …«

»Ja, und?«, fragt Ursula genervt.

»Dort arbeiten lauter wohlhabende Menschen aus aller Welt«, sagt Anna bedeutungsschwer. »Und keiner kann Deutsch, weil die alle nur Englisch miteinander sprechen, sagt meine Freundin Simone, die dort arbeitet …«

»Und die haben auf uns gewartet?«, fragt Ursula spitz.

»Nein, aber die haben Ehefrauen und Freundinnen und denen ist fad und wenn wir ihnen anbieten, dass sie zu uns kommen und hier auch schwimmen können, und wir unterrichten sie im Garten und sie haben's lustig und lernen Deutsch, und wir können ihnen auch anbieten, mit ihnen einkaufen zu gehen, damit sie wissen, wie sie was beim Fleischer verlangen müssen zum Beispiel. Und dann können wir ihnen gleich auch noch Kochkurse in Wiener Küche anbieten und …«

»Nicht schon wieder, das mit dem Kochen hat doch schon beim letzten Mal nicht funktioniert …«, seufzt Lilli. »Aber die Idee ist eigentlich gar nicht schlecht …«, sagt sie dann schnell, als sie sieht, wie Anna beleidigt das Gesicht verzieht.

»Lernen Sie Deutsch beim Schwimmen«, ruft Oliver begeistert. »Das ist ein super Werbespruch …«

Die Freundinnen sind skeptisch, aber Anna verspricht, Simone zu fragen, was sie davon hält, und sich überhaupt mit ihr zu beraten, und dann kommt Maria erschöpft aus dem Haus und teilt mit, dass die Kinder jetzt endlich, endlich schlafen und sie sofort ein Glas Wein braucht, weil sie sonst zusammenbricht. Und die Freundinnen schauen sich kurz an und einigen sich stillschweigend darauf, die neue Idee nicht vor Maria zu besprechen. Reni setzt kurz an, lässt es dann aber auf einen bösen Blick ihrer Mutter hin bleiben und zündet sich beleidigt eine Zigarette an.

»Zu viel frische Luft?«, fragt Maria spöttisch.

»Ja genau, zu viel frische Luft ist ungesund«, sagt Irene und zieht genüsslich an der Zigarette.

»Wenn das so ist, gib mir auch eine«, sagt Maria und lacht.

»Jetzt reichts aber«, schreit Lilli empört, »ihr verstinkt uns ja den ganzen schönen Abend …«

»Tja, Pech gehabt, da müsst ihr jetzt durch«, antwortet Irene und legt den Arm um ihre Schwester.

Anna ist zu Hause. Sie träumt.

Es ist kalt. Trotzdem sitzen sie im Freien. Im Garten an der Alten Donau.

Sie weiß zuerst nicht, warum sie da sitzen. Es ist doch Winter. Sie sollten in der warmen Wohnung sein, nicht hier im Freien?

Sie sind alle eingemummelt, denkt Anna. Dann sieht sie, dass sie selbst auch ihren wärmsten Mantel und dicke Stiefel anhat.

Sie weiß nicht, was los ist, aber sie weiß, dass sie Angst hat.

Plötzlich kracht es.

Lilli kriecht unter den leichten Campingtisch, der vor ihnen im Garten steht. Ursula umarmt Ibu, Erika steht wie erstarrt an einen Baum gelehnt. Mary und Reni haben die Zwillinge auf dem Arm, Alex klammert sich an seine Mutter.

Nur sie, Anna, weiß nicht, was das Krachen bedeutet.

Alle starren wie gebannt in den dunklen Himmel. Wo es immer wieder blitzt.

»Ist doch nur ein Gewitter«, will sie sagen, aber sie hat keine Stimme.

»Das ist das Ende«, überschreit Erika den Krach.

»Welches Ende denn?«

»Du dumme Gans, weißt du nicht, dass man uns rausschmeißt?«, schreit Ursula.

»Wer schmeißt uns wo raus?«, will Anna fragen. Und wieder hat sie keine Stimme.

Und dann steht sie plötzlich vor dem Garten. Sie hält einen Koffer, der viel zu schwer ist. Und sie ist alleine. Wo sind die anderen? Alle sind verschwunden. Sie will unbedingt dort hinüber, auf die andere Seite der Alten Donau. Sie muss dorthin. Ihr Leben hängt davon ab.

»Aber geh, du bist doch eh schon so alt, für das bisschen Leben ist es doch egal, wo du sitzt …«

Sie sieht nicht, wer da gesprochen hat.

Alex, es ist ihr Mann Alex, der das sagt.

Aber er steht eben drüben, auf der anderen Seite.

Drüben, im Gänsehäufel.

Wieso steht Alex im Gänsehäufel und sie hört ihn trotzdem so gut? Und was heißt das, das bisschen Leben …?

Anna wacht schweißgebadet auf und hört es noch immer krachen. Sie steht auf, will in die Küche laufen, schaut dann aus dem Fenster und sieht, dass gerade ein heftiges Gewitter über Wien niedergeht.

Langsam hört ihr Herz auf zu rasen und das Zittern lässt nach. Anna schnappt sich ihr Buch vom Nachtkästchen, geht ins Wohnzimmer, legt sich auf ihr Sofa und schlägt das Buch auf. Als ihr langsam die Augen wieder zufallen und ihr kalt wird, wandert sie doch wieder zurück ins Bett.

Am nächsten Tag kann sie sich kaum mehr an den Traum erinnern. Nur das Gefühl großer Angst bleibt.

»Ich habe Angst«, sagt sie am nächsten Nachmittag zu den Freundinnen.

»Wovor?«, fragt Ursula verständnislos.

»Vor meinem Schuldenberg«, sagt Anna tonlos. »Ich habe Angst, dass ich mir die Wohnung nicht mehr leisten kann ... Die Betriebskosten sind schon wieder gestiegen, seit sie die Fassade renoviert haben.«

»Na, dann ziehst du eben in die Datscha«, sagt Lilli sorglos.

»Was ist eine Datscha?«, fragt Erika.

»Das Sommerhaus der Russen«, erklärt Lilli. »Dein Häuschen hier ist auch eine Datscha, hätte mein Freund Igor gesagt ...«

»Du hast einmal einen russischen Freund gehabt, das hast du nie erzählt«, sagt Anna erstaunt und vergisst vorübergehend ihre Sorgen.

»Ja, da war ich noch jung. Der ist als russischer Jude oder jüdischer Russe damals noch aus der Sowjetunion geflüchtet und sollte eigentlich nach Israel. Wollte er aber nicht. Also ist er in Wien hängengeblieben. War ein ziemlich genialer Geiger. Ist er wahrscheinlich immer noch, ich habe nichts mehr von ihm gehört. Aber damals waren wir ziemlich verliebt und ich habe ihn bei mir wohnen lassen ...«

»Und?«, fragt Anna.

»Und nichts weiter. Nach kurzer Zeit ist er mir auf die Nerven gegangen. Er wollte den Chef spielen in meiner eigenen Wohnung. Das habe ich nicht ausgehalten. Also habe ich ihm ein Zimmer bei einer Freundin organisiert und die hat ihn dann sogar geheiratet. Ich war Trauzeugin. Ich glaub, sie sind dann irgendwann nach Kanada ausgewandert. Ende der russischen Romanze. Aber ich weiß eben noch, dass er immer von einer Datscha geschwärmt hat, und ich habe mir das total romantisch vorgestellt. Allerdings hat er auch erzählt, dass es auf der Datscha seiner Großmutter nur ein Plumpsklo im Freien gab, und gewaschen hat man sich in einer selbstgemachten Dusche im Garten, in der es nur kaltes Wasser gab.

Das war weniger romantisch. Also da ist dein Häuschen hier schon richtiger Luxus, liebe Erika …«, sagt Lilli und lacht.

»Ich habe Angst, dass man mich aus der Wohnung wirft«, sagt Anna später zu Lilli und Ursula. »Mich und die Kinder. Wo sollen wir denn dann hin …«

»Jetzt mach aber einen Punkt, diese Betriebskostenerhöhung wirst du dir noch leisten können. Du hast doch deine Pension«, sagt Ursula. »Gut, ich weiß, du kommst nicht aus, aber das ist doch noch drin. Und alles andere wird sich finden. Und wir sind ja alle auch noch da …«

»Ja, aber ihr seids ja alle genauso blank wie ich«, sagt Anna und muss ein bisschen weinen.

»Nein, so geht das nicht. Du hörst jetzt sofort auf zu weinen. Deine Simone hat doch gesagt, sie würde uns helfen, unsere Idee zu verbreiten. Wir organisieren unsere Deutschkurse für die Damen von der UNO und das bringt uns erst einmal über den Sommer und dann sehen wir weiter …«, sagt Ursula energisch.

»Wissen wir denn, wie man Deutsch unterrichtet?«, fragt Lilli in die Runde und schlägt sich dann die Hand vor die Stirn. »Na klar, die Erika, die Frau Lehrerin, die muss uns einschulen …«

»Ja gern, aber Deutsch für Ausländer habe ich nie unterrichtet. Aber ich werde mir ein paar Unterlagen besorgen. Übrigens – warum bieten wir nicht einfach Konversationsstunden an, das klingt nach gemütlichem Teekränzchen und wir brauchen uns nicht viel vorbereiten …«

»Konversationskränzchen bei Tee und Keksen mit anschließendem gemeinsamen Schwimmen in der Alten Donau, klingt gut, ich schreib das dem Oliver, der soll eine schöne Ankündigung machen und meine Freundin Simone hängt das dort am Schwarzen Brett auf und erzählt ihren Kolleginnen davon …«

»Nehmen wir nur Frauen?«, fragt Lilli ungläubig.

»Nein, natürlich auch Männer, wenn sie wollen. Vielleicht verlangen wir von denen mehr Geld?«, sagt Ursula mit unbewegter Miene.

»Gute Idee«, sagt Anna kichernd, »Frauen zwanzig Euro pro Kränzchen, Männer vierzig!«

»Das meinst du jetzt aber nicht ernst«, sagt Erika erschrocken.

»Natürlich nicht«, sagt Anna beruhigend. »Aber man wird ja wohl noch träumen dürfen …«

Oliver macht ein sehr buntes kleines Plakat und Simone hängt es in der UNO-City auf.

Nach wenigen Tagen kommen die ersten Anfragen. Anna ist ganz aufgeregt.

»Es haben sich schon vier angemeldet. Wieviele Personen sollen wir pro Kränzchen nehmen? Sechs, sieben, zehn?«, fragt sie in die Runde. »Und wenn wir anbieten, bei zehn einen Rabatt zu geben? Wenn wir das von Montag bis Freitag jeden Tag machen …«

»Kostet uns das mehr, als es uns bringt. Obwohl, die sind eh alle so reich, denen können wir ruhig mehr Geld abknöpfen. Sagen wir …«, denkt Ursula laut.

Die Diskussion, wieviele Personen sie im Garten unterbringen und wieviel sie pro Kopf verlangen können, zieht sich noch eine Weile hin. Ursula rechnet und rechnet und schüttelt dann den Kopf.

»Mehr als 250 Euro pro Kopf und Nase und Woche können wir nicht nehmen, und schließlich müssen wir ja auch noch die Kosten für Tee und Kekse rechnen und wenn's regnet, schauen wir durch die Finger … Aber wenn wir fünf Personen für eine Woche haben, dann sind das immerhin 1250 Euro, davon bleiben uns sicher 1000 über!«

»Probieren wir's einfach, dann sehen wir schon …«, beschließt Lilli, die Abenteuerlustige.

Als sie Oliver zu Rate ziehen, meint der, 50 Euro für einen Nachmittag könne man pro Teilnehmer schon verlangen. Anna seufzt.

»Und wo sollen die Mary und die Kinder in der Zeit hin?«, fällt ihr dann plötzlich ein.

»Die bleiben natürlich da, dann macht das so richtig familiäre Atmosphäre, das gefällt denen sicher«, sagt Lilli und kitzelt Paulchen, der sich gerade auf ihren Schoß gehievt hat.

Zum ersten Sprachkränzchen – so hat es Oliver getauft – kommen fünf sehr elegante Damen, die im etwas unordentlichen Garten ein bisschen deplatziert wirken.

Eine wunderschöne Inderin im seidenen Sari, eine ebenso schöne Frau aus Tansania mit grellbuntem Turban, eine freche Amerikanerin in Shorts, eine Bulgarin mit bestickter Bluse und eine Italienerin im fast durchsichtigen Sommerkleidchen.

Anna ist ein bisschen eingeschüchtert. Aber Lilli begrüßt, fragt, fordert ihre Schülerinnen auf, Platz zu nehmen, und das alles mit Händen und Füßen und unter viel Verwirrung und Gelächter.

Erika spielt die Hausfrau und serviert Tee und Kekse. Ilaria, die Neapolitanerin, Frau eines italienischen Attachés, fragt sofort, ob sie nicht vielleicht einen Kaffee bekommen könne. Erin, die amerikanische Frau eines deutschen Botschaftsmitarbeiters, schließt sich ihr sofort an, aber nur, sagt sie, wenn sie einen »american coffee« bekommt.

»Was ist das denn schon wieder?«, fragt Erika Lilli leise und die kichert und sagt: »Du machst einen normalen Espresso und dann schüttest du doppelt so viel heißes Wasser drauf …«

Die übrigen Damen sind mit Tee zufrieden. Anna und Ursula sitzen zwischen ihnen und versuchen, das Gespräch in Gang zu halten. Was gar nicht so leicht ist, weil Erin das große Wort führt und ganz automatisch immer ins Englische zurückfällt, das die anderen im Übrigen auch leidlich beherrschen. Deutsch dagegen fällt allen fünf schwer. Erika erweist sich als ausgezeichnete Lehrerin. Sie spricht langsam und deutlich und erklärt jedes Wort, und die fünf Damen schreiben eifrig in ihre kleinen roten Heftchen, die Erika noch schnell vor dem ersten Kränzchen besorgt hat.

Und dann steht plötzlich Alex heulend vor Anna und beschwert sich, dass Paulchen seine Lego-Burg zerstört hat und Paulinchen seinen Ball »gestohlen« hat. Anna nimmt den Buben, der eigentlich schon zu groß dafür ist, auf den Schoß, drückt ihm ein Busserl auf die Wange und einen Keks in die Hand und benützt die Gelegenheit, um den Schülerinnen ihre familiäre Situation zu erklären.

»Ah your grandson!«, ruft Erin begeistert. »I don't have kids of my own, but …«

»Bitte auf Deutsch«, sagt Erika streng.

»Ich nicht kids«, sagt Erin brav und lacht verschämt.

»Ich fünf«, sagt die Inderin Saira und zeigt mit den Fingern die Zahl ihrer Kinder.

»Fünf?«, sagt Anna erschrocken. »Ich war schon mit zwei überfordert. Ganz zu schweigen von den drei Enkelkindern«, fügt sie dann hinzu und hutscht den sehr zufriedenen Alex auf den Knien.

Und dann stehen plötzlich Paul und Paulinchen da und verlangen stürmisch auch Kekse und Alex wirft sie ihnen von der Höhe der Knie seiner Oma gnädig zu und die Schülerinnen lachen entzückt und fühlen sich sichtlich wohl und Anna und Lilli zwinkern sich zufrieden zu.

Einzig das mit dem Schwimmen ist nur ein halber Erfolg. Erin und Ilaria entblättern sich sofort und zeigen ihre knappen Bikinis und auch die Bulgarin Sonja hat einen Badeanzug dabei. Aber Saira und Imani lächeln verlegen und Imani sagt dann: »Nichts …«, und unterstreicht mit den Händen, dass sie sich nicht ausziehen könne.

»Die können nicht schwimmen«, sagt Anna fassungslos.

»Bei uns gibt's auch noch Leute, die nicht schwimmen können«, sagt Lilli. »Mitkommen zum Wasser sollten sie aber trotzdem. Sie können ja die Füße ins Wasser hängen. Und wir könnten auch noch Schwimmunterricht anbieten …«

»Aber dann verlangen wir mindestens 80 Euro pro Kopf und Nachmittag«, sagt Ursula praktisch.

Am nächsten Nachmittag zeigt Imani, dass sie einen züchtigen Badeanzug mitgebracht hat. Anna hat einen Schwimmreifen von ihren Töchtern gefunden und mitgebracht. Und weil die junge Frau aus Tansania sehr zart ist, passt er ihr auch, und es gibt viel Gejohle, als sie stolz mit dem Schwimmreifen um die Hüften im Garten auf und abgeht.

Aber als sie dann zur Alten Donau gehen, verlässt sie wieder der Mut. Bis Anna ihr vorschlägt, ihren Bademantel anzuziehen. In den wickelt sich Imani fest ein und zieht ihn erst aus, als sie schon bis zu den Knien im Wasser steht. Und Anna geht wie eine Zofe hinter ihr her und hält ihn in die Höhe, damit er nicht nass wird.

Den Schwimmreifen wirft sie direkt vor Imani ins Wasser und die steigt verschämt hinein. Saira hat ihren Sari auch hochgeschürzt und planscht ein bisschen im Wasser herum, während Anna und Lilli versuchen, Imani schwimmen beizubringen.

Erin und Ilaria schwimmen derweil ein Stück hinaus und Sonja paddelt um Imani herum und klatscht ihr Beifall, während diese ihre ersten Schwimmversuche macht.

Später serviert Erika noch mehr Tee und Kaffee und Kekse und Imani ist ganz aufgekratzt und sagt auf Deutsch, dass sie sehr stolz ist und das ihren Freundinnen erzählen wird und viele, viele hierherschicken wird. Und die vier Lehrerinnen schauen sich ganz aufgeregt an und Anna plustert sich ein bisschen auf, weil das Ganze schließlich ihre Idee war.

Und ein paar Wochen lang haben ihre Deutschkurse in der Datscha auch tatsächlich großen Erfolg und die vier verdienen ganz gut.

Aber dann schlägt das Wetter um und es wird zu kühl, um im Garten zu sitzen und deutsche Konversation zu machen – und langsam bleiben die Schülerinnen weg.

»Und wenn wir im Winter Strickkränzchen machen mit Konversation?«, fragt Anna hoffnungsvoll.

»Den Frauen dort in der UNO-City ist doch im Winter auch fad. Wir können ja auch mit ihnen ins Museum gehen oder Schikurse anbieten …«

»Wer von uns kann denn Schikurse geben?«, fragt Lilli erstaunt.

»Also, ich …«, sagt Anna zögernd. »Aber ich bin keine wirklich sehr gute Schifahrerin, ich könnte ihnen höchstens Schneepflug beibringen …«

»Blödsinn, dann müssten wir einen richtigen Schilehrer finden, der das wirklich kann …«, sagt Ursula streng.

»Oliver!«, schreien Anna und Lilli wie aus einem Mund.

»Wieso, ist der vielleicht Schilehrer?«, fragt Ursula noch strenger.

»Weiß ich nicht«, sagt Anna, »aber vielleicht weiß er jemanden, der nicht zu viel Geld verlangt …«

»Und was haben wir davon?«, fragt Ursula.

»Also Schifahren gestrichen. Es reicht ja auch, wenn es Tee und Kekse und Konversation gibt«, wirft Erika ein und die anderen nicken.

Aber irgendwie verlaufen die Kurse im Sand, nachdem es kalt geworden ist.

Sairas Mann wird nach Kenia versetzt, Erins Mann zurück nach Deutschland geholt. Imani ist schwanger und hat vor allem damit zu tun, sich auf ihr erstes Kind vorzubereiten und ihre Mutter, die für Monate zu ihr zu Besuch kommt, zu betreuen. Und Sonja und Ilaria verlieren einfach die Lust am Deutschlernen und machen stattdessen einen Hip-Hop-Kurs.

»Mir reicht's, Kurse mach ich nie wieder. Da haben wir nur Ärger und Geld bringt das auch keins.« Sagt Anna gekränkt.

»Na ja, es bringt schon Geld, aber nicht viel …«, meint Erika schüchtern.

»Jedenfalls nicht genug …«

»Was ist für dich genug?«, fragt Ursula bissig.

»Das kann ich dir genau sagen«, antwortet Anna ebenso bissig. »Ich will so viel Geld haben, dass ich nicht dauernd jeden Euro drei Mal umdrehen muss und mir den einen oder anderen kleinen Luxus auch noch leisten kann!«.

»Also mir würde es schon reichen, wenn wir genug Geld hätten, um endlich die Waschmaschine zu kaufen«, sagt Lilli.

Was sollen wir nur tun? fragt sich Anna jeden Abend, wenn sie Maria hilft, die Kinder zu baden. Wir können nicht immer so weiterwurschteln. Ich fürchte mich jedes Mal, wenn ich Post von der Bank bekomme. Und wenn die Kinder was brauchen, müssen wir jedes Mal überlegen, ob wir uns das überhaupt leisten können.

»Mama, ich habe wieder einen Job«, sagt Maria in diesem Augenblick so ganz nebenbei.

»Wirklich, das ist ja toll«, sagt Anna begeistert.

»Ja, schon, aber …«, ergänzt Maria.

»Was aber?«, fragt Anna und denkt im gleichen Moment, wie soll das jetzt gehen? Ich kann die Kinder nicht dauernd betreuen, das wird mir zu viel und für mich bleibt ja dann gar keine Zeit mehr übrig.

»Na ja, wie sollen wir das machen?«, fragt Maria kleinlaut.

»Bring jetzt erst einmal die Kinder ins Bett und dann reden wir!«, beschließt Anna energisch und spritzt Alex Schaum auf die Nase, und der Bub lacht und spritzt Paulinchen an, und die findet das gar nicht lustig und weint los, und dann weint Paulchen aus Sympathie gleich mit und Maria schimpft mit Alex, der jetzt auch losheult, und dann dauert es eine ganze Weile, bis sich die Kinder beruhigt haben, und Anna denkt, dass sie in so einer Situation als alleinerziehende Mutter aus dem Fenster springen würde.

»Uff«, sagt Maria später. »In solchen Situationen würde ich am liebsten aus dem Fenster springen.«

»Habe ich mir auch gerade gedacht«, sagt Anna und dann müssen sie beide lachen.

»Aber im Ernst, Mama, wie sollen wir uns organisieren, wenn ich im nächsten Monat wieder voll zu arbeiten beginne?«

»Ich weiß nicht. Aber immerhin gehen doch alle drei in Kindergarten und Schule …«

»Ja, aber weißt du, wenn man in einem Architekturbüro arbeitet, muss man halt öfter auch einmal länger arbeiten, wenn gerade ein Auftrag da ist, und da kann ich dann nicht sagen, tut mir leid, aber ich muss jetzt alles stehen und liegen lassen, weil der Kindergarten aus ist …«

»Und wenn wir ein Kindermädchen nehmen, stundenweise?«, fragt Anna nachdenklich.

»Das kostet viel und ich weiß nicht, ob ich am Anfang genug verdienen werde. Und außerdem«, sagt Maria und schaut die Mutter schuldbewusst an, »außerdem würde ich halt schon gern mit den Kindern wieder selbstständig wohnen …«

»Ja klar«, sagt Anna und versucht, nicht beleidigt dreinzuschauen.

»Nicht, dass ich dir nicht unendlich dankbar wäre«, sagt Maria und streichelt den Arm der Mutter.

»Ja eh«, sagt Anna und merkt, dass sie den Tränen nahe ist.

»Und ich werde ja auch weiterhin deine Hilfe brauchen. Aber auch wenn ich das Haus wieder verkauft habe, ist da ja immer noch diese Idee, aus der Stadt wegzuziehen, und ich hab da was gesehen, so ein größeres Wohnprojekt am Stadtrand, wo es auch viele Kinder im gleichen Alter geben würde, und da würde ich schon gerne hinziehen, auch um dich zu entlasten …«, sagt Maria und schaut traurig.

»Das versteh ich doch«, sagt Anna. »Aber das wirst du dir ja nicht sofort leisten können, oder?«

»Na ja, ich habe gedacht, ich nehme das Geld vom Hausverkauf und einen kleinen Kredit, jetzt, wo ich wieder Arbeit habe«, sagt Maria nachdenklich. »Und vielleicht kannst du mir vorübergehend auch was borgen?«

Oh nein, denkt Anna. Wo soll ich denn Geld hernehmen, um der Mary was zu borgen? Ich habe gerade einmal ein paar schäbige Tausender auf dem Sparbuch, damit kommt sie nicht weit, und ich bin dann endgültig ganz blank und … und muss halt wirklich auf alles verzichten, was mir Spaß macht – sogar auf Theater oder Konzert.

Und bei dem Gedanken, sich so sehr einschränken zu müssen und dabei noch allein in ihrer großen Wohnung zu sitzen, kommen ihr wirklich die Tränen.

»Aber Mama«, sagt Maria und nimmt die Mutter in den Arm. »Das ist doch was Positives, dass ich wieder arbeiten werde, und dass wir allein leben werden, das ist doch kein Grund, traurig zu sein? Und wir werden uns ganz oft sehen, aber du musst dann nicht den ganzen Alltagsschmarren mitmachen, da kannst du die Zeit mit den Kindern gleich viel mehr genießen, überleg doch …«

»Die Mary hat wieder Arbeit und will ausziehen«, erzählt Anna den Freundinnen.

»Das ist doch gut für sie und auch für dich«, sagt Ursula energisch. »Das war dir ja doch zu viel mit den drei Fratzen und dem ständigen Durcheinander in deiner Wohnung. So jung bist du ja doch auch nicht mehr …«

»Na du hast's notwendig, du bist genauso alt wie ich und hast einen jungen Mann …«, sagt Anna beleidigt.

»Ja, aber dem muss ich nicht die Windeln wechseln und die Nase putzen …«, gibt Ursula bissig zurück.

»Streitets doch nicht schon wieder, ich verstehe die Anna schon, dass sie da ein bisschen traurig und auch ein bisschen froh ist«, sagt Lilli besänftigend.

»Genau«, sagt Anna. »Siehst du, die Lilli versteht mich!«

»Ja, ja, und ich nicht!«, erwidert Ursula beleidigt.

»Also wirklich, ein Kindergarten ist nichts gegen euch

zwei!«, sagt Lilli und lacht.

»Aber das Problem ist, dass die Mary Geld braucht, um auszuziehen, und ich kann ihr keins geben und das macht mich fertig …«

»Aber sie muss doch noch etwas vom Hausverkauf haben, und wenn sie arbeitet, verdient sie ja sicher auch ganz gut …«, sagt Ursula.

»Schon, aber wenn sie auszieht, braucht sie auf jeden Fall ein Kindermädchen, weil der Kindergarten und die Schule allein werden das nicht bieten können, was sie an Unterstützung braucht, und ehrlich gesagt, ich kann die Kinder auch nicht jeden Tag nehmen, das wird mir zu viel …«

»Aber wir können dir ja helfen, dann geht das schon«, meint Erika nachdenklich.

»Ja, schon, und das ist sehr lieb von euch, aber im Grunde braucht die Mary eine verlässliche Lösung. Was ist, wenn eine von uns krank wird oder auf Urlaub fährt oder sonst was zu tun hat, das ist einfach zu unsicher«, sagt Anna unglücklich.

»Also hör zu, die Mary ist ein erwachsener Mensch, die wird sich schon organisieren. Natürlich wirst du ihr helfen und wir natürlich auch, aber du musst auch nicht alles übernehmen. Sie ist die Mutter und du hast schon sie und die Reni großgezogen, du musst das nicht auch noch bei ihren Kindern machen«, sagt Ursula energisch.

»Und noch ist sie ja nicht ausgezogen«, fügt Erika tröstend hinzu.

Wenige Tage später lässt Lilli eine Bombe platzen.

»Stellt euch vor, mein Sohn, der verlorene, hat sich an mich erinnert. Und zwar so richtig. Gestern hat er mich angerufen und mich zu sich nach Australien eingeladen. Weil ich doch mein Enkelkind noch nie gesehen hab. Und er hat mich gefragt, ob ich ein paar Monate bleiben möchte, weil sich die lange Reise ja sonst gar nicht auszahlen würde! Na, ist das eine Nachricht, eine tolle?«

Anna schaut verwirrt, Ursula spöttisch, Erika traurig.

»Aber du kommst doch zurück?«, fragt sie dann hoffnungsvoll.

»Ja klar, ich glaub nicht, dass ich es dort lang aushalten werde«, sagt Lilli tröstend, springt dann auf und tanzt um den Tisch.

»Ich kann euch gar nicht sagen, wie ich mich freue. Ich muss mich um nichts kümmern, er hat mir sogar das Flugticket schon geschickt und mir genau erklärt, wie was wo. Er hat für mich eine eigene kleine Wohnung in einem Haus direkt gegenüber von seinem Häuschen gemietet und ich soll mir einfach alles anschauen und mich an meiner Enkelin erfreuen und seine Frau kenne ich ja eigentlich auch noch nicht …«

»Das ist wirklich schön«, sagt Ursula entschieden und drückt Lilli in ungewöhnlicher Freundlichkeit einen Kuss auf die Wange.

»Ah so, ich muss nur sagen, dass ich wegfahre, und schon krieg ich ein Busserl von dir!«, lacht Lilli und fragt dann. »Und du, Anna? Bist du plötzlich stumm geworden?«

»Ich finde das toll für dich, aber ich bin ein bisschen traurig, wenn du so weit weg fährst auf so lange Zeit, da können wir ja dann nicht mehr jeden Tag tratschen …«, sagt Anna leise.

»Wozu gibt's Skype oder WhatsApp?«, erwidert Lilli leichthin, aber man sieht ihr an, dass ihr das bisher nicht bewusst war.

»Du wirst mir halt sehr fehlen!«, sagt Anna noch leiser.

»Du mir doch auch!«, schreit Lilli und umarmt die Freundin. »Ihr alle werdet mir fehlen, aber ich komme ja zurück, ich gehe ja nicht für immer weg …«

»Hoffentlich«, sagt Anna zu sich selbst.

In der folgenden Nacht träumt Anna wieder.

Lilli sitzt mitten in einer Schneewüste und weint.

»Lilli«, will Anna schreien, aber sie hat keine Stimme. Also winkt sie und versucht, zu ihr zu laufen, aber es gelingt ihr nicht. Und plötzlich ist da Ursula, die Anna zurückhält und sagt: »Lass sie, das kann sie ohne uns …«

Und dann ist Anna plötzlich wieder ganz allein, wie in so vielen Träumen davor auch schon. Allein in einer dunklen Gasse.

Die Fenster der Häuser sind alle dunkel. Es gibt auch keine Straßenlaternen und keinen Mondschein. Trotzdem sieht sie ganz genau, wo sie ist. Das ist die Gasse, in der sie aufgewachsen ist. Am Abend hat sie sich dort immer gefürchtet, weil da auch Bäume waren, die beängstigende Schatten geworfen haben. Jetzt sieht sie aber keinen einzigen Baum, nur die schwarzen Fassaden mit den dunklen Fenstern, die wie blinde Augen aussehen.

Und auf einmal erkennt sie die Gasse nicht mehr.

Sie hat wieder Angst, so wie als Kind, wenn sie nach Einbruch der Dunkelheit nach Hause gekommen ist. Sie beginnt zu rennen, aber wieder kommt sie nicht vom Fleck, obwohl sie niemanden sieht, der sie aufhalten würde.

Sie sieht überhaupt nichts mehr und plötzlich weiß sie, dass sie blind ist. Blind und vermutlich auch taub, weil es rundherum unwirklich still ist.

Wer bin ich?, fragt sie sich. Ich bin doch nicht blind und taub.

Vor ihr taucht eine Figur auf. Das spürt sie, obwohl sie immer noch nicht sehen kann. Die Figur legt ihr einen Arm um die Schulter und sie fühlt sich völlig geborgen, ohne zu wissen, wer das sein könnte.

Im nächsten Moment blendet sie gleißende Helligkeit und sie kann wieder sehen und hören. Vor ihr steht Alex, ihr Enkelsohn, lang und schlaksig wie sein toter Vater, hält sie im Arm und sagt: »Oma, ganz ruhig, ich bin ja da, du bist nicht allein. Der Paul und die Paula kommen auch gleich, du wirst sehen, wir werden viel Spaß haben …«

Anna sitzt im Bett und lacht. Der Traum ist verschwunden, und sie weiß, dass sie am Ende glücklich war. Das passiert ihr nicht oft und deshalb muss sie lachen. Und dann geht die Türe auf und sie hört leises Fußetrappeln.

Dann stehen die beiden Kleinen auch vor ihrem Bett und strahlen sie an.

»Oma, steh auf, wir wollen in den Prater, Liliputbahn fahren!«, ruft Alex aufgeregt.

»Aha? Hat euch das die Mama versprochen?«

»Jaaaaa!«, schreien die drei wie aus einem Mund.

Und darüber muss Anna noch mehr lachen.

»Aber die Mama muss doch arbeiten!«

»Eben«, sagt Alex wichtig.

»Deshalb hat sie ja gesagt, dass wir dafür mit dir und der Reni und der Ursi und der Erika in den Prater dürfen!«

»Eine ganze Expedition also«, ruft Anna fröhlich und zieht den Schlafrock an. »Da muss ich die anderen aber erst anrufen und fragen, ob sie Lust haben, mit euch dreien in den Prater zu gehen. Weil ihr seid ja manchmal ganz schön schlimm …«

»Gar nicht wahr!«, mault Paulinchen beleidigt und Paulchen zieht eine Schnute. Alex, der Große, schaut die Geschwister an und zwinkert wichtig mit dem rechten Auge. »Das war ein Witz«, erklärt er bestimmt und die Kleinen sind beruhigt und lachen.

»Ja eh«, sagt Anna und geht in die Küche, die Kinder im Gänsemarsch hinter ihr her.

»Ich trink jetzt erst einen Kaffee und esse ein Brot und dann rufen wir alle an. Übrigens, habt ihr schon gefrühstückt?«

»Ja, bevor die Mama weggegangen ist.« Sagt Alex wichtig.

»Na gut, aber ein zweites Frühstück schadet nie«, sagt Anna und stellt den drei Kindern drei Schüsserln mit Milch und Müsli hin. »Das ist jetzt das Gabelfrühstück und im Prater gibt's ein zweites Gabelfrühstück. Damit ihr groß und stark werdet«, sagt sie mit tiefer, verstellter Stimme und die Kinder lachen fröhlich und schaufeln das Müsli in sich hinein, während sich Anna ans Telefon hängt und die Freundinnen fragt, was sie von dem geplanten Ausflug halten.

»Klingt gut, es ist eh so schönes Wetter«, sagt Ursula, aber als Anna schließlich Irene anruft, ist die ganz verschlafen und ungehalten und meint, dass sie nicht daran denke, den einzigen freien Tag in zwei Wochen im Prater zu verbringen.

»Na, dann schlaf halt weiter, siehst deine Neffen und Nichten halt noch länger nicht«, sagt Anna beleidigt und legt auf.

Gleich darauf läutet ihr Handy. Irene ist dran und beschwert sich, dass die Mutter immer auflegt, wenn ihr was gegen den Strich geht. Und Anna streitet das ab und sagt, sie habe Irene nicht weiter stören wollen, und das klingt genauso beleidigt wie vorhin.

»Na gut, bevor du jetzt einen Monat lang böse auf mich bist, komm ich halt mit, ich muss aber noch frühstücken und duschen …«

»Super, danke«, sagt Anna spitz und legt wieder auf. Na, das kann was werden, denkt sie dann. Ich muss die Reni gleich wieder gut stimmen, sonst vermiest sie uns allen den Ausflug.

Im Prater springen die Kinder herum wie junge Zicklein, alle sind gut gelaunt, sogar Irene, die zunächst recht missmutig dahergekommen ist und sehr einsilbig war. Doch als Nichte und Neffen sie mit großem Hallo begrüßt haben, ist sie aufgetaut, und jetzt rennt sie mit ihnen auf der Wiese in der Nähe des Riesenrades herum und fängt einmal den einen und dann die andere und lacht fröhlich.

»Schau dir die Reni an«, sagt Ursula gerührt. »Wie ein junges Reh …«

»Na ja, so jung ist sie auch nicht mehr«, antwortet Anna besorgt. »Wäre schon an der Zeit, dass sie sich einen Mann sucht und ein Kind kriegt …«

»Und wo bitte soll sie sich einen Mann suchen? Die wachsen ja nicht auf den Bäumen, vor allem die guten …«, murmelt Erika leise.

»Suchst du vielleicht auch?«, fragt Anna mitleidig.

»Nein«, antwortet Erika energisch, »nein, ich habe schon

lange mit den Männern abgeschlossen, die machen einen doch nur unglücklich …«

»Aber nein«, sagen Anna und Ursula wie aus einem Mund. »Es gibt sehr viele nette, feine Männer. Man muss sie halt nur finden …«, fügt Anna hinzu.

»Je mehr man sucht, umso weniger findet man die.«

»Hast du denn wirklich gesucht, irgendwann?«, fragt Ursula vorsichtig.

»Früher schon, aber ich habe nie einen gefunden, mit dem ich mir vorstellen hätte können, alt zu werden. Und jetzt bin ich alt und such gar nicht mehr. Und die Reni wird's auch schwer haben, einen zu finden, der passt. Sie ist eine viel zu gescheite, selbstständige und selbstbewusste junge Frau. Das mögen die Männer nicht …«

»Na, ich weiß nicht, ich hoffe schon, dass sie noch einen findet. Von mir aus auch eine. Und ich hoffe, dass sie ein Kind kriegt, meinetwegen auch ohne Mann …«

»Also ganz ohne Mann wird das nicht gehen«, sagt Ursula und lacht und Anna und Erika lachen mit.

»Aber was ist, wenn sie gar kein Kind haben will?«, fragt Erika dann ernst.

»Das muss ich natürlich respektieren«, erwidert Anna nachdenklich. »Aber weißt du, das würde mir für sie so leidtun. Weil es schon was sehr Wunderbares ist, ein Kind zu haben. Ich habe Angst, dass sie das einmal bereuen könnte, wenn es dann wirklich zu spät ist …«

»Na ja«, tröstet Ursula, »sie hat ja noch Zeit, man weiß nie, wann plötzlich was passiert, also mach dir nicht zu große Sorgen, du kannst da eh nichts ändern …«

»Ja, weiß ich doch, ich mach mir trotzdem dauernd Sorgen. Um die Reni und die Mary und die Zwetschken, die Kleinen, die noch so viel kämpfen werden müssen im Leben und die man nicht vor allem beschützen kann, was ihnen so zustoßen wird«, murmelt Anna und schaut unglücklich.

»Jetzt ist aber Schluss mit den düsteren Gedanken«, sagt

Ursula entschlossen. »Reni«, ruft sie dann, »Reni, Alex, Paulinchen, Paul, kommt, wir gehen jetzt, sonst fährt uns die Liliputbahn davon …«

Die Fahrt mit dem kleinen Zug samt Dampflokomotive führt direkt am Wurstelprater vorbei, so dass sie die Ringelspiele und die Kinder-Hochschaubahn ganz aus der Nähe anschauen können, und macht den Kindern zunächst großen Spaß, wird ihnen dann aber langweilig, als die Bahn durch den grünen Prater fährt. Also steigen sie beim Lusthaus aus und beschließen, auf der Wiese dahinter zu picknicken. Anna hat belegte Brote und harte Eier eingepackt, Ursula gebratene Hühnerbeine und Tomaten und Radieschen aus dem Garten und Erika einen Gugelhupf. Eine Decke haben sie auch mit, die breitet Anna jetzt auf der Wiese aus und die Kinder werfen sich sofort drauf und dann wird gegessen. Später liegen sie alle durcheinander auf der Decke und dösen vor sich hin, sogar die Kinder.

»Mama, ich muss dir was sagen«, flüstert Irene leise zur Mutter.

»Was gibt's denn?«, fragt Anna schläfrig.

»Ich glaub, ich habe einen Tumor in der Brust …«

»Was?«, ruft Anna erschrocken und setzt sich auf. »Komm, gehen wir ein Stück …«

»Also, was ist los?«, fragt sie später, als sie und Irene auf einer Bank ein bisschen abseits der Wiese sitzen.

»Na ja, ich habe einen Knoten gespürt, einmal in der Früh. Also bin ich zum Arzt gegangen und der hat gesagt, ich muss eine Mammographie machen, und das hab ich hinter mich gebracht und dann hat es geheißen, es muss eine Biopsie gemacht werden, um zu schauen, ob es ein bösartiger Tumor sein kann. Und jetzt warte ich auf das histologische Ergebnis …«

»Wann kriegst du das?«, fragt Anna und schüttelt sich, weil ihr plötzlich ganz kalt geworden ist.

»Morgen«, sagt Irene leise und beginnt plötzlich zu weinen. »Mama, ich habe solche Angst«, schluchzt sie.

»Ich weiß, ich weiß«, sagt Anna und drückt ihre Tochter fest an sich. »Ich bin da und es wird schon nichts sein, WIR haben keinen Krebs!«

»Was redest du da Mama, was heißt, WIR haben keinen Krebs? Woran ist denn der Papa gestorben und die Tante Christa und der Sohn von der Tante Mimi?« Irene schaut die Mutter an und muss plötzlich lachen.

»Du wirst sehen, es ist alles ganz harmlos«, sagt Anna störrisch und drückt die Tochter noch enger an sich. »Und jetzt trockne dir die Tränen ab und ich gebe dir mein Puder, damit du die roten Augen ein bisserl wegschminken kannst, ich will nicht, dass die anderen dich so sehen können«, meint Anna energisch. »Es wird alles gut!«

Und wieder träumt Anna.

Sie ist bei einem Begräbnis. Sie lehnt ganz hinten an der Wand, umgeben von Leuten, die sie nicht kennt. Vorne steht ein blumenbedeckter Sarg und es sprechen Menschen, die Anna nicht kennt und nicht versteht. Und plötzlich hört sie einen der Redner ihren Namen nennen und begreift, dass sie es ist, die in dem Sarg liegt.

Und dann ist sie alleine in Erikas Garten und es ist Winter. Sie friert. In das Häuschen kann sie nicht gehen, es ist fest versperrt. Sie kauert sich an die Wand und versucht, sich vor dem eisigen Wind zu schützen, der ihr ins Gesicht bläst. Ihre Hände und Füße werden klamm und sie denkt, dass sie erfrieren wird, wenn nicht irgendjemand sie rettet. Aber niemand kommt ihr zu Hilfe.

Und wieder ist sie plötzlich ganz woanders. Sie steht in einem gekachelten Raum und vor ihr auf einer Liege befindet sich ein mit einem weißen Tuch zugedeckter Körper. Sie geht vorsichtig zum Kopf der vermuteten Leiche und hebt das Tuch an. Und dann schreit sie, schreit und schreit und schreit und wacht von ihrem eigenen Schreien auf. Auf der Liege hat sie sich selbst gesehen.

»Ich habe solche Alpträume«, sagt Anna ein paar Tage später zu Ursula. »Ich wache jede Nacht auf und zittere und kann nicht wieder einschlafen …«

»Was träumst du denn?«

»Dies und das, zum Beispiel, dass ich tot bin …«

»Aber dann wärst du doch alle Sorgen los«, versucht Ursula, das Gespräch zu entdramatisieren.

»Na, du hast leicht lachen, ich träume ja, dass ich mich selbst in der Pathologie liegen sehe, aber ich bin ja noch da …«

»Also das ist wirklich schlimm, worum machst du dir solche Sorgen?«, fragt Ursula jetzt doch besorgt.

»Die Reni hat einen Knoten in der Brust …«, sagt Anna leise.

»Das wird schon nichts sein, du wirst sehen, das wird sich als harmlos herausstellen«, tröstet Ursula.

»Das hoffe ich auch, aber ich habe Angst. Und sie hat auch Angst und ich weiß nicht, was ich tun soll …«

»Jetzt wart einmal ab, wenn die Diagnose da ist, kannst du dir immer noch überlegen, was zu tun ist …«

»Ja, aber in der Zwischenzeit habe ich eben Alpträume …«

»Das hat uns jetzt wirklich noch gefehlt …«, sagt Ursula und drückt Anna an sich.

Und dann bekommt Irene die Diagnose. Am selben Abend taucht sie mit einer Flasche Sekt bei ihrer Mutter auf und erklärt ihr freudestrahlend, dass es nichts Bösartiges ist und sie sich keine Sorgen machen muss, alles nur falscher Alarm. Anna weint vor Erleichterung und sagt dann sehr böse: »Der Arzt, der dir das erzählt hat, soll mir ja nicht unter die Augen kommen, der Trottel, mir so einen Schreck einzujagen …«

»Der kann doch nichts dafür, besser übervorsichtig als zu nachlässig«, sagt Irene erstaunt.

»Ja eh«, sagt Anna, »aber ich habe mir solche Sorgen gemacht …«

»Jetzt ist ja alles gut«, beruhigt Irene und streichelt den Kopf der Mutter.

»Na ja, alles gerade nicht, aber das wenigstens …«, murrt Anna vor sich hin.

»Was ist denn noch los?«, fragt Irene ein bisschen beleidigt.

»Das Geld, das Geld, das liebe Geld, das ich nicht hab, so überhaupt nicht hab!«, trällert Anna vor sich hin und Irene lacht und tanzt mit der Mutter eine Runde durchs Wohnzimmer.

»Wir lassen uns schon was einfallen, mach dir nicht schon wieder Sorgen …«

»Mama, das mit dem Wohnprojekt hat nicht funktioniert, aber jetzt habe ich ein Häuschen im Grünen gefunden, eine halbe Stunde mit dem Zug von Wien und mit einem richtig netten Garten. Ich denke, ich werde es kaufen. Es hat genug Platz für die Kinder und mich und noch ein Au-pair-Mädchen. Willst du's dir mit mir anschauen kommen?«, eröffnet Maria der Mutter eines Abends, als die drei Kinder endlich schlafen und sie noch ein bisschen beisammensitzen.

»Wie schön«, sagt Anna säuerlich. »Natürlich will ich's mir mit dir anschauen. Wann hast du denn Zeit?«

»Ich habe mir gedacht, nächsten Sonntag. Ich habe die Schlüssel, der Hausbesitzer ist nämlich ein Freund von einer Freundin, der es mir günstig überlassen würde, weil er nach Argentinien auswandert. Und er hat mir eben schon die Schlüssel gegeben, damit ich es mir mit euch und den Kindern anschauen und entscheiden kann …«

»Mutig, mutig«, sagt Anna, »der hat keine Ahnung, auf was er sich einlässt …«

»Wieso? Ich will's doch nur den Kindern zeigen, ob es ihnen gefällt …«

»Und wenn's einem nicht gefällt oder einer?«

»Dann such ich weiter!«, meint Maria sehr bestimmt und Anna schüttelt den Kopf.

»Du musst gar nicht den Kopf schütteln, im Gegensatz zu dir respektiere ich nämlich die Meinung meiner Kinder …«, sagt Maria beleidigt und geht aus dem Zimmer.

Aber am nächsten Tag versöhnen sich die beiden wieder und am Sonntag machen sie sich mit dem Zug auf zum Stadtrand. Vom Bahnhof geht man zehn Minuten einen Waldweg entlang, dann ist da ein Gartenzaun und dahinter eine Art Knusperhäuschen. Die Kinder sind begeistert und rennen sofort in den großen Garten hinein, der ziemlich verwildert ist.

»Da hast du aber viel Arbeit, falls du's nimmst«, sagt Anna skeptisch.

»Ich liebe Gartenarbeit«, antwortet Maria schnippisch.

»Na ja, und das Au-pair-Mädchen sollte Gartenarbeit auch lieben, sonst bleibt alles an dir hängen«, sagt Anna.

»Jetzt mach es mir doch nicht so schlecht, ich finde es sehr schön da und für die Kinder ist so ein verwilderter Garten wunderbar …«, sagt Maria böse.

»Ja. Eh«, sagt Anna skeptisch und erntet einen noch böseren Blick der Tochter. »Schau, Mary«, sagt sie versöhnlich, »ich mache mir doch nur Sorgen, dass du nicht zurechtkommst. Das ist ganz schön viel Arbeit, und das Häuschen musst du ja sicher auch noch herrichten, und dazu den Job und die Kinder, das ist schon viel. Und das Au-pair-Mädchen wird dich da auch nicht so viel unterstützen können, wie du es brauchen würdest. Ich komme natürlich ganz oft und helfe dir, aber …«

»Das ist einfach alles viel zu viel«, schluchzt Maria plötzlich los.

»Ja«, sagt Anna und nimmt die Tochter in den Arm.

»Mama?«, sagt Paulinchen besorgt.

»Alles gut, mein Schatz«, sagt Maria, trocknet sich mit dem Ärmel ihrer Wolljacke die Tränen und hebt das Mädchen hoch. »Der Mama ist so ein freches, kleines Viech, wie du eins bist, ins Auge geflogen, da hat sie ein bisserl geweint, damit es rausschwimmt …«

»Ein Viech passt nicht ins Auge«, weiß Paulinchen und lacht. Maria drückt sie ganz fest an sich und küsst sie auf den dunklen Lockenkopf.

»Ohne Peter ist es so schwer …«, sagt Maria über Paulinchens Kopf hinweg zu Anna und die nickt und dann kommen Paul und Alex angerannt und verkünden, dass sie das Haus »super« finden und den Garten auch und dass sie schon einen Platz gefunden haben, wo sie ein Baumhaus bauen werden, und dass sie heute hier schlafen wollen.

7
Wie weiter?

»Also stellt euch vor – die Mary hat einen neuen Freund. Den Fritz. Und der will sie heiraten. Ich weiß ja nicht, warum und ob das so eine gute Idee ist so kurz nach dem Tod vom Peter, aber sie lässt sich von mir eh nichts sagen …«

Anna hat die Freundinnen eingeladen, um ihnen brühwarm die große Neuigkeit zu erzählen.

»Wie ist denn das für die Kinder?«, fragt Erika sofort.

»Die Mary sagt, sie mögen ihn. Er ist ein Kollege von ihr, also auch Architekt, so wie der Peter war. Und er hat selbst zwei Kinder.

»Na servus«, sagt Lilli, »das kann ja was werden. Fünf Fratzen im Haus – da wird man doch verrückt …«

»Hab ich mir auch gedacht«, meint Anna, »aber die Mary schaut zufrieden aus, nicht unbedingt wer weiß wie glücklich, aber zufrieden, und mehr kann man ja wahrscheinlich nicht erwarten. Aber warum die zwei unbedingt heiraten sollen, weiß ich auch nicht …«

»Vielleicht braucht sie auch Sicherheit?«, fragt Erika vorsichtig.

»Also eigentlich hat sie die doch. Sie hat einen tollen Job, sie steht auf beiden Beinen und kann sich und ihre Kinder durchbringen, und sie hat doch auch viele Freunde … und natürlich mich und die Reni … Aber sie wollen unbedingt heiraten. Natürlich nur im kleinen Kreis, hat sie gesagt, aber doch …«

»Na, wenn sie unbedingt wollen …«, meint Ursula und zuckt die Achseln.

»Aber trotzdem, ich bin eigentlich dagegen«, sagt Anna. »Das ganze Theater braucht doch keiner …«

»Und warum hast du dann geheiratet?«, fragt Ursula bissig.

»Aber das war doch eine andere Zeit, da haben alle geheiratet. Und meine Mutter war da sehr dahinter. Wir haben eigentlich geheiratet, damit uns die Eltern nicht mehr dauernd in alles dreinreden … Haben sie natürlich dann trotzdem gemacht«, erinnert sich Anna und lacht laut.

»Ja, meine Mutter, die hat mich auch sowas von unterdrückt, sogar, als sie dann bei mir in Wien gewohnt hat, hat sie es versucht, obwohl sie da wirklich schon alt und schwach war …«, erinnert sich Erika leise.

»Na, du hast besonderes Pech gehabt, du Arme, meine Eltern haben sich einfach gar nicht um mich geschert …«, sagt Lilli und umarmt Erika spontan.

»Wir könnten ein Buch schreiben: Böse Eltern, gute Kinder!«, schlägt Anna vor und Ursula seufzt laut.

»Du schon wieder mit deinen Ideen«, sagt sie dann.

»Aber ist doch wahr.«

»Und scheiben wir auch darüber, was wir für schlechte Eltern sind, du und ich?«, fragt Lilli.

»Wieso sind wir schlechte Eltern, wir zerreißen uns doch für unsere Kinder!«, sagt Anna empört.

»Ja schon«, sagt Lilli, »aber vielleicht wollen das unsere Kinder gar nicht und finden uns außerordentlich mühsam? Mein Sohn jedenfalls hat sich ans andere Ende der Welt verzogen …«

»Also die Mary und die Reni beschweren sich nicht …«, sagt Anna stolz.

»Na ja, bei dir nicht, aber weißt du, was sie ihren Freundinnen über dich sagen? Ich meine, wir reden ja schließlich auch schlecht über unsere Eltern …«

»Wir reden doch nicht schlecht, wir sagen nur, wie das war in der Familie«, sagt Anna.

»Aber wer soll das Buch schreiben und außerdem – mit Büchern verdient man kein Geld, das ist sicher …«

»Außer wir schreiben einen Bestseller, so wie die, die den

Harry Potter geschrieben hat, die war ganz arm und jetzt ist sie Milliardärin …«

»Und du meinst, du bringst sowas zusammen? Wieso hast du uns das bis jetzt verschwiegen? Setz dich sofort hin und schreib einen neuen Harry Potter und das löst dann alle unsere Probleme. Ich bin deine Managerin und die Erika und die Lilli sorgen fürs leibliche Wohl, während du deine Genialität sprechen lässt …«, sagt Ursula spöttisch.

»Du bist so blöd, ich hab ja nur gemeint, dass man auch mit Büchern reich werden kann, wenn man Glück hat …«

»Bis wir mit einem Buch reich werden, sind wir schon längst tot«, meint Ursula und schüttelt den Kopf.

»Ihr seid wirklich unmöglich, mit euch kann man nicht reden!« Anna dreht sich wütend weg und versucht aus der leeren Kaffeeschale zu trinken.

»Siehst du, genau so ist das«, sagt Ursula versöhnlich. »Du trinkst aus einer leeren Schale und glaubst, dass da wirklich was drin ist …«

»Na ja, bequem haben wir es ja schon«, mischt sich Erika ein und alle schauen erstaunt, weil sie sonst fast nie an solchen Diskussionen teilnimmt.

»Überlegt euch doch nur, wie Menschen anderswo leben. Manche überhaupt von 10 Euro im Monat. Da können wir doch nicht wirklich klagen. Ich denke da an meine Schülerin aus Afghanistan, ihre Mutter ist sie manchmal abholen gekommen und hat so einiges zwischendurch fallen lassen, dass sie mit sechs Kindern über die Runden kommen muss und ihr Mann keinen Job hat …«

»Ja, genau, wir haben ein Dach überm Kopf und hungern müssen wir auch nicht, oder?«, ergänzt Ursula, um Erika zu unterstützen. »Also in Mali …«

»Ja, eh, ich weiß doch, dass ich Luxusprobleme hab, aber …«, unterbricht sie Anna.

»Aber du wärst eben gern reich und berühmt!«, schließt Ursula die Diskussion ab und Anna muss lachen und denkt, dass sie einfach gerne einmal keine Magenschmerzen hätte, weil ihr Konto schon wieder so sehr überzogen ist, dass sie sich nicht mehr auf die Bank wagt.

Dann ruft Maria an, ob ihre Mutter die Kinder nehmen kann, sie hat wegen der Hochzeit noch so viel zu erledigen. Anna beschließt, mit den Kindern zu backen, weil das Wetter für einen Ausflug wirklich zu schlecht ist. Als sie am Abend die Türe schließt, ist alles, was beim Backen mit Kindern passieren kann, natürlich passiert. Alex hat sich die Finger am heißen Blech verbrannt, Paul hat getrotzt, weil die Oma ihn den Mixer nicht bedienen lassen wollte, und Paulinchen hat ihre beiden Brüder auf einem Stockerl stehend mit Staubzucker bestäubt und das sehr lustig gefunden. Die Küche schaut aus, als hätte eine Bombe eingeschlagen, und die Kinder haben so verschmierte Gesichter, dass Maria beschlossen hat, sie, so wie sie sind, mitzunehmen, jedes mit einem Stück Schokoladekuchen in der Hand.

Anna ist glücklich. Für einen Tag hat sie ihre Probleme einfach vergessen. Zum Beispiel, dass sie Schmerzen im Rücken hat und nicht weiß, wo die herkommen. Zum Beispiel, dass ihr Handy kaum noch funktioniert. Zum Beispiel, dass Lilli ihr verraten hat, dass sie eine größere Operation vor sich hat, weil man Polypen in ihrer Gebärmutter entdeckt hat und diese jetzt entfernen will.

Und alles kostet Geld. Wenn Lilli zu einem guten Arzt gehen will, dann hat der leider eine Privatordination und muss bezahlt werden. Und Lilli hat ja noch viel weniger Geld als sie, Anna.

Das Leben ist sehr ungerecht, denkt Anna und weiß im gleichen Moment, wie banal dieser Satz ist. Aber er stimmt doch, denkt sie. Warum kann Lilli nicht als die große Künstlerin anerkannt werden, die sie eigentlich ist, und daher genug Geld haben, um sorglos dahinzuleben?

Warum ist sie selbst mit diesem blöden Verschwender-

Gen auf die Welt gekommen? Das hat ihr die Mutter vererbt, denkt sie, die konnte nie mit Geld umgehen und deshalb hat der Vater, der sehr streng war, das Familiengeld immer verwaltet. Ob das wirklich so stimmt? Ob das nicht nur eine einfache Lösung war? Die Mutter hat das Geld, das der Vater ihr gegeben hat, zum Fenster rausgeschmissen, und er hat das Geld, das sie zum Leben brauchten, sorgsam gehütet. So geht's natürlich auch, denkt Anna. Aber Alex konnte mit Geld auch nicht besser umgehen als sie. Solange er da war, konnte sie das mit ihm besprechen und hat sich automatisch weniger Sorgen gemacht, weil sie eben zwei Einkommen hatten. Jetzt ist Alex nicht mehr da und sie vermisst ihn.

Lillis Operation bringt eine schreckliche Wahrheit ans Licht. Sie hat keine Polypen, sondern einen Tumor im Bauch. Und die Ärzte befürchten, dass sie Metastasen in der Wirbelsäule hat.

»Du wirst wieder gesund!«, sagt Ursula im Befehlston, als die Freundinnen Lilli nach der Operation zu Hause besuchen. Lilli liegt bleich und wie hingegossen auf dem Bett in ihrem Zimmer. Erika sitzt neben ihr und streichelt ihre Hand.

»Ja eh«, sagt Lilli und lächelt müde.

»Du musst wieder gesund werden, meine Liebe, wir brauchen dich doch!«, sagt Anna aufgeregt.

»Aber ja doch«, sagt Lilli. »Ich muss mich nur ein bisserl ausruhen, dann wird das schon wieder. In der Zwischenzeit könnten wir uns was Gescheites ausdenken, damit wir reich werden, und dann fahren wir alle in die Karibik und nehmen uns jede einen jungen Liebhaber …«

»Ich nicht!«, sagt Erika bestimmt. »Das würde mir gerade noch fehlen, ein junger Liebhaber …«

»Geh, sei nicht so fad, das ist doch wunderbar, was glaubst du, wie die uns verwöhnen werden …«, sagt Lilli.

»Das haben wir jetzt wirklich nicht gebraucht«, sagt Anna, als Lilli eingeschlafen ist und die drei sich ins Wohnzimmer zurückgezogen haben.

»Na, wer braucht sowas schon«, sagt Ursula wütend.

»Es ist so ungerecht«, sagt Erika leise. »Sie ist so ein fröhlicher Mensch, immer voller Ideen, immer gut aufgelegt und jetzt das …«

»Es trifft immer die Falschen«, sagt Anna traurig.

»Keiner ist der Richtige, um Krebs zu kriegen«, sagt Ursula schnippisch.

»Sag ich ja gar nicht«, verteidigt sich Anna.

»Aufhören«, schreit Erika plötzlich und beginnt zu weinen. »Aufhören. Eure Streitereien machen mich wahnsinnig. Die Lilli stirbt und ihr streitet über Blödheiten. Hört auf oder noch besser, geht einfach weg!«

»Aber die Lilli stirbt doch nicht!«, ruft Anna. »Sie wird das durchstehen, ich weiß das, sie ist stark!«

Aber Lilli wird immer schwächer. Anna, Ursula und Erika begleiten sie abwechselnd zur Chemotherapie, von der sie immer erschöpfter zurückkommt.

»Ihr ist dauernd schlecht«, sagt Erika eines Abends zu den Freundinnen. »Sie kann fast nichts mehr essen, wegen dieser blöden Chemotherapie …«

»Na ja, eigentlich wegen der blöden Krankheit«, sagt Ursula nüchtern.

»Ist ja auch egal, jedenfalls ist ihr dauernd schlecht, und ich weiß nicht, was ich tun soll. Glaubst du, ich soll ihrem Sohn schreiben?«, fragt Erika Anna.

»Hat sie ihm nicht geschrieben, was los ist?«, fragt Anna erstaunt. »Wenn ich so krank wäre, wären die Mary und die Reni die Ersten, mit denen ich darüber reden würde …«

»Ja, aber die Lilli ist eben nicht wie du«, antwortet Erika für ihre Verhältnisse erstaunlich spitz.

»Ich schreib ihm gleich heute, das geht doch nicht, der soll gefälligst seinen Arsch herbewegen, wenn seine Mama so krank ist!«, sagt Anna empört.

»Die Lilli will das aber nicht …«, sagt Ursula zu Anna.

»Ist mir wurscht, was die Lilli will, der muss doch wissen, was mit seiner Mama los ist. Stell dir vor, wir sagen nichts, und die Lilli stirbt wirklich, das würde er uns allen doch nie verzeihen …«, sagt Anna überzeugt.

»Die Lilli stirbt nicht!«, sagt Ursula bestimmt

»Du bist lustig, du magst sie doch gar nicht«, sagt Erika ärgerlich.

»Aber sterben darf sie trotzdem nicht, wir brauchen sie doch …«, sagt Ursula und hat plötzlich Tränen in den Augen.

»Ursi, was ist los mit dir, du weinst doch sonst nie …« Anna nimmt die Freundin in den Arm.

Ursula schüttelt den Kopf und wischt sich über die Augen.

»Das ist alles einfach so unglaublich ungerecht, wieso trifft es ausgerechnet die Lilli, die hat doch niemandem was getan …«, schluchzt sie und windet sich aus Annas Umarmung.

»Aber das hat doch nichts damit zu tun«, sagt Erika verständnislos.

»Die Lilli ist wach, gehen wir mit ihr ein bisserl spazieren?«

»Wenn sie nicht zu schwach ist …«, meint Ursula.

Anna und Erika gehen zu Lilli ins Zimmer. Sie sitzt in ihrem Bett, den Kopf in einen bunten Turban gehüllt.

»Keine Haare zu haben, hat auch was Gutes an sich, man muss sie nicht waschen und nicht frisieren …«, sagt sie mit einem kleinen Lächeln. »Und angeblich wachsen sie nachher schöner wieder nach. Ich bin neugierig, wie ich nachher ausschauen werde …«

»Magst du in den Park gehen?«, fragt Erika und setzt sich zu Lilli ans Bett.

»Nur wenn ich einen Eiskaffee krieg!«, sagt Lilli.

»Also gehen wir in die Meierei …«, sagt Anna entschlossen und Lilli nickt und setzt sich an den Bettrand.

»Ich brauch aber noch ein bisschen, bis ich ganz aufgestanden bin«, fügt Lilli dann hinzu, »und die Erika, die Arme, muss mir leider beim Anziehen helfen, weil ich kaum die Arme heben kann ...«

»Auf dich warte ich gern«, sagt Anna mit gespielter Fröhlichkeit. Lilli nickt und schickt ihr mit der Hand ein Küsschen.

»Hast du Schmerzen?«, fragt Erika am Abend, nachdem alle gegangen sind und Lilli vom Sofa aus auf den Fernseher schaut, wo Rosamunde Pilcher gerade eine völlig unsinnige Liebesgeschichte entwickelt.

»Ja«, sagt Lilli leise. »Aber das macht nichts, dann weiß ich wenigstens, dass ich noch lebe ...«

»Was redest du denn, Schmerzen gehen gar nicht!«, sagt Erika ungewohnt wütend. »Morgen fragen wir den Arzt, was wir da tun können!«

»Wenn du meinst«, antwortet Lilli müde.

»Stellt euch vor«, sagt Erika ein paar Tage später zu Anna und Ursula, »der Arzt hat gesagt, die Lilli soll sich Hasch-Tropfen besorgen. Ist das zu glauben? Auf einmal verschreibt man kranken Leuten Drogen ...«

»Das sind keine Drogen!«, protestiert Lilli. »Das ist Haschisch ohne Rauschmittel ...«

»Hasch ist Hasch«, sagt Erika und schüttelt den Kopf.

»Aber wenn sie helfen?«, sagt Anna vorsichtig.

»Sie helfen, das ist wissenschaftlich nachgewiesen«, sagt Ursula energisch. »Habt ihr sie schon besorgt?«

»Nein, die Erika traut dem nicht«, sagt Lilli.

»Zeig mir, was du nehmen sollst, ich geh's dir gleich besorgen, das ist ja lächerlich, du musst dich nicht quälen ...« Ursula ärgert sich ausnahmsweise einmal nicht über Lilli, sondern über die sonst so ruhige Erika. Die schüttelt den Kopf, wagt es aber nicht, Ursula zu widersprechen, schließlich ist die ja Krankenschwester gewesen und sollte sich auskennen. Also zeigt sie ihr den Zettel, auf den der Arzt ihr die Tropfen aufgeschrieben hat und auch, wie viel Lilli nehmen soll.

»Es geht mir gut, es geht mir gut«, sagt Lilli eine Woche später, »ich hab kaum Schmerzen, das ist richtig guter Stoff, das kann ich euch nur empfehlen …«

»Red keinen Blödsinn, das ist kein Stoff, das ist Medizin, und es ist super, dass es dir gut geht, auch wenn du nicht gescheiter geworden bist, seit du das nimmst«, brummt Ursula.

Anna muss lachen und wundert sich, wie sehr sich Ursula bemüht.

Da sieht man wieder einmal, wie schwer es ihr fällt, jemandem Liebe zu zeigen, denkt sie bei sich über die Freundin. Vor lauter Kämpfen um ein halbwegs vernünftiges Leben hat sie sich so eine harte Schale zugelegt, dass sie nicht einmal in dieser Situation einfach lieb sein kann. Arme Ursula, so ein schweres Leben. Dagegen geht's mir wirklich sehr gut. Eigentlich darf ich wirklich nicht jammern, vor allem nicht gegenüber Ursi, die sich eigentlich am meisten um uns Andere sorgt. Ich bin verglichen mit ihr nur eine arme Egoistin, denkt Anna und schämt sich ein bisschen.

»Und, hast du eine neue Idee?«, fragt Lilli, die an diesem Tag besonders lebhaft ist. »Was stellen wir als Nächstes an?«

Eine Idee? Ist sie diejenige, die Ideen hat? Das ist ihr bisher gar nicht aufgefallen. Hat sie denn noch Ideen? Eigentlich fällt ihr nichts mehr ein – vielleicht Lotto-Spielen, aber das ist ja wirklich keine Lösung, das weiß sie doch. Bei aller Verträumtheit ist doch klar, dass sie nie genug im Lotto gewinnen kann, um alle ihre Sorgen – und die von Erika, Lilli und Ursula – loszuwerden. Also braucht sie eine Idee.

Seit Maria wieder zu arbeiten begonnen hat und im Architekturbüro so gut verdient, dass sie sich das kleine Häuschen und auch ein Au-pair-Mädchen leisten kann und seit auch Reni wieder auf eigenen Füßen steht, sollte es für Anna eigentlich leichter sein, aber irgendwie fehlt es trotzdem an allen Ecken und Enden. Ursula hat ihr vorgeworfen, dass sie ihr

Geld zum Fenster hinauswirft und den Kindern nicht dauernd Geschenke machen soll.

Es kann so nicht weitergehen, denkt Anna. Wir haben schon so viel versucht – Kurse und Flohmärkte, Gemüse und Torten. Mit legalen Ideen kommen wir einfach nicht weiter, überlegt sie. Ihre Gedanken schweifen ab, während sie auf dem Sofa liegt und döst: Da gab's doch diesen Spruch, wenn du den anderen das Geld aus der Tasche ziehen willst, ist es sinnlos, eine Bank zu überfallen, gründe lieber eine. Oder so ähnlich. Ja, wunderbar, aber woher sollen wir das Anfangskapital nehmen? Reich wird man offenbar wirklich nur mit kriminellen Mitteln. Also müssen wir kriminell werden. Wir gründen die Oma-Panzerknacker. Aber die werden doch immer geschnappt. Wir müssen was machen, wo wir nicht geschnappt werden, sonst hat das Ganze gar keinen Sinn. Da habe ich doch gestern in der Zeitung was gelesen. Irgendwo haben sie eine große Haschisch-Plantage gefunden. Mitten im Wald.

Mitten im Wald ist viel zu mühsam.

Aber …

Aber der Schrebergarten an der Alten Donau …

Wir haben doch noch die hintere Ecke im Garten mit den Hochbeeten, die leer stehen, die könnte man benützen, das würde keinem auffallen. Das wäre eine Idee …

Sie ruft die Freundinnen zu einer Finanzsitzung zusammen.

»Wir haben doch so viel unternommen, wohin ist das Geld eigentlich verschwunden?«, fragt Ursula, als sie bei Lilli und Erika zusammensitzen und Kaffee trinken.

»Also meinen Anteil hat der Kindergarten der Zwillinge geschluckt …«, sagt Anna und zuckt die Schultern.

»Wir haben die neue Waschmaschine gekauft und danach war nicht mehr viel übrig …«, sagt Lilli und lacht mühsam.

»Ja, eigentlich wollten wir dann auch auf Urlaub fahren, aber dafür hat's nicht mehr gereicht«, fügt Erika hinzu.

»Ich habe mir die dringendsten Zähne richten lassen und das war so teuer, das ist eigentlich schon Luxus, finde ich …«, ergänzt Ursula.

»Ach, lassen wir doch das leidige Thema, irgendwie wird's schon weitergehen«, sagt Anna. »Außerdem habe ich da so eine Idee …«

»Was für eine Idee schon wieder?«

»Wir könnten doch …«

»Geh Anna«, sagt Ursula ärgerlich, »jedes Mal, wenn du sagst, wir könnten doch, haben wir am Ende viel Arbeit und wenig Geld. Das hat doch alles keinen Sinn …«

»Lass mich doch erst einmal ausreden …«

»Ja, lass sie doch erst ausreden!«, sagt Lilli wütend. Lilli ist neugierig und immer bereit, Neues zu versuchen, auch wenn man nie wissen kann, was daraus wird … Sogar in ihrem jetzigen Zustand leuchten ihre Augen erwartungsvoll.

»Wir könnten in der Ecke hinten links, dort wo es ein bisserl unzugänglich ist, noch ein paar Hochbeete anlegen und dort …«

»Was? Was könnten wir dort?«, fragt Ursula ungeduldig.

»Marihuana könnten wir dort anbauen«, sagt Anna etwas atemlos und wartet, was die Freundinnen sagen werden.

»Wir sollen Haschisch anbauen?«, fragt Erika entsetzt.

»Ja!«, sagt Anna plötzlich ganz fröhlich.

»Und was sollen wir damit machen?«, fragt Ursula spitz.

»Na, verkaufen!«, schreit Lilli begeistert.

»Oder Hasch-Kekse backen und die verkaufen …«, sagt Anna.

»Ihr seid völlig übergeschnappt! Was, wenn die Kinder was davon erwischen? Und wie kommst du überhaupt auf so eine Idee?«, fragt Ursula empört.

»Wir machen einen Zaun davor und sagen der Mary und den Kindern, dass man dort nicht hindarf, weil das nicht uns gehört …«, antwortet Lilli.

Und Anna erklärt etwas verschämt: »Ich hab da so eine

Serie auf Netflix gesehen … Und weil es der Lilli doch so guttut.«

»Und wo nehmen wir die Samen her? Und woher wisst ihr, wie man Marihuana anbaut?«

»Internet …«, singen Anna und Lilli wie aus einem Mund.

»Na, ich weiß nicht«, sagt Ursula und schüttelt den Kopf.

»Schau, Ursi, wir können's doch probieren. Wenn es nicht funktioniert, dann haben wir halt Pech gehabt. Aber das könnte wirklich unsere Probleme lösen, weil Hasch-Kekse sind was Tolles und auch teuer, und man kann sie wahrscheinlich ganz leicht unter die Leute bringen …«

»Wir versuchen es«, sagt Lilli energisch, und Erika und Anna nicken zustimmend.

»Na gut«, sagt Ursula, »aber dem Ibu sagen wir das nicht!«

»Einverstanden!«, ruft Anna und umarmt Ursula.

Wie sucht man nach richtigem Gras? Wo findet man die Samen und wie verkauft man das Zeug dann? Man kann ja wohl nicht einfach im Internet schreiben, wir haben guten Stoff, Anrufe unter …

Anna liegt wach und wälzt ihre Sorgen von einer Seite zur anderen und von der anderen wieder zurück zur einen. Die Frage, wie man vernünftig kriminell wird. Obwohl – ist Marihuana anbauen und dann verkaufen wirklich so kriminell? Natürlich, sagt Anna, die Vernünftige. Aber geh, sagt Anna, die Leichtsinnige. Wenn ich mir vorstelle, wie reich Drogenhändler sind … und wie lang sie dann im Gefängnis sitzen, wenn sie erwischt werden. Aber sie werden nicht immer erwischt … Doch wir werden sicher erwischt, weil wir keine Ahnung haben. Na gut, wir sagen eben, wir bauen das für die Lilli an, weil sie CBD gegen die Schmerzen braucht. Das ist ja auch so … Und mit diesem beruhigenden Gedanken schläft Anna ein.

»Wieso hast du meinen Sohn angerufen?« Lillis Stimme überschlägt sich fast vor Zorn. »Wer hat dir das erlaubt? Wieso mischst du dich in meine Angelegenheiten ein? Ich habe gute Gründe gehabt, ihn nicht anzurufen!«

»Aber Lilli, er hat doch ein Recht zu wissen, was mit dir los ist …«, sagt Anna zerknirscht. Das Telefonat mit Lillis Sohn war nicht gerade erfreulich. Er war wütend auf seine Mutter, weil sie seine Einladung nicht angenommen hatte und ihm nicht gesagt hat, warum. Und er meinte, dass er gerade jetzt leider nicht wegkönnte, dass er Lilli aber anrufen würde. Und das hat er offensichtlich getan. Und das hat die Sache nicht besser gemacht.

»Er ist beschäftigt, jetzt, wo er Papa ist und die Ehe gar nicht gut läuft und seine Frau ihm die Kleine nur sehr selten überlässt und auch nicht wollen würde, dass er mit ihr nach Europa kommt, und da erzählst du ihm auch noch was von mir und meinen Wehwehchen …«, sagt Lilli wütend.

»Ja, ja, ich hab's ja nur gut gemeint, reg dich wieder ab, ich mach's auch sicher nie wieder. Ich hab ja nur gedacht, weil du ihn eigentlich besuchen fahren wolltest und nun wegen der Chemo nicht konntest und er das ja nicht wissen kann«, sagt Anna jetzt auch wütend. Was die für ein komisches Verhältnis haben, denkt sie dann. Die Mary und die Reni würden sich nie so aufführen. Im Übrigen muss sie nachher zur Mary, der Kindergarten ist geschlossen, weil irgendein Depp sein Kind wieder einmal mit Covid hingeschickt hat, und jetzt müssen alle in Quarantäne. Und die Mary muss arbeiten und Anna wird sich schon nicht anstecken, sie ist ja schließlich geimpft und außerdem: Wie heißt es so schön? Zu Tod gefürchtet ist auch gestorben … Also muss sie jetzt noch schnell ins Spielzeuggeschäft an der Ecke und für die drei ein neues Spiel kaufen, sonst wird der Tag mühsam. Und um die Hasch-Samen soll sich halt die Ursula kümmern!

»Na du bist gut, wie soll ich mich denn da drum kümmern?«, fragt Ursula ungehalten, als Anna ihr mitteilt, sie solle doch die Samen besorgen. »Ich habe keine Ahnung, wo man die herkriegt …«

»Gibt's nicht ein Geschäft, wo sie die verkaufen? So quasi zum Eigenbedarf?«, fragt Anna. Ursula lacht: »Du bist gut, du meinst, ich geh in ein Geschäft und sag, ich hätte bitte gern zehn Deka Drogen zum Eigenbedarf?«

»Wieso Drogen, wir wollen doch nur die Samen …«

»Für Drogen!«

»Also wie sollen wir denn an die Samen oder meinetwegen auch an kleine Pflanzen kommen?«

»Du meinst das wirklich ernst, ja?«

»Na sicher, wir brauchen doch alle dringend Geld, und jetzt, wo die Lilli krank ist, brauchen wir das CBD auch noch für sie!«

Am Ende findet ausgerechnet Erika, die schüchterne Lehrerin, eine Lösung. Eine sehr merkwürdige, denkt Anna, als Erika erzählt, was sie herausgefunden hat.

Erika hat eine ehemalige Kollegin, die sie hie und da zum Kaffee trifft. Und die hat ihr im Vertrauen erzählt, dass ihr Sohn in seinem Zimmer auf der Fensterbank ein paar Marihuana-Pflänzchen gezogen hat. Die Mutter, die Gerti, war ganz entsetzt und hat Erika ihr Leid geklagt. »Der Bub ist so ein Tunichtgut und stell dir vor, das kriegt wer mit. Ich war doch Lehrerin, was glaubst du, was die Leute da sagen würden, das ist furchtbar. Und inzwischen ist der Reini ausgezogen und hat mir die Pflanzen dagelassen, der Feigling, weil seine Freundin nichts davon wissen wollte, dass er die mit in die gemeinsame Wohnung bringt …«

Erika hat für ihre Verhältnisse unglaublich schnell reagiert und der Gerti angeboten, die fünf Pflanzen für sie zu entsorgen. Ihrem Sohn soll sie sagen, sie seien eingegangen und sie hätte sie weggeschmissen. Die Gerti war total erleichtert und sehr dankbar. Und Erika hat die Pflanzen gut verpackt, in den Schrebergarten transportiert und im hinteren Eck in die leerstehenden Hochbeete gesetzt.

»Jetzt müssen wir warten, dass sie gedeihen, damit wir sie teilen und vermehren können, und irgendwer muss uns noch sagen, wann man ernten kann …«, sagt Erika fröhlich, und Anna, Ursula und Lilli applaudieren und loben die Freundin sehr für ihre Geistesgegenwart.

Lillis Chemotherapie scheint gut anzuschlagen. Anna besucht sie, wann immer sie nicht mit ihren Enkeln beschäftigt ist, und erzählt ihr, was sie alles tun werden, wenn die Hasch-Pflänzchen endlich herangewachsen und erntebereit sind.

»Wir verkaufen einen Teil übers Internet, ich frag den Oliver, ob er uns einen eigenen anonymen Account anlegt und wie man das am besten macht. Und mit dem Rest backen wir Hasch-Kekse und die bieten wir dann auch an, für die verlangen wir dann noch mehr …«, sagt sie und lacht fröhlich.

»Wie du dich auskennst«, sagt Lilli bewundernd, »ich wusste nicht einmal, was ein Account ist … Kann denn der Oliver das? Der ist doch eher altmodisch …«

»Ein Account ist einfach ein Konto und Konten kann man ja auch bei jeder Bank anlegen und im Internet kann man das sogar unter falschem Namen machen. Wie sollen wir uns nennen?«, sagt Anna aufgekratzt.

»Ali Use«, sagt Lilli und lacht.

»Wer ist das denn?«, fragt Anna verwirrt.

»Na wir vier sind das«, sagt Lilli und lacht noch lauter. »A wie Anna, Li wie Lilli, Us wie Ursula und E wie Erika, ist doch logisch …«

»Das ist genial, Lilli, du Geistesblitz!«, ruft Anna, umarmt die Freundin und stellt dabei fest, dass die so dünn geworden ist, dass man ihre Taille fast mit den Händen umfassen kann.

»Isst du auch genug? Vielleicht solltest du Schlagobers zum Frühstück trinken?«, sagt Anna besorgt.

»Aber geh, ich nehm eh schon wieder zu, du wirst sehen, bald passen mir meine Kleider nicht mehr, mach dir keine Sorgen, alles ist gut …«

Lilli ist Anna inzwischen nicht mehr böse, dass sie ihren Sohn angerufen hat. Sie hat ihm am Telefon erklärt, dass es ihr ohnehin gut gehe, dass die Ärzte Entwarnung gegeben hätten, dass sie zwar noch eine Chemotherapie zu überstehen habe, dass aber danach alles gut werde und er sich daher nicht die Mühe machen müsse, extra nach Europa zu kommen. Er sei sehr erleichtert gewesen und habe ihr versichert, dass er so bald wie möglich mit ihrer Enkelin kommen werde – natürlich auch mit deren Mutter.

»Na ja, wenn du meinst …«, sagt Anna nur und fantasiert dann, was sie mit dem vielen Geld anfangen werden, das sie mit dem Drogengeschäft verdienen werden.

»Lilli geht's gut, sie will gern in den Schrebergarten fahren und schauen, was dort so alles wächst«, sagt Erika am Telefon. Sie haben beschlossen, vorsichtig zu sein und über ihre Dealerzukunft eher nicht am Telefon zu reden.

»Sehr gut«, sagt Anna, »dann treffen wir uns morgen dort? Es soll ohnehin warm werden …«

»Kann ich die Kinder mitbringen?« Anna will Maria helfen und das Wetter ist schön und warm, die Kinder hätten also Spaß im Garten.

»Na ja, eigentlich …«, sagt Ursula zögernd am Telefon.

»Na gut, dann halt nicht«, sagt Anna kurz angebunden.

»Sei nicht gleich beleidigt. Aber du weißt doch, worum es geht …«

»Ja, ja«, sagt Anna ungeduldig.

Im Garten duftet es nach frischem Gras. Erika ist früher hingefahren und hat den Rasen gemäht. Anna atmet tief ein und setzt sich zufrieden in die Hollywood-Schaukel, die im vorderen Teil des Gartens viel Platz einnimmt.

»Lilli, ist das nicht herrlich hier?«

»Ja«, sagt Lilli und lässt sich gemütlich neben Anna nieder.

»Was für ein Glück wir haben«, sagt Ursula leise.

»Wieso?«, fragt Erika, die gerade aus dem Häuschen kommt.

»Weil wir hier sitzen können und den Duft von frischem Gras genießen!«, meint Ursula und setzt sich mitten in die Wiese.

»Ja, so ein Glück!«, ruft Lilli und lacht. »Dabei wollten wir doch schauen, was unser neuestes Projekt macht …«

»Dem geht's prächtig«, berichtet Erika, »hab gerade nachgeschaut. Sie blühen …«

»Und was machen wir jetzt?«, fragt Anna besorgt.

»Wir müssen jemanden fragen!«, sagt Ursula energisch.

»Wen denn?«, fragt Anna schnippisch.

»Na ja, wen, der sich auskennt. Vielleicht den Oliver?«, sagt Ursula unsicher.

»Der hat sicher keine Ahnung!«, meint Anna bestimmt.

»Dann fragen wir eben die Reni, die weiß das sicher, was man da macht und wie man das macht und vor allem wann …«

»Wieso glaubst du, dass meine Tochter sowas weiß? Die ist doch kein Dealer!«, sagt Anna empört.

»Aber sie ist viel herumgekommen …«, sagt Lilli beruhigend.

»Na und?«, Anna steigert sich immer mehr in ihren Zorn hinein. »Das heißt doch nicht, dass sie was mit Drogen zu tun hat und sich damit auskennt?«, sagt sie wütend.

»Geh Anna, beruhig dich, ich habe doch nur gemeint, die Reni kennt so viele Leute, vielleicht weiß sie wen …«, versucht Ursula zu beschwichtigen.

»Und da muss sie unbedingt Leute kennen, die was mit Drogen zu tun haben, nicht wahr?«, Anna ist noch immer wütend.

»Jetzt hör aber auf, das hat doch keiner gesagt, war doch nur so eine Idee, wir können ja auch im Internet nachschauen …«, sagt Ursula genervt.

»Und unter was sollen wir bitte nachschauen? Wie stelle ich Drogen her, kurzer Lehrgang in zwei Lektionen?«, fragt Lilli und lacht laut.

»Na unter Hanfanbau«, schlägt Erika beschwichtigend vor.

»Gute Idee«, sagt Anna. »Ihr schaut nach und ich fahr zur Mary, die hat einen Abendtermin, da muss ich babysitten …«

»Also der Alex hat ein bissel Schnupfen, der muss vor dem Schlafengehen noch Nasentropfen nehmen, und die Pauline hat einen Ausschlag am Popo, die Salbe liegt im Badezimmer neben dem Waschbecken, und Paulchen braucht einen frischen Pyjama, du weißt eh, die sind in der Kommode im Kinderzimmer, lass ihn ruhig aussuchen, er will sicher den mit den Drachen drauf. Und bitte lies ihnen nicht zu lang vor. Sie machen nach dem Abdrehen eh immer noch Theater und brauchen eine Weile, bis sie einschlafen. Im Eiskasten ist noch ein bisschen Salat und zwei harte Eier, bitte iss was, ja? Danke Mama, dass du da bist, was tät ich ohne dich!«, sagt Maria eilig und schlägt die Haustüre hinter sich zu.

»Ich erzähl euch eine Geschichte, aber zuerst drehen wir das Licht ab, im Dunkeln fällt mir mehr ein.«

Die Kinder sind begeistert und Anna atmet auf, weil sie sie immerhin alle drei ins Bett gebracht hat.

Und dann erzählt sie von einer Katze und einem Papagei und einem Zebra und wartet darauf, dass die Kinder einschlafen.

»Warum redet der Papagei mit so einer tiefen Stimme?«, fragt Alex, der als Einziger noch wach ist.

»Na, weil er schon alt ist und nur mehr krächzen kann«, sagt Anna, der selbst schon die Augen zufallen. »Komm, schlaf jetzt, sonst bist du morgen früh ganz müde, wenn du in die Schule gehst!«

»Bin aber nicht müde, bitte noch eine Geschichte …«

Also erzählt Anna weiter, vom Affen und der Giraffe und am Ende schläft endlich auch Alex.

Anna schleicht aus dem Kinderzimmer und schlingt den Salat und die Eier hinunter.

Dann dreht sie den Fernseher auf und schaut sich die Spätnachrichten an und schläft davor ein.

»Mama?«, hört sie durch den Schlaf hindurch die Stimme von Maria. »Mama! Aufwachen – ich bin wieder da!«

»Wann kommt eigentlich das neue Au-pair-Mädchen?«, fragt Anna verschlafen und wischt sich übers Gesicht.

»Nächste Woche«, sagt Maria müde und lässt sich neben die Mutter auf die Couch fallen.

»Weißt du eigentlich, wie man Haschisch macht?«, fragt Anna gedankenlos.

»Wozu willst du das wissen? Abgesehen davon, dass ich natürlich keine Ahnung habe!«, sagt Maria erstaunt.

»Schau, Mary, wir haben da so ein paar Pflanzerln bekommen, und die wachsen jetzt dort im Schrebergarten von der Erika, und wenn wir die schon haben, könnten wir doch …«

»Na so weit kommt's noch, wie fällt euch denn sowas ein, und dass du die ja nicht den Kindern zeigst!«

»Natürlich nicht«, sagt Anna jetzt hellwach. »Das würde ich nie machen. Wir wollen ja auch nur ein bisserl für uns haben, damit das Leben leichter wird«, beteuert sie dann.

Die Mary, denkt Anna auf dem Heimweg, die Mary darf ich nie mehr fragen, hoffentlich vergisst sie's wieder. So ein konservatives Kind, wie komme ich da dazu? Ich bin doch nicht so, die Reni auch nicht. Aber wie die Mary geschaut hat, war schon lustig, denkt Anna dann noch und muss kichern, was ihr ein bisschen peinlich ist, weil sie in der Straßenbahn sitzt.

»Also vor der Mary bitte kein Wort über unsere Plantage«, warnt sie am nächsten Sonntag die Freundinnen, während sie im Garten arbeiten.

»Die Mary ist so spießig? Das hätte ich aber nicht gedacht«, sagt Lilli vom Liegestuhl aus, auf dem sie sich niedergelassen hat. Es geht ihr zwar besser, aber sie ist immer noch nur Haut und Knochen und hat wenig Kraft, weswegen sie von der Arbeit im Schrebergarten nicht nur ausgenommen ist, die anderen haben ihr ausdrücklich verboten, irgendeine schwere Arbeit zu verrichten. Sie hat die Aufgabe, sie zu unterhalten, was ihr auch nicht so leichtfällt, weil sie zwischendurch immer wieder einfach eindöst.

»Die Mary ist nicht spießig, sie macht sich eben Sorgen wegen der Kinder und sie weiß ja auch nicht, was wir für Schwierigkeiten mit dem Geld haben. Sie glaubt, mir geht's gut und ich komm eh aus, und von euch hat sie sowieso keine Ahnung …«, erklärt Anna und zupft am Heidelbeerstrauch herum.

»Lass das«, sagt Erika streng, »du reißt ja die gesunden Blätter ab!«

»Entschuldigung, ich war in Gedanken«, sagt Anna schuldbewusst. »Wie weit ist unsere Zucht eigentlich?«, fragt sie dann.

»Blüht und gedeiht«, sagt Erika fröhlich.

»Dann sollten wir uns langsam Gedanken über den Vertrieb machen!«, sagt Ursula, die Praktische.

»Ja, sollten wir. Wie kommen wir denn an die Konsumenten? Wir können uns doch nicht am Karlsplatz herumtreiben?«

»Ich weiß auch nicht …« Erika zuckt ratlos mit den Schultern.

»Lilli, was meinst du?«, fragt Anna, aber Lilli ist wieder einmal eingenickt.

»Also eine Freundin von mir …«, beginnt Ursula.

»Wer? Du hast noch andere Freundinnen als uns?«, Anna ist ehrlich erstaunt.

»Stell dir vor, ja, habe ich!«, antwortet Ursula beleidigt.

»Na ja, was sagt diese Freundin, von der wir nichts wissen?«

»Sei nicht so blöd, du kennst sie eh, die Michaela, die Ex vom Erich …«

»Ah die, na ja, die ist doch keine Freundin, warum sagst du nicht gleich, die Michaela …«

»Weil ich weiß, dass du dann gleich nichts wissen willst. Aber egal. Die Michaela hat eine Zeit lang Hasch-Kekse gebacken und sie unter ihren Bekannten verteilt und damit einen ziemlichen Erfolg gehabt. Es war ihr nur auf die Dauer zu anstrengend …«

»Das ist eine Idee …«, sagt Anna nachdenklich.

»Das ist wunderbar«, sagt die wieder wache Lilli von ihrem Liegestuhl aus. »Ich liebe Kekse und Hasch-Kekse noch viel mehr …«

»Hast du denn je welche gegessen?«, fragt Erika.

»Aber ja, wie ich jung war, haben wir oft welche gebacken, wenn wir Hasch erwischt haben …«, sagt Lilli sorglos.

»Und wie macht man die?«, fragt Anna.

»Na wie normale Kekse. Eier, Zucker, Butter, etwas Mehl und zermahlenes Haschisch oder Marihuana. Sind wirklich super und man kann sie einfach mitnehmen, weil sie ausschauen wie normale Kekse. Wir können sie sogar mit den Kindern ausstechen …«

»Also manchmal hast du schon Ideen wie ein krankes Ross!«, sagt Anna aufgeregt. »Mit den Kindern ausstechen? Die Mary bringt mich um und dich rammt sie ungespitzt in den Boden …«

»War ja nur so ein Vorschlag«, sagt Lilli kleinlaut.

»Würdest du deinen Enkelsohn Hasch-Kekse ausstechen lassen?«, fragt Anna wütend.

»Warum nicht?«, fragt Lilli zurück.

Wie soll das gehen? Wem können wir die Kekse verkaufen? Oder auch einfach das Zeug? Ich weiß nicht, wen ich fragen soll … Den Oliver? Die Reni? Ja, ich red einmal mit der Reni.

»Reni, mein Schatz, ich muss dich was fragen, aber bitte, sei nicht entsetzt«, fragt Anna bei nächster Gelegenheit.

»Wieso, was hast du angestellt?«

»Ich habe gar nichts angestellt!«, sagt Anna empört und bedauert kurz, dass sie Irene vorzubereiten versucht hat.

»Also, was ist los, Mama, was brauchst du? Und wieso redest du so um den heißen Brei herum?«

»Tu ich doch gar nicht, es ist nur so …«

»Jetzt sag schon, du bist meine Mama, von dir kann mich nichts erschüttern«, sagt Irene und lacht.

»So eine Frechheit!«

Anna tut, als wäre sie beleidigt, und Irene lacht noch lauter und umarmt die Mutter über den Kaffeetisch hinweg.

»Weißt du, wir haben im Schrebergarten da hinten so eine versteckte Ecke. Und da …«

»Aha, was habt ihr da angestellt?« Irene ahnt etwas.

»Na ja, die Erika hat bei einer Freundin so ein paar Pflänzchen gefunden …«

»Pflänzchen? Meinst du Marihuana?«

»Ja, irgendwie schon …«

»Mama, irgendwie gibt's da nicht, entweder es ist Marihuana oder nicht!«

»Also ja, es ist Marihuana, und wir haben sie dort hinten im Garten eingepflanzt, sie wachsen sehr gut und werden langsam groß, und jetzt wollen wir sie unter die Leute bringen, aber wir wissen nicht so genau, wie man das macht …«

»Meine Mutter, die Rauschgift-Oma! Ich fass es nicht!« Irene lacht so, dass ihr die Tränen über die Wangen hinunterlaufen.

»Also, jetzt ist aber genug! Ja, wir wollen das Hasch verkaufen. Schau, die Lilli ist schwer krank, die Ursi muss den Ibu mit erhalten, die Erika hat eine viel zu kleine Pension und ich …«

»Du kannst nicht mit Geld umgehen!«, sagt Irene bestimmt und nimmt einen Schluck Kaffee.

Wie gut mich mein Kind kennt, denkt Anna. Eigentlich viel zu gut. Ich bin wirklich eine schlechte Mutter. Meine Kinder kennen mich besser als ich mich selbst. Das ist doch furchtbar. Am liebsten würde ich mir eine Decke über den Kopf ziehen und nichts wissen. Nein, das ist ja gar nicht wahr, ich lebe doch gern. Und die Mädeln lieb ich so … Aber manchmal wäre eine

Decke über dem Kopf schon sehr fein. So ein paar Jahrhunderte überschlafen und dann aufwachen und alles ist ganz anders. Das wäre was …

»Also was ist mit dem Gras?!« Irene fragt sehr energisch, und Anna weiß nicht so recht, was sie sagen soll.

»Na ja, wir wollen das, wie gesagt, verkaufen. Aber wir wissen nicht so genau, wie man das am besten macht …«

»Und da denkst du dir, du fragst deine missratene Tochter, die wird das sicher wissen … nicht wahr?« Irene ist ein bisschen wütend. Gleichzeitig muss sie lachen und ist gerührt von dieser Mutter, die im Alter plötzlich kriminell werden will. Ganz bewusst. Und ohne irgendwelche Schuldgefühle.

»Wir brauchen alle dringend Geld und da wäre so ein kleiner Handel schon hilfreich. Wir wollen auch Hasch-Kekse backen, die kann man vielleicht noch besser verkaufen, was meinst du?«

Irene denkt nach. Sie hat keine Ahnung.

»Mama, ich habe nie irgendwelche Drogen genommen und ich weiß auch nicht, wie man die verkauft. Ich weiß nicht, wie ich euch helfen soll …«

»Hast du nicht irgendwelche Freunde, die da mehr – wie soll ich sagen –, die da mehr drin sind in dieser Szene?«, fragt Anna hoffnungsvoll.

»Was glaubst du eigentlich, mit wem ich befreundet bin, mit lauter Junkies und Dealern?? Also wirklich, Mama …«

»Nein, das hab ich doch gar nicht gesagt …«

»Aber gemeint hast du's. Ich habe keine Ahnung, wie man das macht …«

»Und wenn wir den Oliver fragen?«

»Ja, der ist doch auch ahnungslos …«

»Oje, wie sollen wir das Zeug dann verkaufen? Und wir wissen ja nicht einmal, wie viel man verlangen kann …«

»Also, die Reni weiß auch nicht, wie man das Zeug verkauft …« Anna ist ziemlich ratlos und die Freundinnen schauen sie an, als hätte sie ihnen gerade mitgeteilt, dass sie sie nicht mehr sehen will.

Plötzlich springt Erika auf und lacht schallend.

»Ich weiß, wen wir fragen können. Schließlich habe ich ja seine Pflänzchen genommen. Der Reini, der Sohn von der Gerti, der muss doch wissen, was man mit Gras macht, wenn er selbst schon welches gezogen hat …«

»Auf jeden Fall könnten wir erst einmal das mit den Keksen ausprobieren!«, ruft Lilli und klatscht in die Hände.

»Du probierst gar nichts, du musst dich schonen!«, sagt Erika streng und deckt Lillis Beine mit einer dünnen Decke zu, weil es ein bisschen kühl geworden ist.

»Aber kosten darf ich schon, ja?«, fragt Lilli gespielt folgsam.

»Du musst sogar, du bist unsere Vorkosterin!«, sagt Anna beschwichtigend.

»Zuerst müssen wir die Blätter ernten und trocknen!«, sagt Erika bestimmt.

Das Backen erscheint den Freundinnen nach ihren Tortenerfahrungen ganz einfach. Die erste Partie Kekse verbrennt allerdings, weil sie im Garten so viel zu bereden haben, dass sie vergessen, sie aus dem Ofen zu nehmen.

Die zweite Partie sieht schön goldgelb aus und riecht sehr appetitanregend. Erika kocht sicherheitshalber noch eine große Kanne Kaffee, bevor sie die Kekse auf den Gartentisch stellt.

Lilli greift von ihrem Liegestuhl aus als Erste zu und beißt genüsslich hinein.

»Schmecken köstlich!«, sagt sie zwischen zwei Bissen und nimmt einen zweiten Keks.

Später liegen die Freundinnen glücklich rund um Lillis Liegestuhl und schauen in den Himmel.

»Ich fühl mich so gut, so frei, so unbeschwert …«, singt Anna vor sich hin.

»Was hast du gesagt?«, fragt Ursula mit schwerer Stimme.

»Fühlst du dich nicht auch so gut, so frei, so unbeschwert ...«, jodelt Anna etwas lauter.

»Jaha, juhu, hollodrio ...«, antwortet Lilli unter ihrer Decke.

»Ich bin urmüde ...«, sagt Erika mit schwerer Zunge.

»Alles Einbildung ...«, lallt Ursula und beginnt zu schnarchen, was bei Anna einen unkontrollierbaren Lachanfall auslöst.

Mitten in der Nacht wacht Anna mit klappernden Zähnen mitten in der Wiese auf und weckt die Freundinnen. Alle vier haben einen schweren Kopf und frieren.

»Immerhin – jetzt wissen wir, dass sie funktionieren ...«, murmelt Erika und hilft Lilli ins Haus.

»Aber an wen wir sie verkaufen und um wie viel, wissen wir immer noch nicht«, beschwert sich Ursula.

»Das wird schon«, sagt Anna zähneklappernd und macht die Türe fest zu. »Es ist uns doch noch immer was eingefallen!«

8
Es muss sein

»Was, ihr habt sie alle aufgegessen, seid ihr verrückt?« Anna ist empört.

»Aber schau, Annerl, die Lilli braucht das gegen die Schmerzen und ich wollte sie halt nicht allein lassen, und dann haben wir eben jeden Abend ein oder zwei zur Nachspeise gegessen und irgendwann waren sie weg. Und dann hat es doch so geschüttet, und da ist der Rest, der noch im Beet war, ertrunken …«

»Pflanzen ertrinken nicht!«, sagt Anna energisch und noch wütender.

»Doch, wenn sie zu viel Wasser kriegen, gehen sie auch ein, genauso wie wenn sie zu wenig bekommen …«, erklärt Erika, »glaub mir, ich kenn mich da aus …«

»Und was machen wir jetzt? Wir wollten doch einen Handel aufziehen, was sollen wir jetzt denn machen?« Anna ist unglücklich. Ihre finanziellen Nöte wollen und wollen nicht verschwinden und die Freundinnen scheinen das nicht weiter ernstzunehmen. Zumindest sieht Lilli besser aus. Die Haare sind nachgewachsen, sie hat jetzt einen hübschen grauen Lockenkopf und ihr Gesicht ist auch nicht mehr so eingefallen. Also wenigstens Lillis Hasch-Kekse-Kur hat wirklich was gebracht, denkt Anna. Jetzt haben wir zwar immer noch kein Geld, aber die Lilli scheint wieder ganz die Alte zu sein. Jedenfalls springt sie wieder in der Gegend herum. Und ihre Familie kommt nächste Woche auch nach Wien, da ist es schon gut, dass sie nicht krank ausschaut.

»Das ist meine Enkelin Rosa-Marie«, sagt Lilli stolz. Ihr Sohn ist zum ersten Mal samt Tochter und Frau nach Wien gekommen, und weil er mit Konzertplanung und beruflichen Terminen beschäftigt ist und seine Frau ihn meistens dabei unterstützt, darf Oma Lilli Rosa-Marie betreuen. Natürlich nur, weil Erika als Volksschullehrerin und Anna als geübte Oma dabei sind. Hat Lillis Schwiegertochter gesagt.

»Du bist aber ein großes Mäderl«, sagt Anna. »Magst du einen Schlecker haben? Wir sagen's aber nicht der Mama …«

»Keine Angst, sie kann eh kein Deutsch, aber du kannst ihr auf Englisch sagen, dass sie es der Mama nicht erzählen soll«, sagt Lilli, lacht, nimmt das Kind auf den Schoß und busselt es ab. Rosa-Marie schüttelt sich und verzieht das Gesicht, doch Anna gibt ihr den rosa Schlecker und erobert sich damit ihre Freundschaft.

»Not say Mama«, sagt sie und Lilli lacht so, dass ihr das Kind fast vom Schoß rutscht.

»Was?«, sagt Anna beleidigt, »ich kann halt nicht so gut Englisch wie du …«

»Du redest wie eine Analphabetin«, kichert Lilli und Rosa-Marie schaut sie mit großen Augen an.

»Deine Enkelin findet auch, dass du eine dumme Kuh bist …«, sagt Anna und muss auch lachen.

»Kuh dumm!«, stellt Rosa-Marie in reinstem Deutsch fest.

»He, du kannst ja Deutsch, du bist mir ein Herzerl, tust so, als ob, und dabei verstehst du jedes Wort, du kleines Luder?« Erika lacht herzlich und hebt das Kind auf.

»Habe ich doch gewusst«, sagt Lilli verschmitzt, »sie reden zu Hause abwechselnd Deutsch und Englisch und außerdem geht sie in den deutschen Kindergarten. Ich wollte euch nur ein bisserl ärgern …«

»Das Luder bist eigentlich du«, gibt Anna zurück und grinst auch.

»Ja eh«, sagt Lilli stolz und zwinkert dem Kind zu. Und auf einmal jauchzt Rosa-Marie laut auf und windet sich aus Erikas Armen direkt auf den Schoß der Großmutter und umarmt sie.

»Die ist ja süßer, als die Polizei erlaubt«, sagt Ursula ernst und dann gehen die vier mit dem Kind in den nahegelegenen Eissalon und erfreuen sich daran, dass Rosa-Marie genussvoll und ohne Rücksicht auf das tropfende Stanitzel ihr Eis schleckt und am Ende noch das ihrer Großmutter aufisst.

»So und jetzt stecken wir dich als Ganzes in die Badewanne«, befindet Erika und das Kind schüttelt den Kopf.

»Doch, doch, so, wie du bist, können wir dich nicht der Mama und dem Papa zurückbringen …«

»Ich bin glücklich«, sagt Lilli und lässt sich erschöpft in ihren Sessel fallen.

»Sie ist wirklich bezaubernd …«, sagt Anna. »Und wenn ich das sag, die selber drei so Süße zu Hause hat – dann will das schon was heißen! Gratuliere, das hast du wirklich gut gemacht …«

»Ich habe ja nicht wahnsinnig viel beigetragen, aber trotzdem danke«, erwidert Lilli und lächelt.

Sie ist erschöpft, denkt Anna. Das gefällt mir nicht. Sie muss unbedingt zur Kontrolle gehen, irgendwie wird sie viel zu schnell müde. Aber immerhin ist sie glücklich. Aber dass sie und die Erika alle Hasch-Kekse aufgegessen haben und die restlichen Pflanzen verschimmelt sind, ist wirklich Mist. Was sollen wir jetzt machen? Noch dazu müsste die Lilli dringend auf Kur fahren, aber das können wir uns nicht einmal leisten, wenn die Krankenkasse was dazuzahlt. Immer das Geld, das leidige …

»Die Lilli müsste dringend auf Erholung fahren«, sagt Erika ein paar Tage später.

»Na ja, was ist mit der Kasse, die muss das doch zahlen?«, fragt Ursula, die Pragmatikerin.

»Schon, aber die Lilli weigert sich, in so ein Kassenheim zu fahren. Und zwar wirklich heftig. Also ich schlag ihr das nicht mehr vor. Wir brauchen einfach Geld, damit wir miteinander auf Urlaub fahren können und die Lilli sich erholt …«

»Leichter gesagt, als …«, sagt Anna.

»Weiß ich doch«, sagt Erika traurig.

»Also was machen wir? Die Lilli sollte am besten in eine Therme fahren, wo es auch einen Arzt gibt, der sie beobachten, betreuen und beraten kann …« Ursula überlegt.

»Das ist gut und schön, aber – wer hat so viel Geld?«, singt Anna, obwohl ihr gar nicht nach Singen zu Mute ist.

»Das ist die Frage!«, sagt Erika. »Irgendwelche Ideen, Anni? Du weißt doch immer was …«

»Wir können nur noch eine Bank überfallen …«, sagt Anna und muss selber lachen.

»Oder eine gründen …«, erwidert Ursula und lacht noch mehr.

»Okay, gründen geht nicht, weil wenn wir dafür genug Geld hätten, müssten wir uns keine Sorgen mehr machen und wären schon längst in irgendeiner Luxus-Therme mit Lilli …«

»Was ist mit mir?«, fragt Lilli, die gerade von ihrem Mittagsschlaf kommt.

»Du musst auf Kur fahren!«, sagt Ursula streng.

»Mit welchem Geld? Ich will nicht in so ein Krankenkassenheim, das halte ich nicht aus«, klagt Lilli.

»Wir beschaffen was«, sagt Anna, »ich muss nur noch ein bisschen nachdenken …«

»Also was uns dein Nachdenken bringt, haben wir ja schon gesehen …«, sagt Lilli und lässt sich neben Erika auf das Sofa fallen. »Sind eigentlich noch Kekse mit da?«

»Was sind Kekse mit?«, fragt Ursula ratlos.

»Na weißt eh, die mit dem Zeugs«, sagt Lilli spitzbübisch.

»Nein, die habt ihr alle weggeputzt!«, erwidert Anna streng.

»Oje, wo kriegen wir jetzt welche her?«, fragt Lilli.

»Wir schauen im Internet, ob wer sie anbietet, aber so gut wie unsere eigenen sind sie sicher nicht …« Erika beginnt auf ihrem Handy zu suchen.

»Das ist wieder typisch – ich habe eine Idee, wie wir zu

Geld kommen, und stattdessen kostet uns das am Ende was, das ist doch wirklich zum Aus-der-Haut-fahren …« Anna ist wirklich wütend.

»So viel Haut, wie wir zusammen haben, wenn du alle Falten dazurechnest, da können wir dreimal rausfahren«, blödelt Lilli.

Sie ist die Einzige, die sich keine Sorgen macht, denkt Anna später, auf dem Heimweg. Dabei ist sie diejenige, die momentan am meisten Geld brauchen würde. Ich weiß nicht, es ist, als wäre es ihr egal. Ihren Sohn hat sie auch nicht fragen wollen. Dabei hat der genug und könnte ihr sicher helfen. Wobei – sie will ja auch nicht alleine fahren. Das ist schon ein Problem, weil ich mir eine Therme nicht einmal für einen halben Tag leisten kann. Was sollen wir tun? Lillis Sohn kann uns ja nicht allen drei Wochen Kur zahlen. Abgesehen davon, dass er morgen schon wieder wegfährt. Der könnte sich wirklich mehr um seine Mutter kümmern. Die Mary und die Reni, die würden mich sicher nicht verkommen lassen. Ah ja, ich muss noch schnell ein Hendl kaufen gehen, die Reni kommt zum Abendessen und ich habe nur bisschen Gemüse und ein paar Erdäpfeln, zu Hause …

»Was würdest du machen, wenn du ganz dringend ziemlich viel Geld bräuchtest?«, fragt Anna und nagt genüsslich an einem Hühnerbein.

»Auf den Strich gehen«, nuschelt Irene zwischen zwei Bissen Huhn.

»Du bist manchmal wirklich blöder, als die Polizei erlaubt«, sagt Anna aufgebracht.

Irene lacht schallend.

»Ich stell mir euch gerade so richtig bildlich vor, im Minirock und weißen Overknee-Stiefeln und mit tiefem Ausschnitt! Mit Täschchen für Kondome und Geld! Ihr wärt die Sensation am Gürtel«, Irene lacht so, dass sie sich verschluckt und Anna ihr auf den Rücken hauen und ein Glas Wasser geben muss.

»Jetzt hör aber auf. Du Gurke. Aber im Ernst, wir brauchen dringend Geld, die Lilli muss mindestens drei Wochen auf Kur und sie will nur fahren, wenn wir alle mitkommen. Also was fällt dir dazu ein?«

»Nichts«, sagt Irene und isst fröhlich weiter. »So viel Geld, wie ihr braucht, kann man in kurzer Zeit nicht verdienen, außer man überfällt eine Bank …«

»Habe ich mir auch schon überlegt …«, sagt Anna nachdenklich.

»Das meinst du jetzt aber nicht ernst!«

Irene hört zu essen auf und schaut die Mutter besorgt an.

»Doch!«, sagt Anna bestimmt.

»Und ich soll dich dann im Gefängnis besuchen kommen und dir eine Feile ins Brot einbacken?«, fragt Irene fassungslos.

»Aber Reni, wer kommt denn heute noch mit einer Feile aus dem Gefängnis raus?«, sagt Anna gedankenlos.

»Na, du hast Sorgen, du denkst wirklich ernsthaft an einen Banküberfall? So wie in dem Lied? Bababa, Bababa, Bababanküberfall?«

»Na ja, die Marihuana-Pflanzen sind verschimmelt, die Kekse haben die Lilli und die Erika aufgegessen, und alles andere hat auch nicht funktioniert. Da bleibt uns ja eigentlich keine Wahl mehr, oder?«

»Mama, ihr könntet ja auch einen Kredit aufnehmen?«

»Wer gibt denn uns alten Schachteln noch einen Kredit? Und wie sollen wir den jemals zurückzahlen?« Anna ist ratlos. Irene auch.

»Ich rede mit der Mary, vielleicht hat sie eine Idee?«

»Du meinst, sie hat irgendwo in ihrem Garten einen Schatz versteckt?«

»Nein, aber sie kennt viele Leute und vielleicht fällt ihr ja was ein …«

»Versuchen kannst du's ja, aber ich glaube nicht, dass die

Mary uns helfen kann, die braucht ihr Geld selbst für sich und die drei Kinder …«

»Ich bin wirklich dafür, dass wir eine Bank überfallen«, sagt Anna am nächsten Tag, als sie Lilli besucht.

»Also mir ist das zu anstrengend«, sagt Lilli.

»Dich nehmen wir im Rollstuhl mit«, sagt Erika, die der Sache den Ernst nehmen will.

»Und dann singe ich den Leuten dort was vor, während ihr den Tresor ausräumt …«

»Oder du malst Portraits von uns für die Fahndung …«, sagt Erika todernst.

»Genau, gute Idee, ich nehme meinen Zeichenblock mit!« Lilli ist Feuer und Flamme.

»Du kannst dich auch als Ablenkungsmanöver vor die Bank setzen und singen, dann fällt niemandem auf, dass wir drinnen Geld stehlen …«

Erika muss jetzt doch lachen.

»Ja, ja, verblödelt das alles ruhig«, sagt Anna, »aber mir fällt einfach keine andere Art mehr ein, zu so viel Geld zu kommen, wie wir brauchen!«

»Was brauchen wir jetzt schon wieder?« Ursula hatte mit Ibu ein Gespräch bei der Einwanderungsbehörde gehabt und kommt deshalb erst jetzt dazu.

»Wie war's bei den Bürokraten?«

»Schrecklich, ich glaub, ich muss den Ibu heiraten, sonst schieben die ihn wirklich noch ab …«

»Hurra, eine Hochzeit«, sagt Lilli und kichert.

»Also manchmal bist du wirklich sowas von kindisch«, sagt Ursula wütend. »Dabei wollte ich doch nie mehr heiraten!«

»Na ja, wenn der Ibu dann dableiben kann, kannst du's doch machen …«, sagt Lilli versöhnlich.

»Ich werd's ja auch machen, aber irgendwie ärgert es mich, dass ich heiraten muss, weil die bei der Behörde keine Ahnung haben, wovon sie reden …«

»Ursi, das ist wunderbar, du kaufst dir ein schönes, neues Kleid und wir organisieren ein tolles Fest. Und du magst den Ibu doch, also ist das doch nett …« Lilli ist ganz aufgeregt.

»Womit wir wieder beim Thema wären«, sagt Anna mürrisch. »Wo nehmen wir für das alles das Geld her?«

»Wir legen halt alle zusammen«, sagt Lilli sorglos.

»Was sollen wir denn zusammenlegen, wir haben doch nichts«, sagt Anna.

»Macht euch keine Sorgen wegen mir«, sagt Ursula, »ich brauche kein neues Kleid und kein Fest. Wir gehen mit dem Ibu zum Standesamt und nachher in ein Wirtshaus, das kann ich mir gerade noch leisten …«

»Kommt nicht in Frage«, sagt Lilli, die nie geheiratet hat, empört. »Wenn du schon heiratest, dann so richtig mit allem Drum und Dran, schon weil die Behörde dann nicht versuchen kann, euch zu beweisen, dass ihr nur zum Schein heiratet …«

»Dafür reichen schon ein paar Fotos und die Heiratsurkunde. Und wir leben ja eh schon seit Jahren zusammen. Da können sie lange suchen, bevor sie uns Schwindel vorwerfen …«

»Sag einmal, Ursi, bist du nicht eigentlich noch verheiratet?«, fragt Anna vorsichtig.

»Nein, ich bin ganz regulär vom Schlomo geschieden, ich muss nur schauen, dass ich die Scheidungsurkunde finde, hab keine Ahnung, wo ich die hingetan hab …«

»Oje, dann fang lieber schnell zu suchen an, sonst wird das nix mit der Hochzeit«, sagt Anna.

»Die Anni will nämlich eine Bank überfallen«, sagt Lilli unvermutet.

»Was? Wie kommst du denn darauf?« Ursula fällt vor Überraschung fast die Kaffeeschale aus der Hand.

»Soll ich wirklich aufzählen?«, fragt Anna. »Die Lilli muss in die Kur, du musst heiraten, ich hab drei Enkel, zwei Töchter und sowieso nie Geld und die Pension von der Erika ist ein Witz. Noch Fragen?«

»Und du meinst, wir lösen alle Probleme auf einen Schlag, wenn wir eine Bank überfallen?«

»Wenn die gerade genug Geld im Tresor haben …« Anna zuckt die Achseln.

»Und wie stellst du dir das praktisch vor?«, fragt Ursula und muss lachen.

»Na ja …«, sagt Anna unsicher.

»Ich weiß, ich weiß, ich weiß«, sagt Lilli und hebt wie in der Schule die Hand. »Wir ziehen uns Burkas an, bei denen nur ein Schlitz für die Augen offen ist, und nehmen die Spritzpistolen vom Alex und vom Paul. Und ich schrei laut: ›Überfall, alle auf den Boden legen, her mit der Marie‹! …«

»Na bravo, und dann heißt's wieder, die bösen Muslime …«, sagt Ursula wütend.

»Na ja, wir können ja auch normale FFP2-Masken nehmen und Mützen und Schals. Und ich kann auch sagen: Her mit den Penunzen …«

»Was um Himmels willen sind Penunzen?«, fragt Erika ratlos.

»Na Geld, du Dummi, das sagen die Deutschen doch …« Lilli ist in ihrem Element.

»Weder Marie noch Penunzen noch Hijabs!«, beschließt Anna energisch. »Wenn, dann machen wir das so diskret wie möglich und am besten ohne auffällige Verkleidung. Wir gehen einfach als vier alte Damen – am besten mit dunklen Perücken, Stock und Kopftuch in eine Bank und dann …«

»Sag einmal, geht's dir nicht gut?« Ursula versteht die Welt nicht mehr. »Meint ihr das wirklich ernst?«

»Ja«, sagt Anna.

»Nein!«, rufen Lilli und Erika.

»Also was jetzt?«, fragt Ursula.

»Wir brauchen dringend Geld!«, sagt Anna energisch. »Alles, was wir bisher versucht haben, hat nichts gebracht. Hilfe von irgendwoher wird's nicht geben, für Kredite oder so was sind wir zu alt, was bleibt uns also übrig?«

»Vielleicht vermietest du ein Zimmer, jetzt, wo die Mary ausgezogen ist?«, schlägt Ursula vor.

»Das löst eure Probleme auch nicht«, sagt Anna bestimmt. »Und die Mary und die Reni kann ich damit auch nicht belasten, die haben genug eigene Sorgen. Na und du und Ibu? Und die Lilli und die Erika? Wir haben nicht mehr viele Möglichkeiten, liebe Ursi«, sagt Anna ernst.

»Na ja, weißt du«, sagt Lilli gelassen, »Ich habe Sorgen, seit ich lebe, das kenne ich, das stört mich nicht, da kann man einfach nichts machen. Es wird sich schon irgendwas finden …«

Sie sind alle verrückt, denkt Anna am Heimweg in der Straßenbahn. Ihr gegenüber sitzt ein Mann. Den Hut tief ins Gesicht gedrückt, die FFP2-Maske fast bis zu den Augenbrauen gezogen.

So kann man einen Bankraub machen, denkt sie und muss lachen. Natürlich machen wir das nicht, oder doch? Die Lilli im Trenchcoat mit Hut im Rollstuhl und die Ursi im Hijab, den sie gar nicht hat. So viel Blödsinn kann ich immer nur denken, wenn ich in der Straßenbahn sitze. Wir sollten uns bunte Perücken besorgen. Mit denen erkennt uns kein Mensch. Dann setzen wir noch Masken auf und die Sache hat sich.

»Wir kaufen uns bunte Perücken«, verkündet Anna ein paar Tage später, als sie mit Lilli, Erika und Ursula im Volksgarten in der Meierei sitzen und saure Milch trinken.

Erika fällt vor Überraschung ihre Geldbörse aus der Hand, die sie gerade aus der Tasche genommen hat, um zu zahlen. Ein Zehn-Euro-Schein segelt unter den Tisch.

»Schau, die Erika baut schon Geld an. Wann, glaubst du, können wir ernten?«, fragt Lilli, die das bemerkt hat.

»Sei nicht so blöd, der ist mir aus der Geldbörse gefallen, ist eh der letzte, hoffentlich geht sich das aus …«

»Ich habe auch noch einen Zehner mit«, meint Lilli beruhigend.

»Na eben«, sagt Anna. »So können wir doch nicht leben! Von einem Zehner zum nächsten. In unserem Alter …«

»In unserem Alter sollten wir zu Hause sitzen und auf den Tod warten«, sagt Lilli spöttisch und lacht.

»Nein, in unserem Alter sollten wir nicht darüber nachdenken müssen, ob wir genug Geld haben, um ins Kaffeehaus zu gehen«, sagt Anna traurig.

»Ja, das stimmt«, sagt überraschenderweise Ursula. »Die Anna hat recht. Ich bin es auch leid, mir dauernd Gedanken übers Geld zu machen«, setzt sie fort.

»Na und Ibu? Kann der nicht endlich auch was beitragen?«, fragt Erika naiv.

»Du hast keine Ahnung, er tut eh, was er kann, aber er darf immer noch nicht offiziell arbeiten, weil er keine Arbeitsbewilligung hat, und deshalb wird er immer ausgenützt und verdient für sehr viel Arbeit eigentlich nichts …«

Ursula schüttelt unglücklich den Kopf.

Die Ursi redet zum ersten Mal darüber, denkt Anna. Dann muss es ihr schon wirklich sehr schlecht gehen. Nein, so geht das nicht weiter, wir müssen was tun, was die Lage radikal verändert.

»Also wir kaufen uns bunte Perücken«, beginnt sie wieder. »Solche, wie man sie im Fasching trägt. Gelb, blau, rosa, grün …«

»Super, ich will die rosafarbene haben«, schreit Lilli vergnügt.

»Und wozu brauchen wir die?«, fragt Erika. »Abgesehen davon, dass die auch nicht so billig sind …«

»Also wenn wir eine Bank ausrauben wollen, müssen wir uns doch verkleiden …«, sagt Anna.

»Aber Faschingsperücken? Sehr unauffällig«, meint Ursula.

»Auch wieder wahr, und wenn wir uns billige blonde Perücken kaufen, alle vier die gleiche? Mit Kopftuch drüber und Masken und Sonnenbrillen, so wie in den 1950er-Jahren? Marilyn Monroe oder Brigitte Bardot sozusagen?«, schlägt

Anna vor und schaut fragend in die Runde.

»Die Anna hat ja recht, wenn wir wirklich zu Geld kommen wollen, müssen wir vorher was investieren. Können wir das überhaupt?« Ursula interessiert sich jetzt für die praktische Seite.

»Also mein Konto ist bis zum Anschlag überzogen, und es ist erst der 17., aber ich habe noch irgendwo ein Sparbuch mit ein paar Euro drauf, das müsste für ein oder zwei Perücken reichen«, sagt Anna.

Erika fügt hinzu: »Ich habe noch bisschen was am Konto, das müsste sich für mich ausgehen, und die Lilli hat ja noch ihre Perücke von der Chemo ...«

»Nein, habe ich nicht«, sagt Lilli kleinlaut, »die habe ich weggeschmissen, die war so hässlich ...«

»Na ja, eine vierte kriegen wir auch noch zusammen. Wir nehmen einfach die billigsten, die wir finden können ...«

»Die Lilli kann vielleicht bei der Krankenkasse einreichen, die müssten ihr doch eine neue Perücke zahlen?«, fragt Erika nachdenklich.

»Aber ich habe doch gar keine Chemo mehr ...«, sagt Lilli.

»Versuchen können wir's doch ...« Erika denkt weiter nach.

Wir werden noch diskutieren, wenn wir schon im Gefängnis sitzen, denkt Anna zu Hause. Das wird nichts, aber versuchen müssen wir's trotzdem. Und am Schluss ziehen sie alle zu mir und ich werde wahnsinnig und bring mich um ...

Die Ursi mit ihrem Ibu und die Lilli und die Erika, alle bei mir in der Wohnung – ich hätte dann gerade noch das Kabinett neben der Küche für mich, die Rumpelkammer. Da passt nicht einmal mein Bett hinein. Nein, das geht nicht, da muss uns schon was anderes einfallen. Die Bank eben ...

»Ich habe in einem Faschingsgeschäft billige Perücken gesehen, die sind türkis und rosa und gelb und blau und lila, das wäre doch was ...«, sagt Erika ein paar Tage später.

»Blond nicht?«, fragt Anna.

»Auch«, sagt Erika, »blond und schwarz auch …«

»Ich will blond sein«, ruft Lilli, die immer tiefschwarzes Haar hatte und nun grau ist.

»Gut, die Lilli wird blond, die Ursi schwarz, welche Farbe magst du, Erika?« fragt Anna geschäftsmäßig.

»Ich weiß nicht«, sagt Erika unentschlossen.

»Du wirst rosa, das passt zu dir!«, sagt Ursula und lacht.

»Wieso passt das zu mir?« Erika ist beleidigt, obwohl sie gar nicht sicher sagen kann, ob Ursula ihre Feststellung böse oder nett gemeint hat.

»Na, weil du unsere Naive bist!«, sagt Ursula versöhnlich.

»Ach so, die Blöde also?«, sagt Erika jetzt wirklich beleidigt.

»Aber nein, ich mein doch nur, dass dir rosa gut stehen würde …« Ursula versucht zu beschwichtigen.

»Du wirst hellbraun«, sagt Anna energisch.

»Wenn sie das überhaupt haben …«, meint Erika zweifelnd.

»Man kann die ja auch sicher färben …«, meint Anna und beendet damit die Diskussion.

»Und welche Farbe willst du haben, Anni?«, fragt Ursula und zwickt die Freundin in den Arm.

»Aua, blond natürlich, das weißt du doch, ich wollte doch immer schon blond sein …«

»Ach, wie sind wir blöd. Die Blonden wollen schwarz werden und die Schwarzen blond – sowas fällt auch nur Frauen ein, immer das zu wollen, was sie garantiert nicht haben …« Ursula gerät ins Philosophieren.

»Ja, so sind wir eben, blöd und primitiv und eigentlich alle blond, auch wenn wir dunkelhaarig und mittlerweile alle grau sind«, sagt Anna bissig und Lilli lacht so, dass sie sich verschluckt und Erika ihr auf den Rücken schlagen muss und Ursula in die Küche rennt, um ein Glas Wasser zu holen.

»So, also, wir kaufen drei blonde und eine schwarze Perücke. Wer hat unauffällige Kopftücher zu Hause?«, fragt Anna, nachdem Lilli aufgehört hat zu husten.

»Ich habe nur bunte Tücher«, antwortet Lilli.

»Davon bin ich ausgegangen«, sagt Anna streng.

»Ich auch«, sagt Ursula, »du weißt schon, afrikanische. Die können wir auf keinen Fall nehmen …«

»Dann kauf ich halt in so einem 1-Euro-Laden welche«, seufzt Anna.

»Und am besten kaufst du auch noch schwarze FFP2-Masken für jede. Rollkragenpullover wären auch nicht schlecht …«, sagt Ursula.

»Habt ihr welche?«, fragt Anna hoffnungsvoll.

»Ich habe nur einen und der ist rot«, sagt Lilli und kichert los.

»Also unauffällige Rollkragenpullover auch noch …« Anna notiert alles auf einem Zettel.

»Das wird ganz schön teuer, da müssen wir schon viel erwischen, damit sich das auszahlt«, meint Ursula nachdenklich.

»Ich glaube, wir müssen bis zum Monatsanfang warten, da haben die Banken am meisten Bargeld, weil so viele Leute ihre Pensionen abholen …«, sagt Erika, die das jeden Monatsersten macht.

»Und welche Bank nehmen wir?«, fragt Lilli.

»Eine, die nicht pleite ist«, sagt Anna reflexhaft und erntet damit lautes Lachen von den Freundinnen.

Die Rollkragenpullover zu finden, ist gar nicht so einfach. Am Ende entdeckt Anna genau vier dunkelgraue in einem kleinen Geschäft, in dem die Verkäuferin lange herumkramt, bevor sie die gewünschten Größen hervorholt. Nicht gerade billig, denkt Anna, aber wenigstens können wir sie im nächsten Winter auch noch anziehen.

Zum Perückenkauf gehen die vier gemeinsam. Das Probieren wird zu einem langen Vergnügen, vor allem Lilli würde am liebsten alle aufsetzen. Aber gerade für sie die passende zu finden ist gar nicht so einfach, weil sie sehr abgenommen hat und ihr Kopf mit den nachwachsenden Löckchen ziemlich klein geworden ist.

»Ich schau aus wie eine Vogelscheuche«, sagt Ursula und dreht sich mit ihrer künstlichen schwarzen Lockenpracht vor dem Spiegel.

»Gar nicht wahr, passt dir richtig gut«, sagt Lilli und setzt sich eine neonpinke Perücke auf, die ihr bis über die Ohren rutscht.

»Du schaust aus, als hättest du die Mütze deiner kleinen Schwester gestohlen …«, lacht Anna.

»Welche soll ich nehmen?«, fragt Erika unsicher.

»Also du nimmst die Brünette mit dem langen Zopf, probier sie …«, befiehlt Anna.

»Damit schau ich aus wie die Blöde vom Land«, sagt Erika unglücklich.

»Dann ist das doch die perfekte Verkleidung, du bist zwar vom Land, aber nicht blöd«, sagt Lilli und umarmt Erika.

»Pst, nicht so laut, redets nicht so viel, es muss ja nicht jeder wissen, was wir vorhaben …«

Ursula zieht die schwarze Perücke tiefer in die Stirn.

»Kann ich Ihnen helfen?«, fragt die Verkäuferin, die das Verhalten der vier langsam auffällig findet.

»Ja, wissen Sie, wir planen eine Überraschungsparty für unsere beste Freundin und wollen dort tanzen und damit sie uns nicht gleich erkennt, wollen wir Perücken haben. Jede eine, die genau das Gegenteil von ihrer eigentlichen Haarfarbe ist. Was würden Sie uns empfehlen. Natürlich dürfen die Perücken nicht zu teuer sein, es ist ja nur für einen Spaß …«

»Also, da hätte ich diese hier, die sind relativ billig …« Die Verkäuferin holt verschiedene Plastiksäcke mit unterschiedlichen Haarbüscheln hervor. Blond, schwarz, weiß und dunkelbraun.

»Perfekt, dürfen wir sie probieren?« Anna ist begeistert, nur Lilli verzieht das Gesicht und trennt sich nur schwer von ihrem pinken Haarschmuck.

»Ich nehme die weiße, weil ich doch immer noch dunkel bin«, sagt Anna und Ursula lacht und sagt: »Du meinst, weil du immer noch färbst …«

»Ich töne nur ein bisschen nach …«, sagt Anna beleidigt.

»Geh Anni, das glaubst du doch selber nicht, außerdem sieht man den Ansatz …« Ursula schüttelt den Kopf.

»Lass mich zufrieden«, sagt Anna wütend und setzt die schneeweiße Perücke auf.

»Dabei passt dir das wirklich gut«, bemerkt Lilli und nimmt sich eine fast dottergelb aussehende blonde Perücke. Die ihr natürlich zu groß ist und gleich bis über die Ohren rutscht.

»Gar kein Problem«, sagt die Verkäuferin eifrig, »da gibt's so ein Band, damit kann man die Größe anpassen. Schauen Sie, ich zeig's Ihnen …«

»So, jetzt brauchen wir noch Kopftücher …«, sagt Anna, nachdem sie die Perücken erstanden haben.

»Wozu eigentlich?«, fragt Erika.

»Damit die Perücken nicht verrutschen«, sagt Lilli kichernd.

»Ich habe zwei Meter dunkelgrüne Baumwolle gekauft, aus der schneiden wir die Kopftücher«, sagt Ursula, »die kann ich säumen mit der Nähmaschine …«

»Na, wir werden ausschauen«, meint Lilli fröhlich. »Wie ein Altersheim auf Betriebsausflug …«

»Und die Masken?«, fragt Erika.

»Die kaufen wir zwei«, sagt Lilli, »die kriegt man an jeder Ecke nachgeschmissen. Dürfen die wenigstens bunt sein?«

»Aber ja«, sagt Ursula, »wenn wir alle gleich ausschauen, fällt das auch auf …«

»Kauft die Masken nicht alle auf einmal, sondern in verschiedenen Geschäften«, sagt Anna streng.

»Ja, Chefica«, schreit Lilli und salutiert.

»Ärger wen anderen«, Anna ist nervös. »Ihr müsst das ernst nehmen, sonst wird das nichts …«

»Welche Bank wollen wir ausrauben?«, fragt Erika später, als sie bei Anna in der Küche sitzen und Tee trinken.

»Auf jeden Fall eine, die weit weg von unseren Wohnungen ist …«, sagt Ursula nachdenklich.

»Und dann müssen wir auch schauen, dass eine U-Bahn oder eine Straßenbahnhaltestelle in der Nähe ist, damit wir schnell verschwinden können. Und jede muss eine große Tasche mithaben, damit wir das Geld und auch die Perücken und so weiter verstecken können …«

»Sonnenbrillen«, sagt Anna in Gedanken. »Ihr habt eh jede eine Sonnenbrille?«

»Ja schon, aber meine hat Glitzersteinchen am Rand, soll ich die wirklich aufsetzen? Und außerdem sehe ich nichts damit, wenn ich in die Bank geh …« Lilli ist unsicher.

»Dann kauf dir halt eine um fünf Euro!«, sagt Anna genervt. »Aber wenn wir Sonnenbrillen auch noch aufhaben, erkennt uns ganz sicher keiner mehr …«

»Sag einmal, bräuchten wir nicht auch irgendwas Waffenähnliches?«, fragt Erika schüchtern.

»Ich nehme keine Waffe in die Hand!«, sagt Ursula sofort.

»Ich auch nicht«, ergänzt Erika, »aber wie wollen wir denn die Bank ausrauben, wenn wir keine Waffen haben?«

»Also nehmt das bitte ein bisschen ernst, wir brauchen das Geld wirklich. Waffen? Richtige auf keinen Fall! Aber meine Enkelsöhne haben ein paar Spritzpistolen, die können wir uns ausborgen …«

»Und wenn sie uns kein Geld geben, spritzen wir sie mit Himbeersaft an«, sagt Lilli fröhlich.

»Weißt du, Lilli, wir machen das schon auch vor allem für dich, ich finde, du könntest weniger herumblödeln!« Ursula ärgert sich.

»Du wiederum nimmst das viel zu ernst«, sagt Lilli beleidigt. »Ein bisschen lachen hat noch niemandem geschadet!«

Das wird nie klappen, denkt Anna, nachdem die anderen

gegangen sind. Die Lilli wird allen zuwinken, die Ursula wird drohen und die Erika wird sich in einer Ecke verstecken. Also bleibt das Ganze an mir hängen. Und ich habe keine Ahnung, wie man sowas macht: einen Banküberfall …

Sagt man wirklich: Her mit der Marie? Oder redet man am besten gar nicht und deutet nur auf den Tresor? Und wenn der Tresor nicht im Kassenraum steht? Na ja, irgendwie wird's schon gehen. Wenn das vorbei ist, fahre ich allein in die Karibik und lache mir dort einen feschen jungen Gigolo an. Da hätten die dann wirklich was zum Tratschen. Morgen gehe ich mir die Bankfiliale im 14. Bezirk anschauen. Dort gibt's direkt davor eine Haltestelle, aber wir müssten uns ja irgendwo umziehen und nachher wieder unsere Verkleidung loswerden. Das wird schwieriger, als ich mir das gedacht habe. Umziehen können wir uns schon vorher zu Hause, wir kommen ja nicht aus der gleichen Gegend, da fallen wir nicht so auf. Die Lilli soll am besten draußen bleiben und aufpassen und eventuell für Ablenkung sorgen, falls die Polizei kommt … Ich weiß nicht, ich weiß nicht. Muss ich mich vorher von den Mädchen verabschieden, falls was schiefgeht? Es darf gar nichts schiefgehen. Auf keinen Fall. Vor allem müssen wir so viel Geld stehlen, dass wir ausgesorgt haben, sonst zahlt sich das Ganze ja gar nicht aus. Und dann fahren wir mit der Lilli in die teuerste Therme, und ich flieg dann in die Karibik. Pfeif auf Umweltschutz und so. Gute Nacht.

»Mama, ich möchte dir Fritz vorstellen …« Maria wirkt ein bisschen nervös. Der große, etwas mollige Mann neben ihr schaut freundlich.

»Fritz und ich wollen heiraten, das weißt du ja. Aber er ist auch mein bester Freund …«

Aha, denkt Anna, gar nicht schlecht, so ein kräftiger Mann ist bei den drei Fratzen vielleicht wirklich eine Hilfe, die passen wirklich gut zusammen, das sieht man auf drei Kilometer gegen den Wind …

»Und was sagen die Kinder dazu?«, rutscht es Anna heraus.

»Wissen Sie, ich habe selbst zwei Kinder, einen Buben und ein Mädchen, ich weiß, wie man mit denen umgehen muss. Meine Frau hat uns verlassen, da war die Sofie zwei und der Markus war auch erst fünf. Sie reist durch Lateinamerika und schickt alle paar Monate ein Paket mit irgendwelchen lustigen Spielsachen, aber mehr tut sie nicht. Ich bin also ein alleinerziehender Vater und die Mary ist eine alleinerziehende Mutter – das verbindet uns ...« Fritz versucht zu erklären.

»Mama, du bist unmöglich«, sagt Maria wütend, aber Fritz schüttelt sanft den Kopf und Anna denkt, dass das vielleicht die Lösung für zumindest einige ihrer Probleme sein könnte ...

»Aber nein, Schatzi, ich bin doch nur so schrecklich neugierig, du kennst mich doch ...«

»Neugierig? Kontrollsüchtig würde ich das eher nennen«, sagt Maria immer noch zornig, aber Fritz lacht jetzt und zieht Maria kurz an sich.

Na gut, das muss ja schon eine Weile gehen, so vertraut, wie die sind, denkt Anna.

»Die Mary hat mir so viel von Ihnen erzählt«, sagt Fritz, »sie ist so stolz auf Sie, weil Sie so viele Ideen haben und mit Ihren Freundinnen so viel unternehmen und weil Sie ihr in der schweren Zeit nach Peters Tod so unglaublich geholfen haben ...«

Der redet gern, denkt Anna. So viel hat der Peter nie geplaudert. Aber schön, dass die Mary zu schätzen weiß, was ich für sie und die Kinder getan hab. Auch wenn ich das ja nicht gemacht habe, damit sie mir dankbar ist.

»Das war doch selbstverständlich«, sagt Anna kühl. »Die Mary ist mein Kind und ich bin sehr familienbezogen, als die Reni, Marys jüngere Schwester, keinen Job gehabt hat, habe ich ihr auch geholfen ...«

»So selbstverständlich ist das eben nicht«, sagt Fritz. »Meine Eltern zum Beispiel haben mir nicht geholfen, als die Luise sich davongemacht hat. Die haben mir erklärt, dass sie die Luise eh nie gemocht haben, und mir gesagt hätten, dass ich sie nicht heiraten soll, und dass ich nicht auf sie gehört hätte und jetzt selber schauen müsste, wie ich weiterkomm …«

»Wirklich? Das haben Ihre Eltern gesagt? Unglaublich«, sagt Anna erschüttert.

»Und sie wollten sich nicht um ihre Enkelkinder kümmern, weil es die Kinder von der Luise waren. Meine Cousine Erna ist dann eingesprungen, weil ich das alles alleine nicht hätte bewältigen können, mit dem neueröffneten Büro und den vielen Aufträgen. Zum Glück ist dann die Mary wie ein Engel zu uns gestoßen und auf einmal hat alles viel besser funktioniert. Ja, die Mary ist wirklich wie ein Engel in unser Leben gekommen …«

»Na ja, Engel eher nicht. Aber wie ich bei dir angefangen habe, warst du schon ziemlich chaotisch …«, sagt Maria und lacht.

»Na das klingt doch gut«, sagt Anna übertrieben freundlich.

»Finden wir auch«, antwortet Maria spitz.

»Ich wollte dir nur sagen, dass wir zu Weihnachten nicht da sein werden, wir fahren mit den fünf Kindern nach Bad Kleinkirchheim, der Fritz hat dort ein Haus und da machen wir Urlaub … Und geheiratet wird im Frühjahr.«

»Sehr gut, das wird doch sicher sehr … lustig …«, sagt Anna.

Fünf Kinder auf einem Fleck, das kann ja was werden, überlegt Anna. Zum Glück denken sie nicht daran, mich auch dazu einzuladen.

»Na ja, und wir haben uns gedacht, vielleicht magst du auch kommen? Damit wir uns alle besser kennenlernen?«, schlägt Maria leichthin vor.

»Ja sicher, sehr gern, wann fahren wir und was soll ich mitbringen? Und was kann ich Ihren beiden schenken? Unsere kenne ich ja gut, da weiß ich schon, was die sich wünschen …«, sagt Anna schnell, bevor ihr eine Ausrede einfallen kann, warum sie nicht mitkommen kann.

»Das machen wir uns noch alles aus, Mama, es hat ja noch Zeit«, sagt Maria beruhigend. »Das Haus ist groß, du hast dein eigenes Zimmer und wenn's dir zu viel wird, kannst du dich immer zurückziehen. Die Kinder gehen in den Schikindergarten und sind untertags nicht da, du wirst sehen, es wird sehr nett …«

»Aber natürlich, ich freu mich sehr«, sagt Anna, und das ist sogar fast wahr. »Und die Reni kann euch ja auch helfen mit den Kindern.«

»Die Reni kommt nicht mit, die fährt auf die Malediven tauchen …«, sagt Maria wie nebenbei.

»Was? Davon weiß ich ja gar nichts. Mit wem fährt sie denn und seit wann taucht sie?«

»Oh je, da habe ich jetzt was verraten«, sagt Maria schuldbewusst. »Die Reni hat doch diesen neuen Freund und der ist ein Sporttaucher und jetzt macht sie wegen ihm den Tauchschein …«

»Sporttaucher? Und was macht der sonst im Leben? Und wieso hat sie mir gar nichts erzählt?«, Anna ist ehrlich gekränkt. Aber, denkt sie dann, ich erzähl ihnen ja auch nicht alles. Das mit dem Bankraub, soll ich ihnen das sagen? Also vor diesem Fritz auf keinen Fall …

»Wahrscheinlich, weil sie sich solche Fragen ersparen wollte. Aber sie wird's dir schon noch erzählen, vor allem, weil sie sicher Geld braucht für die Tauchausbildung. So dick hat sie's ja auch nicht mit ihrem Job …«, meint Maria und zuckt die Achseln.

Na danke, denkt Anna. Als ob wir nicht schon genug Geldsorgen hätten, jetzt muss das Fräulein auf der Erbse auch noch tauchen lernen. Da kann ich ihr aber höchstens 50 Euro dazugeben. Aber warum sie mit mir nicht redet, kann ich mir einfach nicht erklären.

»Hallo Mama, die Mary hat gesagt, sie hat dir schon erzählt, was ich vorhab …«

»Ja, und ich bin gekränkt, warum erzählst du mir sowas nicht selbst?«

»Weil ich noch nicht dazu gekommen bin? Ich kann ja nicht wissen, dass die Mary das ausplaudert …«, sagt Irene patzig.

»Wer ist denn der Neue?«

»Der Neue ist kein Neuer, sondern ein alter Freund von mir, und bilde dir nix ein, er ist wirklich nur ein Freund. Aber er hat mir vom Tauchen erzählt und ich habe sowieso keine Lust auf Weihnachten, also habe ich mir gedacht, ich fahr mit ihm mit …«

»Aber die Kinder …«

»Die Kinder werden ohne mich auch schöne Weihnachten haben und dann bring ich ihnen halt was von den Malediven mit – exotische Weihnachtsgeschenke, auch nicht schlecht, oder?«

»Anfang Dezember ist super, da ist sicher viel Geld in den Filialen, da haben alle ihr Weihnachtsgeld bekommen«, sagt Lilli begeistert.

»Jetzt müssen wir bald entscheiden, wo wir es machen …«, mahnt Ursula und schüttelt nachdenklich den Kopf.

»Auf jeden Fall in einer großen Filiale, sonst zahlt es sich gar nicht aus«, meint Erika.

»Ich weiß eine«, sagt Ursula nachdenklich. »Da ist eine Straßenbahnhaltestelle direkt davor, da können wir ganz einfach nachher wegfahren. Und erreichbar ist sie auch gut, und keine von uns wohnt dort in der Nähe. Ich kenne die nur, weil ich einmal zufällig vorbeigefahren bin …«

»Abgemacht!«, sagt Anna entschlossen. »Also am ersten Montag im Dezember um Punkt neun Uhr. Die machen zwar um acht auf, aber so früh schaffen wir es eh nicht …«

»Du schaffst das nicht, weil du in der Früh nicht aus dem Bett kommst«, kommentiert Ursula spitz.

»Uhrenvergleich …«, befiehlt Lilli wichtigtuerisch.

»Wieso Uhrenvergleich?«, fragt Erika.

»Na pass auf«, sagt Lilli und lacht. »Wie spät hast du's?«

»Zehn nach drei …«, sagt Erika prompt.

»Bei mir ist es erst acht nach«, sagt Lilli stolz: »Anna, Ursi?«

»Fünf nach«, sagt Anna, »zwölf nach«, sagt Ursi.

»Siehst du?«, meint Lilli. »Einigen wir uns also auf zehn nach, dann sind wir sicher alle zur gleichen Zeit dort. Okay?«

Hab ich alles? Rollkragenpullover habe ich an, es ist ja auch kalt. Die Perücke kratzt wie nicht gescheit. Und das Kopftuch schaut so blöd aus. Ich traue mich gar nicht, mich in den Spiegel zu schauen. Na wenigstens setze ich in der Straßenbahn die schwarze Maske auf, da sieht man mich dann wirklich kaum noch. Hauptsache, die Lilli kommt nicht auf irgendwelche blöden Ideen. Oje, jetzt hätte ich beinahe die Spritzpistolen vergessen. Na, ein Glück, dass mir das gerade noch eingefallen ist. Komm ich jetzt zu spät? Das wäre wirklich blöd. Ah ja, ich bin eh gleich da. Da vorne ist es, unübersehbar. Wer baut eine Bank so in die Mitte von einem Platz? Das lädt ja richtig zum Ausrauben ein. Oje, da steht eine Schlange. Gar nicht so schlecht, da fallen wir nicht auf, Hauptsache, die anderen verstehen, dass wir uns nicht alle zusammen anstellen können. Ah, da sind sie ja schon. Na danke, vier Vogelscheuchen auf Betriebsausflug, denkt Anna und muss vor lauter Nervosität lachen.

»Hallo Anni«, flüstert eine der Vogelscheuchen. »Die anderen stehen dort vorne …«

»Pssst«, sagt Anna empört, »keine Namen!«

»Ja eh«, sagt Lilli schuldbewusst und zupft an der gelben Perücke, die ihr über die Augen gerutscht ist. »Ich stell mich weiter hinten an, ja?«, flüstert sie und verschwindet hinter Anna.

Das wird nichts, das kann gar nichts werden, die verhaften uns, noch bevor wir aus der Bank draußen sind. Ich hätte das alleine machen sollen, höchstens noch mit der Ursi. Na ja, jetzt ist es zu spät. Oje, jetzt habe ich die vier Spritzpistolen in der Tasche – wie soll ich die jetzt den anderen geben? Das ist wirklich blöd. Und die Schlange ist viel zu lang. Da kommen wir nie so weit nach vorne, dass wir loslegen können.

Ich schreib der Ursi eine SMS. Zum Glück hab ich das Handy mit, obwohl wir die eigentlich zu Hause lassen wollten. Aber die Ursi hat ihres sicher nicht mit. Ich dränge mich einfach vor, ein altes Weib mit Kopftuch lässt man doch sicher vor.

»Greif da in die Tasche«, flüstert Anna Ursula ins Ohr.

»Was ist los?«, sagt die ziemlich laut.

»In meine Tasche«, zischt Anna.

»Wo ist eine Flasche?« Ursula versteht immer noch nicht.

»Du bist eine«, sagt Anna wütend und noch lauter, holt vorsichtig eine der Spritzpistolen aus ihrer Tasche und drückt sie Ursula in die Hand. Die erschrickt und steckt sie schnell in ihre große Umhängtasche.

»Krieg ich auch eine?«, fragt Erika viel zu laut.

»Ja, greif in meine Tasche«, flüstert Anna wütend.

»Und wann sollen wir die rausholen?«, flüstert Erika unsicher.

»Wenn wir näher sind, aber schau, so viele Leute …«

»Ich weiß nicht …«, sagt Ursula plötzlich laut und schaut sich in dem großen Kassensaal um.

»Was weißt du nicht?« Anna wird immer unruhiger.

»Ich weiß nicht, ob wir weitermachen sollen …«, sagt Ursula jetzt in normaler Lautstärke.

»Wenn du so weitermachst, sicher nicht!«, flüstert Anna leise, aber sehr wütend.

»Schau doch, was für Leute da sind!«, sagt Ursula aufgebracht.

»Welche denn?«

»Na, solche wie wir!«, sagt Ursula. »Nehmen wir nicht denen ihr schwer verdientes Geld weg?«

»Wieso denn? Der Bank, nicht den Leuten!«, zischt Anna in Ursulas Ohr und klopft ihr kräftig und wütend auf den Rücken. »Und außerdem hättest du dir das auch früher überlegen können!«

»Hab halt nicht daran gedacht. Schau doch, die holen alle ihre Pension ab …«

»Na, wir doch auch«, sagt Anna jetzt ganz laut, so dass sich ein paar Leute in der Schlange umdrehen.

»Wir holen doch jeden Monatsersten hier unsere Pensionen ab …«

Anna wendet sich mit gekünsteltem Lächeln an die Menschen vor und hinter ihr in der Schlange.

»Geh bitte, du weißt schon, was ich meine«, sagt Ursula störrisch.

»Wo ist überhaupt die …«

»Keine Namen!«, unterbricht Anna Erika, die gerade nach Lilli fragen wollte.

»Da hinten steht sie«, sagt Anna dann beruhigend.

»Mit wem redet sie denn?«, fragt Ursula besorgt.

»Weiß nicht«, sagt Erika. »Soll ich hingehen schauen?«

»Ich geh schon«, sagt Anna.

Das war's, wenn die Lilli da jetzt zu tratschen beginnt, können wir aufgeben. Da wissen dann alle, warum wir da sind und wer wir sind. Was denkt sie sich nur dabei? Ich halt das nicht aus. Dabei haben wir doch alle das gleiche Problem … Aber die Ursi hat irgendwie auch wieder recht. Da stehen wirklich lauter alte Leute, die ihr weniges Geld abholen. Aber wenn wir die Bank ausrauben, kriegen die ihr Geld doch trotzdem, oder? Die Bank ist doch versichert. Ob sie das Geld allerdings noch vor Weihnachten kriegen? Und vor Weihnachten brauchen doch alle am meisten Geld. Wir ja auch. Ach, Geld, Geld, Geld – vielleicht hätten wir lieber welches fälschen sollen …

»Hallo«, sagt Anna vorsichtig und betrachtet die Frau, mit der sich Lilli freundlich unterhält.

»Ah, auch da!«, sagt die freundlich. »Ich habe die Frau Lilli gerade getroffen und gefragt, was sie denn hier macht, wo sie doch ganz woanders wohnt, aber sie hat gesagt, sie ist zufällig vorbeigekommen. Sie auch, Frau Anna?«

Oh nein, die Schwarz, die Hausmeisterin vom Haus, wo die Lilli früher gewohnt hat. Und wieso erkennt die uns sofort? Mit Perücken und Maske. Was für ein Pech. Und jetzt wedelt die Ursula noch mit beiden Armen. Was will die denn jetzt? Und jetzt kommt die Erika auch noch dazu und was macht die Lilli, die Kuh?

»Ah, wissen Sie, Frau Schwarz, das ist meine Mitbewohnerin, deshalb bin ich damals ausgezogen, weil die Erika hier ein Zimmer in ihrer Wohnung frei gehabt hat, und da haben wir uns gedacht, es ist doch netter zusammenzuwohnen als allein …«

»Sehr erfreut, ich kenn die Frau Lilli ja schon ewig, das hat mir sehr leidgetan, wie sie ausgezogen ist. Freut mich, dass sie so eine nette Freundin gefunden hat …«

»Freut mich auch«, sagt Erika höflich und zupft Lilli am Arm.

»Was ist?«, fragt die gedankenlos.

»Wir sind gleich dran …«, sagt Erika und zwinkert Anna bedeutungsvoll zu.

»Ah so, wissen Sie, Frau Schwarz, meine Freundinnen haben sich vorne angestellt, die waren früher da als ich, und da haben sie mir einen Platz freigehalten, damit ich nicht so lang stehen muss. Ich war ja krank und bin noch ein bisserl schwach …«

»Jösses, was haben Sie denn gehabt, Sie Arme? Hoffentlich nichts Schlimmes …«

»Sehr schlimm«, sagt Lilli mit gespielt bebender Stimme. »Krebs!«

»Um Gottes willen, und da stellen Sie sich an wie alle? Gehen Sie doch vor, Sie Arme, soll ich Sie begleiten? Brauchen Sie vielleicht was? Ein Glas Wasser oder einen Sessel? Herr Schmidt, Herr Schmidt, können Sie die Dame bitte vorher drannehmen, der geht's nicht gut. Ein Sessel und ein Glas Wasser wären gut. Die arme Frau Lilli, so ein Pech. Wissen Sie, meine Mama selig hat ja auch Krebs gehabt. Ganz schlimm war's, die Ärzte haben gesagt, sowas haben Sie noch nicht gesehen, so voll war sie. Und die ganzen Therapien haben gar nichts genützt und sie hat solche Schmerzen gehabt, ich sag's Ihnen, das war wirklich schrecklich, ich hab sie gepflegt, war gar nicht leicht, am Schluss hat sie …«

»Danke, danke, Frau Schwarz«, sagt Lilli schnell, »bei mir ist es nicht so schlimm, ich muss mich auch nicht hinsetzen, ich muss nur schnell was an meinen Sohn überweisen, dann bin ich wieder weg …«

Epilog

Anna ruht auf einer Liege. Die Liege ist schneeweiß und hat eine dicke Matratze, die dazu einlädt, sich auszustrecken und vor sich hin zu dösen. Aber Anna döst nicht. Sie schaut fasziniert auf das in allen Schattierungen von Türkis schimmernde Meer hinaus. Das Meer liegt so ruhig da wie ein Seidentuch. Nur manchmal streicht eine leise Brise darüber und lässt die wie Öl schimmernde Flüssigkeit leicht aufwallen.

Eigentlich möchte ich mich ja sofort hineinschmeißen, denkt sie. Aber ich liege gerade so bequem.

Neben Annas Liege steht ein weißes Tischchen, auf dem nicht nur ein großes Glas mit einer sehr bunten Flüssigkeit wartet, sondern auch eine Karaffe mit Wasser und ein Teller mit Früchten, in mundgerechte Stücke zerteilt.

Geht's mir gut, denkt Anna. Und es ist gar nicht zu heiß. Na ja, da ist ja auch die Palme und dieser Pavillon aus Leinen kühlt natürlich auch. Jedenfalls die richtige Temperatur. Geht's mir gut.

Anna dreht sich genüsslich zur Seite. Neben ihr eine zweite Liege, auf der jemand schläft. Ein wunderschöner junger Mann mit zart golden gefärbter Haut und einem Engelsgesicht.

Wer ist das denn?, denkt Anna. So schöne Männer habe ich doch noch nie gemocht, denen kann man doch nicht trauen, wahrscheinlich hat sich den die Lilli angelacht, die steht ja auf sowas. Na, ist ja wurscht, mir geht's gut.

Über dem Meer treibt ein kleines Wölkchen dahin. Anna beobachtet, wie sich der weiße Flauschbogen in immer neue Formen verzieht. Zuerst sieht er aus wie ein einsamer Flügel, dann wird ein Reh daraus, dann ein Hund und schließlich eine Schwalbe.

Das ist fantastisch, in Wien gibt's das nicht, denkt Anna und muss lachen. Sie hat gar keine Sorgen. Wien ist weit weg und die Sorgen sind alle dortgeblieben. Sie wird sich nie mehr Gedanken machen über Geld und Schulden und Rechnungen und Ähnliches mehr. Sie ist jetzt in Sicherheit und in Ruhe. Und ihr ist gar nicht langweilig, obwohl sie kein Buch mithat und niemand da ist, mit dem sie reden könnte. Wo die Freundinnen wohl sind? Und die Kinder? Und die Enkel? Die hat sie doch wohl nicht einfach sich selbst überlassen? Das würde sie doch nie tun! Natürlich nicht. Sie hat für alle gesorgt. Deshalb hat sie jetzt ja auch gar keine Sorgen.

Mir geht's so gut, denkt Anna wieder und schließt müde die Augen.

»Oma!«

Was war das?

»Oma! Oma! Wach auf …«

Sie schläft doch gar nicht. Wer ruft sie da?

»Oma! Oma! Wach auf … Du hast versprochen, dass du einen Schokokuchen backst. Mit uns …«

Vor Annas Bett steht Paulinchen und hinter ihr Sofie und lutscht hingebungsvoll am Daumen.

Wie kommen die jetzt daher?, denkt Anna verschlafen, die müssen doch in die Schule …

»Omi«, sagt Paulinchen schmeichlerisch und wirft sich zu Anna aufs Bett. »Omtschi, du machst den besten Schokokuchen und du hast versprochen und wir wollen auch mitbacken, weil hier ist uns sonst so fad …«

Von was redet das Kind?, denkt Anna und zieht die Kleine fest an sich.

»Soferl, geh steh nicht so bei der Tür, komm her, komm her …«

Sofie nähert sich zögernd, aber Paulinchen winkt ihr heftig und so lässt sie sich etwas unsicher auch neben Anna nieder.

»Also, was ist los?«, fragt Anna, die nur langsam aufwacht

und zu begreifen beginnt, dass sie mitten im Winter in einem fremden Bett in einem fremden Haus liegt.

»Na ja, heute Nachmittag kommen doch die Freunde vom Fritz auf Besuch, und die Mama hat gesagt, du bäckst einen Kuchen und die Sofie und ich dürfen dir helfen, weil die Buben schlimm waren und deshalb nicht helfen dürfen ...«, plappert Paulinchen und Sofie nickt bestätigend.

»Na gut, ich steh gleich auf, geht schon in die Küche und fragt die Mama, ob sie Schürzen für euch hat ...«, sagt Anna und seufzt.

In Bad Kleinkirchheim ist sie. Jetzt weiß sie es wieder – mit Maria und ihrem Neuen, dem Fritz, und den fünf Kindern.

Noch ein Glück, dass die ein Besenkammerl für mich haben, sonst müsste ich mit den Fratzen schlafen, denkt Anna und trauert ein bisschen der Karibik nach. Gehe ich eben Schokokuchen backen, das kann ich eh im Schlaf ...

»Mmmmh, ist der gut, darf ich noch ein Stückchen haben?«, fragt Artur, Fritz' Freund, der zu Besuch gekommen ist, und stopft sich das letzte Stück Schokogugelhupf in den Mund.

»Den haben wir gebacken«, schreit Paulinchen stolz.

»Ja, ich habe nur ein bisserl geholfen«, sagt Anna und lacht.

Gemütlich ist es da, denkt sie dann. Das Haus ist geräumig, die Küche ist groß und hat einen schönen viereckigen Holztisch, um den herum sie alle Platz haben. Und weil die Küche direkt ins Wohnzimmer übergeht, hat sie von ihrem Platz aus nicht nur einen Blick auf den Weihnachtsbaum, sondern auch hinaus auf die Berge.

Na ja, Karibik wäre mir schon lieber, aber nett ist es doch, mit allen Kindern, und die Mary ist so glücklich. So habe ich sie schon lange nicht gesehen, denkt Anna. Sie strahlt richtig. Na, dann ist ja alles gut. Die drei Buben sind schon wieder verschwunden, die hecken sicher irgendwas Blödes aus, aber sollen sie, dazu sind sie doch Kinder. Schade, dass die Reni nicht da ist. Und die Lilli und die Ursi und die Erika gehen mir auch ab, ich ruf die Ursi nachher gleich an. Muss ihr doch erzählen, wie es hier ist. Ich frag die Mary später, ob ich die drei vielleicht einmal hierher einladen kann, das wäre doch nett.

»Schön habt ihr's hier«, sagt Artur, ein Schulkollege von Fritz. Seine Frau ist Spanierin und ziemlich schweigsam. Wahrscheinlich kann sie nicht gut Deutsch, denkt Anna, und diese Lucia tut ihr ein bisschen leid, bis sich herausstellt, dass Lucia perfekt Deutsch spricht, weil sie in Deutschland aufgewachsen ist.

Na dann ist sie entweder dumm oder arrogant oder beides, denkt Anna.

»Sehr schön«, sagt jetzt auch Lucia. »Na ja, zwei Architekten, die wissen eben, wie es geht …«

»Wenn ihr was bauen wollt, wir stehen zur Verfügung«, sagt Maria fröhlich und gibt Fritz ein schallendes Bussi auf die Wange.

»Ja, wir denken drüber nach«, sagt Artur, »wenn wir fix nach Wien zurückkommen, stellt sich das Problem sicher!«

Wieso zurück, wo sind die denn sonst?, denkt Anna.

»Wie lange bleibt ihr denn noch in New York?«, fragt Maria in diesem Moment, und Anna überlegt, was die beiden wohl in New York machen.

»Wir warten das Schuljahr noch ab, damit der Manuel nicht mitten im Jahr wechseln muss …«, sagt Lucia und Artur fügt hinzu: »Der Arme hat das schon so oft gehabt, also wenn's jetzt nicht sein muss …«

Aha, denkt Anna, ein Diplomat.

»Was wirst du machen, wenn ihr nach Wien kommt?«, fragt Fritz Lucia.

»Na ja, ich werde erste Botschaftssekretärin, das ist ein ziemlicher Karrieresprung, und nach Wien wollten wir ja schon immer …«, sagt Lucia.

Oh, denkt Anna, ich alter Trottel. Sie ist die Diplomatin.

»Und du, Artur?«, fragt Maria.

»Ich werde halt wieder eine Weile Hausmann spielen, weil für Historiker in meinem Alter ist es nicht so einfach, einen

Job zu finden, noch dazu, wo wir ja nicht wissen, wie lange die Lucia in Wien bleiben kann. Vielleicht müssen wir in zwei Jahren wieder nach Madrid und dann wer weiß wohin …«

»Aber als Alterswohnsitz wollen wir schon Wien«, sagt Lucia bestimmt. »Dann brauchen wir sicher eure Hilfe …«

Anna ist beeindruckt. Die Frau als Familienoberhaupt, das ist selten, denkt sie, das ist gar nicht so schlecht. Obwohl, ein bisserl weniger Stock im Arsch täte der Lucia nicht schlecht. Na ja …

»Ursi, schönes neues Jahr! Ihr fehlt mir. Alles gut bei dir?« Anna schreit ins Telefon, weil rundherum jetzt sechs Kinder eine Art Veitstanz aufführen und sie kaum versteht, was Ursula am anderen Ende spricht.

»Bei uns ist alles gut, nur die Lilli hat sich jetzt Covid geholt, das haben wir gerade noch gebraucht, aber sie hat einen milden Verlauf und die Erika betreut sie – natürlich mit Sicherheitsabstand …«

»Na das ist aber schlimm, wie ist das denn passiert?«

»Sie war zur Kontrolle im Spital und hat sich dort angesteckt … So eine Sauerei!«

»Unglaublich, habt ihr wenigstens einen Wirbel gemacht?«

»Nein, das hat die Lilli nicht gewollt, aber mach dir keine Sorgen, sie hat nur ein bisschen erhöhte Temperatur und einen leichten Schnupfen, das wird schon …«

»Furchtbar, ich komm erst in einer Woche zurück, aber wenn ihr Hilfe braucht, komm ich einfach früher, ich kann ja jederzeit losfahren …«

»Nein, nein, bleib dort und lass es dir gut gehen, man kann eh nicht zur Lilli, weil sie noch ansteckend ist. Sie ist ja geimpft, es wird also nicht so schlimm werden. Ich lass dich wissen, wie es sich entwickelt …«

»Stell dir vor, die Lilli hat Covid«, sagt Anna später am Abend zu Maria, die erschöpft auf dem Sofa im Wohnzimmer liegt und an einem Glas Sekt nippt.

»Na danke, gut, dass du da bist, da kannst du dich nicht anstecken …«

»Aber ich bin ja geimpft und ich würde die Lilli auch nicht besuchen, aber ich würde ihr schon was Gutes zum Essen bringen …«

»Trotzdem gut, dass du da bist, das waren doch wirklich schöne Weihnachten, nicht wahr?«

»Ja, mein Schatz, das waren sogar sehr schöne Weihnachten …«

»Mama, der Fritz und ich haben jetzt einen Hochzeitstermin«, sagt Maria plötzlich und ganz unvermittelt.

»Sag einmal, woher haben der Artur und die Lucia eigentlich so viel Geld, dass sie sich ein Haus bauen können?«, sagt Anna, die ihrer Tochter nicht richtig zugehört hat.

»Die Lucia kommt aus einer reichen Familie und der Artur ist der einzige Sohn einer wohlhabenden Witwe. Mama, hast du gehört, wir haben einen Hochzeitstermin!«

»Wieso? Wann?«

»Wieso? Was ist das für eine blöde Frage?«

»Wie redest du denn mit mir?«

»Also, wie findest du es?«

»Wie soll ich das schon finden? Keine Ahnung? Was sagen die Kinder?«

»Die sind begeistert. Sie lieben den Fritz und seine Kinder auch und sie freuen sich auf die Hochzeit …«

»Na danke, wozu fragst du mich denn überhaupt, wenn du eh schon alles entschieden hast?«

»Aber Mama, ich frag dich, weil es mir wichtig ist, dass du dabei bist …«

»Wozu musst du unbedingt schon wieder heiraten? Ich mag den Fritz natürlich und die zwei Fratzen sind auch entzückend, aber heiraten?«

»Ja, heiraten. Wir verstehen uns so gut und wir wollen einfach zusammenbleiben und der Fritz will die Kinder adoptieren und ich seine und das kommt uns alles so richtig vor und wir wollen das eben gerne … Und wieso muss ich mich jetzt rechtfertigen?«

»Du musst dich nicht rechtfertigen, ich war jetzt nur gerade überrumpelt. Ich freu mich für dich und den Fritz. Natürlich freu ich mich …« Anna steht auf, setzt sich neben ihre Tochter und umarmt sie.

»Danke«, sagt Maria und fängt plötzlich zu weinen an.

»Aber Mary, wein doch nicht, das ist doch alles wunderbar …« Anna streichelt den Rücken der Tochter und denkt, dass sie sehr taktlos war.

»Na ja, ich muss an den Peter denken und das macht mich schon traurig, aber wegen der Kinder kann ich doch nicht ewig trauern, und der Fritz ist lieb und mag die Kinder und die Kinder ihn und die Zwillinge glauben sogar, dass er ihr Papa ist. Aber ich werde den Peter nie vergessen …«

»Natürlich nicht, und der Peter würde sich wünschen, dass du glücklich bist und ein gutes Leben hast …«, sagt Anna energisch. »So und jetzt stoßen wir auf deine zweite Hochzeit an und dann gehen wir schlafen. Wo ist eigentlich der Bräutigam?«

»Der schläft schon, er hat die Kinder ins Bett gebracht und war danach völlig fertig …«

»Er ist wirklich ein guter Mann …«

»Die Mary hat einen Hochzeitstermin«, platzt Anna heraus, kaum dass Ursula bei der Türe hereingekommen ist.

»Das ist doch fein!«, sagt Ursula entschieden. »Sie kann doch nicht ewig trauernde Witwe sein!«

»Ja eh, aber was das wieder alles kostet. Und ich weiß nicht, wo ich das Geld hernehmen soll …«

»Wieso musst du das zahlen?«

»Na ja, einen Teil doch, ich bin ja ihre Mutter!«

»Anni, sie ist eine erwachsene Frau, sie erwartet sicher nicht von dir, dass du ihre Hochzeit bezahlst. Und der Fritz scheint ja auch ziemlich gut ausgestattet zu sein …«

»Was heißt das jetzt wieder? Außerdem will ich was beitragen …«

»Das ist wieder was anderes, du hast wahrscheinlich gleich an ein neues Kleid für dich und neue Sachen für die Kinder und an Geschenke und sowas gedacht, nicht wahr? Die Mary hat dich sicher nicht gebeten, ihr Geld für die Hochzeit zu geben …«

»Nein, die Mary hat mich um gar nichts gebeten, aber ich will halt …«

»Das versteh ich nicht, du hast kein Geld, dann kannst du auch nichts beitragen, und Kleider hast du doch bei Gott genug, da brauchst du dir doch kein neues zu kaufen für die Hochzeit, noch dazu, wo die Mary doch zum zweiten Mal heiratet …«

»Du bist das, was die Deutschen eine Spaßbremse nennen!«, ruft Anna empört und geht in die Küche, um Kaffee zu kochen. Lilli und Erika verspäten sich wieder einmal, aber das ist ihr ganz recht, da hat sie Zeit, sich wieder abzuregen.

»Die Mary hat einen Hochzeitstermin«, hört sie Ursula fröhlich sagen. Lilli und Erika sind endlich da und Ursula hat ihnen die Türe aufgemacht und die Nachricht herausposaunt, was doch ihr, Anna, vorbehalten hätte bleiben müssen.

»Wunderbar«, trällert Lilli, »ich tanz so gern auf Hochzeiten …«

»Bei der wird glaub ich kein Platz für uns sein«, sagt Anna griesgrämig. »Die heiraten im kleinen Kreis und das heißt, dass sie allein schon sieben sind mit den Fratzen. Ich weiß gar nicht, ob wir alle eingeladen sind.«

Die Ursi ist wirklich das Letzte. Jetzt hat sie mir richtig den Spaß verdorben. Anna steigert sich immer mehr in den Zorn auf die Freundin hinein. Aber eigentlich macht sie sich vor allem Sorgen. Wie das alles gehen soll, ob Mary mit diesem Fritz und seinen Kindern glücklich sein wird, ob die Kinder glücklich sein werden, ob sie ihnen helfen kann und warum die Reni nicht heiratet und womöglich auch ein Kind kriegt.

»Und was ist mit der Reni?«, fragt Erika in diesem Moment.

»Was soll mit ihr sein?«, fragt Anna unfreundlich. »Die Reni ist ein erwachsener Mensch und kann machen, was sie will …«

»Du hast heute aber eine Laune«, sagt Lilli und schaut Anna missbilligend an.

»Und wenn? Darf ich vielleicht auch einmal schlecht aufgelegt sein?«, sagt Anna spitz.

»Die Ursi hat mir gerade erklärt, dass ich mir kein neues Kleid für die Hochzeit zu kaufen brauche, weil ich eh so viele habe, und dann hat sie euch die Nachricht verkündet, als ob sie die Mutter der Braut wäre, das ist doch genug Grund, schlecht gelaunt zu sein …«, platzt sie dann heraus.

»Oje, das tut mir leid, das wollte ich nicht«, sagt Ursula und senkt schuldbewusst den Kopf.

»Natürlich wolltest du das, tu nicht so …«, sagt Anna und muss lachen.

»Wieder gut?«, fragt Ursula immer noch gespielt schuldbewusst.

»Aber ja, du blöde Gurke …«, sagt Anna und Ursula lacht und tut so, als ob ihr ein großer Stein von der Seele gefallen wäre.

»Ich habe die Reni noch gar nicht gefragt, was sie davon hält. Die hat in letzter Zeit nie Zeit für mich … Aber im Ernst, ich brauche dringend Geld für die Hochzeit, die armen Kinder, denen muss man doch was schenken, wenn die Mama plötzlich noch zwei Kinder dazu heiratet …«

»Du brauchst immer dringend Geld«, sagt Ursula schulterzuckend.

»Und ihr anderen übrigens auch«, sagt Anna spitz.

»Also nicht so dringend wie du«, sagt Lilli leichthin.

»Und? Ändert das irgendwas?«, fragt Anna beleidigt.

»Anni, du bist heut wirklich mit dem falschen Fuß aufgestanden, wir lieben dich doch alle, wir wollen dir nichts Böses, also sei nicht so beleidigt …«, sagt Ursula jetzt ganz energisch.

»Fühlt sich aber nicht so an«, sagt Anna und völlig unvermutet kommen ihr die Tränen.

Na das hat mir jetzt gerade noch gefehlt. Ich weine doch nicht, weil die zwei Kühe Blödsinn reden. Ich weiß gar nicht, was mit mir los ist. Ich wollte, ich könnte mich weit weg beamen. In die Karibik …

»Du hast doch dieses wunderschöne Seidenkleid, das du dir letzten Sommer gekauft hast, das ist perfekt für die Hochzeit. Und für die Kinder kaufst du am besten Freundschaftsarmbänder, das mögen sie alle«, sagt Erika und legt den Arm um Annas Schultern.

»Siehst du, ist gar nicht so schwer«, sagt Ursula und lacht.

»Und ich zeichne ihnen ein Bild als Hochzeitsgeschenk!«, sagt Lilli ganz aufgeregt und beginnt laut darüber nachzudenken, wie das Bild aussehen soll.

»Ihr seid wirklich lieb«, sagt Anna und putzt sich die Nase. »Mich machen diese ewigen Geldprobleme so richtig fertig …«

»Ja«, sagt Lilli, »das geht heutzutage doch allen so …«

»Weiß ich nicht, aber mir geht's so und es hilft mir nicht zu wissen, dass es den anderen auch so geht«, sagt Anna bockig.

»Ich glaub immer noch, dass uns was einfallen müsste.«

Die drei anderen schweigen betreten.

Das ist so ungerecht. Ich habe mich ein Leben lang abgerackert. Na ja, auf jeden Fall habe ich gearbeitet und die Kinder großgezogen und dann, als der Alex tot war, allein weitergemacht und ihnen geholfen und alles getan und jetzt bin ich alt und muss plötzlich jeden Groschen umdrehen. Das ist doch einfach nicht richtig. Und die Ursi und die Lilli und die Erika, denen geht's noch viel schlechter als mir, weil die noch weniger Geld haben und noch mehr rechnen müssen. Das ist doch wirklich falsch, dass man sich im Alter noch Sorgen ums Geld machen muss.

Und genau in diesem Augenblick sagt Lilli: »Also jetzt habe ich wirklich eine Superidee …«